安岭

耿建 著

北京燕山出版社
BEIJING YANSHAN PRESS

图书在版编目（CIP）数据

兴安岭 / 耿建著 . —北京：北京燕山出版社，2023.9
ISBN 978-7-5402-7053-7

Ⅰ . ①兴… Ⅱ . ①耿… Ⅲ . ①长篇小说—中国—当代
Ⅳ . ① I247.5

中国国家版本馆 CIP 数据核字（2023）第 180081 号

兴安岭

作　　者：耿　建
责任编辑：王　迪
策划编辑：李新承
封面设计：盟诺文化
版式设计：盟诺文化
出版发行：北京燕山出版社有限公司
地　　址：北京市西城区椿树街道琉璃厂西街 20 号
邮政编码：100052
发行电话：（010）65240430
印　　刷：北京金康利印刷有限公司
开　　本：880mm×1230mm　1/32
印　　张：10.5
字　　数：336 千字
版　　次：2023 年 9 月第 1 版
印　　次：2023 年 9 月第 1 次印刷
书　　号：ISBN 978-7-5402-7053-7
定　　价：69.00 元

目 录 CONTENTS

兴安岭

　　在祖国最北方的兴安岭林区，除了茫茫林海、黑熊和驼鹿、秋季的蓝莓和蘑菇、冬天的严寒和风雪，还有许多林区百姓动人的故事……

第一章

一

相比其他地方的同类，兴安岭家猪无疑有着更强悍的生命力。腊月里席天卷地对面不见人的白毛风刮着，零下四十几摄氏度的严寒冻着，"八戒们"在露天的圈里该吃吃，该睡睡，雪作铺盖冰当床，小日子照旧过得舒舒服服。

与强悍生命力相匹配的是旺盛的繁殖力，春节过后公猪母猪们便开始躁动不安，有的扯着嗓子嗷嗷叫唤个不停，有的把栅栏门撞得咣咣直响。见它们闹得实在不像话，红革的搭档老绵羊抄起棍子虚晃着呵斥："急，急，急个啥？人家孙红革都不着急，你们急个啥？"

"杨哥，你说猪就说猪，扯上我干啥？"红革还不习惯这样的玩笑，红头涨脸地抗议。

老绵羊嘿嘿一笑："你呀，刚出校门，脸皮薄不禁逗。等跟我这样的老粗混长了，听啥都当耳旁风了。"

老绵羊是红革的搭档，也是他的上级。建工处副业队在清水河边建了几排猪圈，因为打架被学校开除后，孙红革便到这里跟着老绵羊喂起了猪。老绵羊四十来岁年纪，说话时眼睛眯成一道细缝，极正经极和善的样子，但这只是在人前，人后他是荤话脏话张口就来，而且尤其喜欢拿红革开涮。红革虽听得不入耳，却也无可奈何。

镇压罢思春的猪，老绵羊转过身来也表示了理解："人其实也没比畜生好哪儿去，什么坐怀不乱的柳下惠纯粹是瞎编的。要我说不管是人是猪，如果生活作风犯了错误，批评是要批评，但还应该理解万岁。"

但老绵羊也有不理解的时候，猪场边的山林常有野猪出没，有时就有个把公野猪偷偷溜进猪圈寻母猪厮混。老绵羊发觉了，必抢着棍子大呼小叫跑去驱赶。野猪见他来了，一米高的砖墙一跃而过，转眼便逃得无影无踪。

红革取笑老绵羊："你这是干啥？理解万岁嘛。"

老绵羊丢了棍子坐在地上直喘粗气："你懂个屁，前年两头老母猪生崽，身上一条条的花纹，全是山上野猪的种子，队长知道了把我这一通狠撸。家鸳鸯咱理解万岁，对野鸳鸯可决不能客气！"

以后的日子两人盯紧了猪圈严防死守，但野猪这东西奸猾得很，人在圈旁它不靠近，但凡人一进值班室，便如风一般卷进圈里，待红革和老绵羊发觉撵出来，好事多半已经成了。气得老绵羊直骂："狗日的龟孙，现在你得意，黑天叫狼吃了你。"

然而野猪没被狼吃掉，老绵羊自己却先倒了霉。那天野猪实在将老绵羊惹急了，挥着刨粪的铁镐一气追出一里多地。他跑得急，没留神脚下一截积雪掩盖的烂树桩，人整个直摔出去。红革赶去扶他，老绵羊痛得眉眼都缩在了一处："别动，怕是骨头断了。"

红革慌忙跑到运材道上拦了辆汽车，将老绵羊送到镇上的医院。检查结果出来，病人小腿骨折，至少需要休养半年时间。

老绵羊不上班了，队里很快给猪场新派了人手，是个叫李艾的白白净净的姑娘。

二

老绵羊在的时候红革一切听老绵羊指派，而今自然升职成了李艾的领导。红革让李艾只负责熬猪食一项工作，而其他诸如起猪圈、值夜班等脏活累活都由自己包办了。

两人兢兢业业踏实肯干，猪场的"八戒们"个个长得膘肥体壮，春天冰消雪融时几头母猪先后产崽。看到新生的生命红革有些傻眼，一头母猪生的小猪背上都生着一条条的花纹，正是当初野猪不懈耕耘的结果。

在家休养的老绵羊得知消息，搭了辆便车匆匆赶到猪场。他撑着拐杖到圈里看了小猪，拍着红革的肩头说："得，等着挨撸吧。"

临走时老绵羊将红革拉到一边，挤弄着狡黠的小眼睛说："你也老大不小了，身边守着这么漂亮的姑娘，还不赶紧下手？"

红革说："拉倒吧，正经事还忙不过来。"

老绵羊一顿拐杖："啥是正经事？这就是正经事。"

副业队的郭队长来猪场了，他趴在墙垛上，饶有兴致地看着在母猪身边拱来拱去的小野猪，呵呵一笑："不错嘛。"

旁边一直忐忑不安的红革和李艾对望一眼，大感意外。

郭队长告诉红革和李艾，去年秋天单位派他到山外考察学习，其间参观的一个农场让他印象深刻，人家故意让野猪和家猪杂交，培育出的小猪综合了父母的优点，抗病力强肉质又鲜美，很受市场欢迎。郭队长感慨地说："咱老脑筋该换一换了，你们俩一定把这窝小野猪养好，让它们扩大种群，最终把咱猪场发展成野猪繁育基地，把野猪肉卖到山外去！"

有了领导的指示，红革和李艾工作更加尽心尽力，尤其对小野猪母子更是关怀备至，不仅每顿饭都让小野猪的母亲吃得饱饱的，还经常给它开小灶加偏食。

这天李艾喂完猪回到屋里，对红革说："我咋瞧着母猪发蔫了呢？"

"不会吧。"红革到猪圈前一看，还真是，小野猪的母亲趴在那里一动不动，无精打采。

"咋整的呢？所有猪里它吃得最好。"红革百思不得其解。

镇里没有专门的兽医，两人请了位养猪的老把式来看，老把式检查了半天也说不出个所以然。母猪一天天瘦下去，终于成了一副皮包骨头。它的病况直接影响到吃奶的小猪，几天工夫便已夭折大半。

当只剩下最后一只硕果仅存的小野猪时，李艾终于控制不住情绪呜咽起来。红革说："哭有啥用，咱得想办法把这只小猪保住，多少还能有点交代。"

两人将小野猪从奄奄一息的母猪身边抱走，放在值班室的土炕上精心抚育。他们喂小野猪几块钱一袋的奶粉，喝干净的白开水，没事就给它洗澡梳毛。

副业队的司机一次来送饲料，走进值班室见李艾抱着一个棉被包裹着的小东西，诧异地问："你不是没结婚吗，咋都有孩子了？"

李艾羞红了脸，把棉被递过去："你瞧这是啥？"

待司机看清楚棉被里是只睡得正香的小猪，禁不住感叹："你呀，硬是把猪当孩子养了。"

李艾和红革的辛苦没有白费，小野猪成功活了下来，而且日见灵性。两人在猪场干活儿，小野猪总是一步不落地跟在后面充当跟屁虫，待人干完活儿闲下来，它就温驯地靠在人脚边，等人为它捋毛抓痒。见小野猪这般乖巧，红革和李艾也喜欢跟它玩耍，远远扔出东西训练它跑去叼回，又教它翻身打滚等诸多把戏。小野猪很快学得有模有样，李艾心里高兴，提议："咱给小野猪起个名儿，就叫……乖乖，怎么样？"红革同意："行。"

三

红革与李艾每天并肩劳作，一同照料小野猪乖乖，关系由陌生到熟悉，由熟悉再到相互能开开玩笑。

一次闲聊中李艾听红革说自己高中上到一半就被学校开除，奇怪地问："你看着就不调皮捣蛋，学校为啥要开除你？"

红革给李艾讲了事情的始末——他们班上有个女生叫林素素，因为人长得漂亮，被一个叫赵老三的社会小痞子看上，三番五次在她上学放学的路上纠缠，均被林素素严词拒绝。那赵老三并不死心，一天傍晚喝醉了酒，带着几个小兄弟到学校来找上晚自习的林素素，逼她立即答应做自己的女朋友。红革和几个男生见状挺身上前保护林素素，一言不合就同赵老三等人动起手来。结果小痞子被同仇敌忾的高中生们打得落花流水，其中一个还受了重伤。伤者虽有错在先，但其父母依仗在地方上有些势力不依不饶，不仅让几个高中生承担了全部的医药费，还逼迫学校将他们悉数开除。

"这样啊，"李艾对红革的遭遇又是同情又是怜惜，她问红革，"打架这事儿你后悔吗？"

"不后悔，"红革说，"眼瞅着女同学受流氓欺负不管，还算是爷们吗？"

李艾听了，望向红革的眼神有了与以前不一样的东西。

四

郭队长来猪场视察小野猪们的长势，红革和李艾心中有鬼，不陪他去猪圈，先拉着他欣赏节目。

乖乖表演了打滚、叼物等几个拿手的把戏，郭队长看了禁不住连声叫好。趁他高兴，李艾终于吞吞吐吐报告了母猪和小野猪先后亡故，只余下乖乖一个孤儿的事实。郭队长顿时火起，但看李艾低眉垂眼楚楚可怜的模样，骂人的话冲到口边又咽了回去，叹口气说："算了，好歹剩下一只，还被你们调教得这么鬼精鬼灵。"

红革和李艾送郭队长离开。推着自行车走出大门时，郭队长突然想起了什么："咱建工处各单位都在搞文化建设，你们这儿虽说门脸小，也可以搞一搞，比如说，"他指着场院大门，"这儿就可竖个宣传栏，写点啥画点啥，文化的意思就有了嘛。"

送走郭队长，红革犯了愁："搞宣传栏……我字写得像老蟑爬的，画画更不会。"他望向李艾："你怎么样？"

谁知李艾一脸自信："你负责把宣传栏竖起来，写字画画的事儿交给我吧。"

林区最不缺的就是木工原料，红革找来些木板方子，叮叮咣咣一阵忙活，半天工夫不到已将宣传板钉好。他又蹬车回家取来一桶黑油漆，将板面仔仔细细刷了一遍，直刷得漆黑油亮，丝毫不比学校的黑板逊色。干完活儿红革请李艾验收："怎么样，还可以吧？"

李艾满意地点点头，开始绘制黑板报的工作。她翻出一张近期的报纸，用粉笔将上面的社论工工整整地抄在黑板上，四周还画了一圈漂亮的花边。见旁边尚余一片空白，她又写上了一首自编的小诗：

连绵山岭下，

清清河水流，

流过我们美丽的小镇，

也流过欢腾的猪场……

望着黑板上一行行娟秀的粉笔字，品着朗朗上口的诗句，红革由衷夸奖："真不错！"他问李艾："你上学时学习一定挺好吧？"

李艾停下笔幽幽地说："学习好又有啥用，到头还不是来猪场喂猪？"

李艾从小学到初中成绩一直拔尖，初中毕业时却没有选择读高中，而是投入到考中专的大军。这是她精于盘算的父母几番商议的结果——上高中不仅要再念三年，最后能否上大学还在两说，而在 20 世纪 90 年代初的林区一旦考上中专，毕业就可直接成为国家干部，实在是省时又省力的事。但他们只看到了考中专的好处，却未意识到其中竞争的残酷——太多学子拥挤在这条狭窄的道路上，导致录取分数线居高不下，除却少数成绩卓异的成功者，大多数人只能是望洋兴叹。

李艾不幸成了这大多数人。第一年报考她连初试都没有过，第二年整军再战，虽然顺利过了初试，却折在了复试的关口上。李艾父母一咬牙,掏出几百元让女儿在复读班又学了一年,准备第三次冲击中专的大门。然而人算不如天算,由于精神压力太大,李艾居然在考试前一天病倒了。病愈之后父母和她商量再试一次,心灰意冷的李艾却说什么也不考了,她说她想上班,被父母养了十多年,该给家里挣点钱了。

听了李艾考中专的伤心往事,红革劝慰说:"我不也一样?念了一回高中,连高考考场都没进就卷铺盖了。话说回来,考不上学就不活人了?就像你诗里写的,咱这猪场放眼是青山绿水,干活儿也没领导在边上看着管着,快快活活自由自在,要我说挺好!"

一番话将李艾从自怜自伤的情绪中拉出来,笑道:"对,广阔天地大有作为,咱们知足常乐!"

五

林区天气苦寒,九月山外依旧桃红柳绿,兴安岭已降下第一场大雪。雪花整整飘了一夜,清晨终于放晴,李艾早起出门眼见雪可没膝,自行车是骑不得了,只能深一脚浅一脚地步行去上班。

平日不到半小时的路程,她今天足足走了两个小时。好不容易到了猪场,只见"八戒们"在圈里饿得直叫唤,红革睡觉的值班室却大雪封门,毫无声息。想起最近镇上两起煤气中毒的事故,李艾慌乱起来,忙抄了柄铁锹清理门前的厚雪。

铲开雪后她用力拉开门,见红革好端端地坐在炕沿上,正望着她嘻嘻笑哩。

李艾松了口气,佯怒说:"也不在屋里吱个声儿,吓死我了。"

"门怎么也推不开，就等着你来搭救呢。"红革笑着拍拍炕面，"一早我又烧了遍炕，现在正热乎，你快上来暖和暖和。"

李艾依言脱鞋上炕，挨着红革在炕头上坐下。红革瞄一眼李艾，忽然扑哧一笑。

李艾嗔怪道："笑什么？"

红革说："你看咱俩这样子，像不像一对老两口？"

李艾脸上一红，挪身下炕："该去熬猪食了，饿坏了这些祖宗咱们可担待不起。"

六

春节建工处放了十多天假，猪场的猪大都已在年前处理完，红革终于得以暂别与猪为伴的生活，回家歇上一阵。

这天他吃过午饭正在看电视，狗在屋外叫起来，出去推开院门一看，是高中同学王海林和李延峰来了。红革高兴地将两人让进屋，母亲姚淑兰忙端出花生瓜子待客，还要去烧开水，海林拦住她说："婶，别忙活了，我们待会儿就走。"

三人一边嗑瓜子一边聊天。同红革一样，海林在与小痞子们打架后被学校开除了。红革询问他的近况，海林说："我爸找人把我整进了护林队，领导安排我管林子里的一条小道，防备有人抽烟失火。笑话，那儿除了树还是树，鬼影子都不见一个，除非我自己抓自己。实在无聊的时候，我就每天揣上一副扑克牌，坐在树底下算命，看将来能不能交上什么大运，被提拔到林业局当个局长什么的。"

红革和延峰都笑，延峰在海林背上擂了一拳："做你的春秋大梦去吧，整个林业局的人都死绝了也轮不到你当局长。"他转向红革："听海林说你现在的工作挺不错，每天还有美女相伴，是真的吗？"

"是不错，人家孙悟空是弼马温，我像是弼猪温，伺候一帮猪爷爷猪奶奶的吃喝拉撒，够风光够体面吧。"

延峰说："不是还有美女相伴吗？"

"别听海林瞎说，我们只是普通同事关系。"

海林一脸坏笑："啥普通同事关系？同事可发展成女朋友，女朋友可发展成老婆，红革，一定要努力，我看好你喔。"

"还是说点儿正经的吧，"红革转头问延峰，"咱班现在怎么样？"

延峰说："你们几个人走后陆陆续续又有十几个人退了学，现在全班只剩三十人不到了。"

"这就对了，"海林说，"人应该有自知之明，像你这样有希望考学的读读还行，眼瞅没戏的就该趁早回家，省得既浪费时间又浪费钱。"

说了半天话，红革说："咱仨好久没打台球了，怎么样，整几杆儿去？"

海林赞同："好，我请客。"

红革说："干啥你请？我放假前刚领的工资，这回我请。"

三人离开红革家，踏着碎雪直奔胡同口的聚友台球厅。这家台球厅是由一户临街人家的偏厦子改建而成，居中一个绿面台球案子，火墙烧得滚烫，甫一进屋只觉热气扑脸。

红革三个都将棉衣脱了，抄起球杆鏖战起来。三人打球都是有一定水平的，他们上初中时一股台球风席卷兴安岭林区，一夜之间翠岭林业局的大街小巷摆满了台球案子，虽然热度只维持了两年，但大量台球爱好者已培养出来。

三人中数海林技术最佳，切、薄、抽等诸般技巧运用娴熟，红革和延峰轮番上阵与他较量，七八杆下来无一胜绩。海林禁不住得意，笑道："你俩要想赢我，回去再练二十年。"

红革说："你就吹吧，今天说什么也要让你输一回。"

正说笑间，房门突然被撞开，几个男青年带着一股寒气进了台球厅。为首一个圆头圆脑的胖子说："哥几个歇歇，让我们玩几杆儿。"

海林瞟了一眼胖子，冷冷地说："我们还没玩够呢。"

"玩到啥时候算够？把杆给我。"胖子抓住海林的杆头就要强行往下夺。海林喝声："老子偏不给你！"双手死死抓住杆尾不放，两边一时僵持起来。

和胖子同来的几个人瞪眼走向海林。红革见状，一拉延峰也迎上前去，眼见一场殴斗在所难免。

正在这时屋门啪嗒一响，又有两个人走进来。前面那人见屋里的阵势，向胖子等人问道："咋的啦？"

红革目光扫向那人，脱口叫道："顺子！"

顺子也认出了红革："是孙红革呀，好长时间不见了。"

顺子家早先住在红革家隔壁，两人小时候常在一起玩耍，后来顺子家搬走方断了联系，没想到今天在这里碰上。

红革对顺子说："顺子，你这兄弟做事可有点霸道，我们在这儿玩得好好的，他非要我们给他腾地方。"

"啊，就这事儿呀。"顺子拍拍胖子的肩头，"金刚，给我哥们个面儿，咱们再找地方。"说罢向红革道声"回见"，带着金刚等人晃晃悠悠去了。

"他就是顺子？"海林隔窗望着一行人离去的背影说，"这两年总听人讲起他，说是在板厂那片有点名头。"

"他们都是混社会的，跟咱不在一条道上。"延峰说，"这种人还是少招惹的好。"

七

大年三十晚上红革一家看春晚看到凌晨，初一都起得很晚。姚淑兰刚把冻饺子下到锅里，院子里传来狗叫声，红革的妹妹红心忙不迭地跑出去，不一会儿挽着大国的胳膊走进屋来。

红心和大国已好了三年，他们上初中时坐同桌，大国只用几袋五香瓜子便轻易俘获了情窦初开的少女芳心，也直接导致红心中考时连高中都未考上，只能委委屈屈上了个职高，让父亲孙连福至今愤愤不已。

大国来是从不空手的，这次提的是两瓶酒和一袋冻梨。他进屋把东西撂下，先转圈鞠了一躬："叔、婶、哥，过年好！"

姚淑兰让道："大国，饺子煮好了和我们一块吃吧。"

大国说："婶，饶了我吧，出门前刚吃了一大盘饺子，再吃肚皮可就撑破了。"

姚淑兰说："那你坐着。"转身回外屋地忙活。

大国从兜里掏出一包红梅烟，抽出一支恭恭敬敬呈给孙连福，孙连福却冷着脸装作没看见。大国不以为意地笑笑，转过身把烟递给红革。红革接过来在鼻子底下嗅嗅："你小子还没上班就抽上这档次的烟了？"

大国说："学校常组织我们下工厂实习，有时能领点劳务费。哥，这买烟的钱可是我自己的劳动所得。"

大国现在正念着地区技校，当初他的学习成绩比之红心只低不高，但这小子既乖滑又胆大，中考时前后左右都被他偷瞄遍了，最后成绩出来竟上了技校的分数线。

大国殷勤地递上打火机帮红革将烟点着，红革吸了一口，呛得连连咳嗽。大国见了笑道："别看抽烟简单，也得吸几回才能上手哩。"他问红革："哥，猪场那儿还不错吧，什么时候领我去逛逛？"

红革说："那儿除了猪屎就是猪尿，去了小心熏死你。"

"瞧你说的，哪至于嘛。"大国打着哈哈，起身去帮红心端盘端碗。

吃完饭大国和红心挤坐在沙发上看起电视，红革不愿瞧他俩腻腻歪歪的样子，心中突然想起一件事，拿了几本从延峰处借的《读者文摘》出了门。

红革听李艾说过她家的大概位置，稍一打听就找到了。正欲叫门，恰好李艾出来倒脏水，一推门看见红革，惊喜地说："你怎么来了？"

红革将杂志递给李艾："你不说爱看《读者文摘》吗？我这儿刚好有几本，就给你送来了。"

李艾欣喜地接过来："太好了，我正愁过年几天没书看呢。快，进屋坐吧。"

"不了，我还有事儿，说话就走。"

"不进去也好，我家又小又破，看了怕你笑话。"

"谁笑话谁啊，我家是皇宫内院咋的？"红革想起什么，"乖乖在你家老实吗？"

"老实啥呀，满院子乱跑乱拱，我爸妈直骂我，说我养猪就养猪，咋还把猪养到家里来了？"

红革笑了："有了乖乖，你家过年可更热闹了。"

八

时近五月，天气开始一天天回暖，眼瞅着清水河的坚冰日渐薄脆，最终融成了一湾碧水。

猪场里的活儿忙完了，红革和李艾便到河滩坐上一会儿。微风轻柔拂过面颊，阳光暖暖照在身上，新芽吐绿，燕子衔泥，周围的一切无不涌动着早春特有的清新蓬勃的气息。望着蜿蜒北去的河水，李艾问红革："这河为啥叫清水河？"

"因为这河水清，就叫了这名字。"

李艾不相信："不会这么简单吧。"

"还真就这么简单，咱林区不比山外，总共才开发二十多年，好多山名水名都是大伙随口起的。"

"这样啊，"李艾抱着膝盖眨眨好看的大眼睛，"这河滩还没有名字，咱俩琢磨着给它起一个吧。"

"就叫猪场滩？"

"不好听，嗯……叫红革滩吧。"

"应该叫李艾滩。"

"这么办，用你名字中的一个字，用我名字中的一个字，不然就叫……艾红滩？"

"行啊。"红革赞同。

李艾回味着"艾红"两个字，突然意识到什么，一抹红晕浮上脸颊，掩饰说："瞧咱俩这煞有介事的样儿，好像真有谁让咱们给河滩起名字似的。"话未说完，突然一指河里："你快看，那是什么？"

红革循着她手指的方向望去，果见几十米外一个树枝状的东西正在水面上缓缓移动。他眯起眼睛仔细观瞧，摇了摇头："不知道。"

待那东西渡过河爬上岸，竟然是头俗名"罕达犴"的驼鹿，原来刚才露出水面的是它巨大高耸的鹿角。驼鹿抖抖身上的水珠，警觉地观察一下周围的动静，隐入了密林中。红革和李艾一眼不错地看着这罕见的森林精灵，只恨手边没有相机可以拍摄下来。

九

近些日郭队长不知怎的，对猪场的工作变得异常重视，隔三岔五便来转悠一圈。

一天红革去镇上采购东西回来，见郭队长的自行车停在值班室，进屋一看，他正和李艾眉飞色舞地聊着什么。

红革叫了声队长，郭队长招呼说："回来啦。"低头看了眼手表："哎呀，这一说话就耽搁了这么长时间，我得赶紧走了，下午还要去处里开会呢。"

送走郭队长，红革问李艾："你们聊什么呢？这么高兴。"

"队长给我讲了咱副业队的好多乐子事，像老绵羊年轻时候相对象闹的笑话，把我乐得肚子疼。"

"哦。"红革从衣兜里取出一个狗带的铃铛,说:"我给乖乖买了这个,戴上它到哪儿有个动静,省得总找不着它。"

李艾接过铃铛,把乖乖叫到跟前,喜滋滋地给它戴上了。

红革和李艾对乖乖宠得可以,白天任由它在河滩上游荡,晚上则和人一起宿在值班室,事实上他们已不将乖乖当成猪场的一头肉猪,而是看作小猫小狗似的宠物了。后来乖乖日益肥大,已不适宜睡在屋里,红革便在值班室的窗下铺了个草窝,晚上让它歇在里面。

这天红革干完活儿正在逗弄乖乖,郭队长推着自行车进了院门,劈头就问:"李艾呢?"

红革答道:"在屋里。"

李艾已经闻声出来,郭队长将一本小册子递给她:"林业局要搞安全生产知识竞赛,咱建工处也要组队参加,副业队有一个名额,队里决定让你去。这是竞赛的学习资料,好好收着。"

"知识竞赛?"李艾忙推辞,"队长,我不行,你还是另找别人吧。"

"你咋知道你不行?我就觉得你行。"郭队长不由分说将学习资料塞进李艾手里,"名已经报上去了,改不了了。你好好准备,到时拿个好名次,为咱副业队争光!"

凡事认真的李艾真把竞赛当作了一件大事,一天到晚捧着学习资料念念叨叨。郭队长则跑猪场跑得更勤了,来了就和李艾面对面坐好,自己扮演考官考问李艾学习资料上的问题,哪道题过关了他就拿红笔在后面打个勾勾,简直比高中毕业班的老师还要认真。

红革见郭队长跑得辛苦,对他说:"队长,你把考李艾这活儿交给我吧，我一定保质保量干好。"

哪知郭队长并不领情，一撇嘴说："有些活儿该你干，有些活儿不该你干。好好喂你的猪吧。"

竞赛后的第二天李艾来上班，红革见面就问："怎么样？比得不错吧？"

"还行，"李艾满面春风，"得了第二名。"

"那是亚军呀，不错嘛。李艾，你这次可给咱副业队长脸了。"

"郭队长是挺高兴的，比完赛非把我拉到饭馆去吃饭，还夸我聪明能干，说有机会把我推荐到机关去。"

"到机关去？"红革心中蓦地涌起一股异样的滋味，"到机关去好啊，喝喝茶水看看报纸，风吹不着雨打不着，跟咱猪场比简直一个天上一个地下。哎，你算是要脱离苦海了。"

李艾听出他话里的揶揄，说："队长他就是说说，八字还没一撇呢。"

<h2 style="text-align:center">十</h2>

进入六月天气渐渐热起来，只早晚还凉爽。这天傍晚红革吃过饭正带着乖乖在河滩溜达，忽听公路上有人喊他，循声望去，只见一个人骑着自行车下了公路，直向猪场驰来。红革迎上去一看，原来是海林。

红革笑道："你小子怎么有时间来我这里？"

海林停好车，从车筐里提出一个大塑料袋说："今天没等下班我就偷跑回来了，去酱菜店买了点啤酒熟食，今晚咱哥俩一醉方休！"

红革问：“怎么不叫上延峰？”

“可不敢叫他，”海林说，“马上要高考了，影响他学习回头考不上该赖咱们了。”

说笑时两人已将酒菜在值班室的桌子上摆好，当下对面坐定，你一口我一口对饮起来。

一瓶啤酒下肚，海林一张小白脸已涨得绯红，他把酒杯往桌上重重一放说：“红革，我算是在护林队干够了，每天傻呆呆对着一片哑巴林子，有时真无聊得要死！”

红革说：“你咋不想着调动调动？”

“我爸就是个普通工人，能给我在护林队找个差事就不错了，哪像人家有门子的，想去啥地方就去啥地方。”

海林的话触动了红革的情肠，他仰脖灌下一大口酒说：“你知道我的搭档李艾吧，我们队长说要把她推荐到机关去。”

“你们队长？是郭全有那小子吧。他刚上班的时候在制材厂给我爸当徒弟，尾巴似的跟在我爸屁股后头师傅长师傅短地叫，后来调到了建工处，不知道巴结上哪个当官的，当上了你们副业队的队长。他帮李艾调动工作，是不是看上李艾了？”

见红革紧锁双眉沉默不语，海林一巴掌拍在桌子上：“姓郭的多大岁数了，还打人家黄花大姑娘的主意！红革，你要真喜欢李艾，就向她表白，你们俩才最合适！”

红革说：“郭全有虽说岁数大点儿，又离过婚，可人家有钱有官位。我呢，一个养猪的临时工，条件和人家没法比。”

“不是所有女孩都那么物质。听我的，明天你就向李艾表白，听她怎么说。”

红革面露犹豫：“万一人家把我撅回来……”

"撅回来就撅回来，你天天和她在一起，有的是表现的机会，软磨硬泡死缠烂打，不信拿不下她！"

两人喝到很晚才在值班室胡乱睡下，沉沉一觉后红革被一泡尿憋醒，睁开眼来已不见海林踪影，桌上留了一张纸条：我走了，有时间再聚。记住，要勇敢表白！

红革一笑，把纸条揣进裤兜，伸着懒腰走出值班室。只见阳光明晃晃地照耀着阔大的场院，屋门口立着李艾的自行车，看来她已经来上班了。

红革从厕所出来，四处望望不见李艾，正纳闷间，见李艾远远从河滩走过来。

"乖乖不见了！"李艾走到红革面前焦急地说。

原来这天一早李艾走进猪场，发现乖乖没有像以往那样屁颠屁颠地跑上来迎接她，屋前屋后转了两圈也没有找到，到河滩去寻仍未发现它的踪影。

红革说："兴许到远处溜达去了，别着急，等会儿它自己就会回来的。"

然而一直等到中午吃饭时乖乖还没有回来，红革和李艾这才慌了，两人寻遍了猪场周围的树林山岗，一边走一边大声呼唤着小野猪的名字。

直到日落西山依旧一无所获，李艾望着眼前逐渐被夜色吞噬的河滩，一屁股坐在地上："乖乖，你到底去哪儿了？"话声已带哭腔。

莫不成被什么野兽叼走了？红革仔细检查了几遍值班室窗下的草窝，并未见到一星半点的血迹，那它又能去哪儿呢？红革百思不得其解。

最后红革宽慰李艾："这样也好，乖乖说到底就是猪场的一只牲畜，到头也免不了挨那一刀，那时咱俩心里不是更难受？咱们就当它回到森林里找它爸爸去了，无拘无束自由自在地过一辈子，不比当一头被人养也被人吃的家猪强？"

郭队长来猪场时，红革和李艾向他汇报了乖乖失踪的事。郭队长大度地一摆手："丢就丢吧，看来野的就是野的，终究养不住。"他的注意力马上转向李艾，从手提包里掏出两个茶叶罐递给她："设备股的老许出差回来给我带了点碧螺春，你不是说你爸爱喝茶嘛，拿回去给老爷子尝尝。"

十一

乖乖失踪后，李艾好长时间都郁郁寡欢，不再有从前的精神头了。以往她干完分内活后还要擦桌子扫院子，把值班室和场院收拾得清清爽爽，而今她把这些活儿都撂下了，大部分时间一个人坐在屋外的板凳上，默默想着心事。

这天临下班时，李艾走到正修理院门的红革面前，轻声说："明后两天我不来上班了，郭全有要带我去地区置办结婚用的东西。"

红革握锤子的手登时僵住："你真要嫁给他？"

李艾避开红革灼灼的目光，转头望向苍茫的远山："我从小家穷，被人瞧不起，爸妈就指望我能出人头地。我要不答应郭全有，可能一辈子就是养猪的命了，我……不甘心！"说完抬手擦了一下眼角，快步去了。

红革怔怔地望着李艾的背影，良久才闷吼一声，将手里的锤子扔出老远。

十二

7月9日高考所有科目考完，红革和海林下了班结伴赶到翠岭一中——他们原来所在的班准备搞个毕业派对，所有在校不在校的同学都收到了邀请。

操场中央的草地上已围坐了几十号人，文艺委员林素素正打着拍子指挥大家合唱《团结就是力量》。众人见红革和海林来了，纷纷招呼让位置。

合唱之后小胖子肖亮略带腼腆地走到场子中央，说："我想为大家演唱一首《祝福》。跟各位交代个秘密，这三年我一直暗恋着咱班的一个女同学，可没勇气向她表白，就是今天……我还是没有勇气。不管怎样，我希望在以后的日子里她能过得好好的，"他提高了嗓音，"歌声代表我的心！"场下掌声四起。

"情难舍，人难留，今朝一别各西东，冷和热点点滴滴在心头。愿心中永远留着我的笑容，伴你走过每一个春夏秋冬……"肖亮唱着唱着眼泪流下来，最后竟哽咽失声。

几个节目之后海林也拎着一把吉他上了场，他说："咱们这些人中有能上大学的，也有像我一样没机会上大学的，我在这里对那些上大学的说句话，将来你们功成名就，在谁面前装都可以，就是不能在我们这些同学面前装！大家说是不是？"

场下纷纷应和："说得对！"

"谁敢装，揍他不要脸的！"

海林接着说："不管再过多少年，我都永远不会忘记今天这个夜晚，和你们这些亲爱的同学。我献给大家的是我最喜欢的一首歌——《光阴的故事》。"

他轻拨琴弦，磁性的嗓音伴着乐声在夜色中缓缓流淌："春天的花开秋天的风，以及冬天的落阳，忧郁的青春年少的我曾经无知地这么想。风车在四季轮回的歌里它天天地流转，风花雪月的诗句里，我们在年年地成长。流水它带走光阴的故事，改变了我们，就在那多愁善感而初次流泪的青春……"

红革在下面静静地听着，他想起了自己勤勤恳恳却半途而废的高中生活，那天晚自习和小痞子们的血战，也想起了一年多来在猪场的辛勤劳作，当然，还有李艾。

天空繁星点点，地上歌声悠扬，青春、爱情，一切美好和不美好的，如东风如流水，永不再来……

第二章

一

李艾婚后不久即调往机关，红革也无心再在猪场待下去，他找到建工处管人事的副主任，说猪场的活儿老弱病残也干得来，自己年轻力壮的，想转到虽吃苦但挣钱多的建筑队去。

副主任痛快地答应了："小伙子想法不错，辛苦干上几年，娶媳妇的钱都不用老人给了。"

红革初来乍到又没啥技术，只能在建筑队当个出大力的小工，起早贪黑搬砖和泥，下班回家扒拉两碗饭后再不想动弹。体力的透支带来精神的麻木，种种失意随着一天天的挥汗如雨也渐渐淡薄了。

忙了一夏一秋，十月之后天寒地冻，房子盖不成了，建筑队便换了工种，开始每天进山准备明年施工所用的木料。

红革和工友们的工作是将油锯手伐倒的树木抬到盘山道边装车运走。这活儿听起来简单干起来却着实不易，树木多是百年树龄粗可环抱，红革和工友们四人一组，每两人一根肩杠，抬着原木蹚着没膝的积雪慢慢行走。老工人曾郑重警告红革这样的新手，行走中间绝不能熊包撂杠，否则三名同伴立时会被失去平衡的原木压得吐血。红革听了胆战心惊，干起活来便格外小心在意，所幸几天下来虽然劳累，并没有出什么大的岔子。

这天红革一组人抬着原木在雪地里慢慢走着，打头的青工姜明突然叫起来："停下，快停下！"

其他人不知出了什么事，小心翼翼地将原木放下，都问："咋的啦？"

"老虎，"姜明抖颤着声音说，"我刚才看……看见一只老虎从前面林子跑过去了。"

一个老工人明显不相信："老虎？真的假的？我进过这么多次山，还没见过老虎呢。"

另一工人也说："姜明，就你那破眼神，不是看花眼了吧？"

姜明赌咒发誓说自己绝对没有看错，刚才跑过去的动物和电视里的老虎一模一样。

将原木装上车回到歇息烤火的棉帐篷，姜明耐不住激动逢人就说今天看到了老虎。

"也不知道你看到的是不是真老虎。来林区这么多年，虎我是没见过，但豹子真瞧见过一回。"坐在火炉边烤火的老工人大老赵说。

"是吗，讲讲。"姜明等一群青工围拢上来。

大老赵将一根木柴投入熊熊燃烧的火炉，徐徐说："那还是我家刚搬到林区那会儿。傍年根单位发下一扇猪肉，晚上我正和老婆在家煮肉，狗突然在屋外叫起来。我拿着手电出去，看我家那条大黑狗正对着离屋不远的土坡叫唤，我喝住狗，走过去拿手电一照，乖乖，那里竟趴着个满身斑点的土豹子！我吓得腿都软了，醒过神来赶紧往屋里跑。我老婆听我一说，也吓得不轻。我俩扒着窗户往外瞅，看豹子一动不动趴在那儿，不像要进屋吃人的样子。我壮起胆子又悄悄出去瞧豹子，这次看清楚了，它背上血糊糊的，脑袋耷拉着没有一点精神。我一想就明白了，这豹子八成是和别的野兽打架受了伤，抓不到东西吃，闻到肉香就跑到我这儿来了。回屋我和老婆一合计，干脆给它点肉，让它走吧。我俩就从锅里捞出一大块半生不熟的猪肉，远远扔给了豹子。那晚上我们两口子一夜睡不踏实，天亮出去一看，豹子吃完肉已经走了。"

大老赵讲得生动，青工们听得津津有味，听他讲完纷纷起哄让他再讲一个。

大老赵牛眼一瞪："我哪有那么多故事好讲？"他一眼看到红革，说："让孙红革给你们讲吧，听说他在猪场的时候野猪没少跟他捣蛋，为赶野猪老绵羊把腿都摔折了。"

禁不住众人撺掇，红革只好开讲。他口才不如大老赵，只将自己经历的野猪的种种故事如实讲出来，青工们照旧听得入神。

正说得热闹，带班的队长走进棉帐篷，叫道："都歇够了吧，上工去！"众人纷纷起身，一边向外走一边兀自余兴未尽地议论。

他们一伙人出帐篷，刚下工的另一伙人进帐篷，交错而过时红革肩上被人拍了一记："孙红革！"红革转头一看，面前这人头脸被皮帽围巾包裹得严严实实，一时辨不清是谁。那人解开围巾，露出一张留着小胡子的瘦削面孔，原来是顺子。

红革大感意外："顺子，你咋在这儿？"

"我爸退休了，我接他的班。"顺子说，"咱俩是一块光屁股长大的哥们，现在又在一个单位，以后还得相互照应。"红革说那是自然，顺子向红革摆摆手："你先忙去，等周末咱哥俩一块整几盅！"

周五下班时顺子果然来找红革，约他周六晚上吃饭。顺子说："把上次和你一块打台球的两个哥们也叫上吧，人多热闹些。"红革说："李延峰在外地上大学，我跟王海林说一声，看他有没有空。"

海林听说顺子请客，欣然前往。三人在火车站旁的站前饭店要了个单间，顺子点了两瓶老白干几盘荤菜，三人边喝边聊。

海林听别人说过顺子不少江湖传奇，今天想请主人公当面讲讲。顺子抿下一口酒说："提那些干啥？以前岁数小不懂事，现在想想真没啥意思。"他话题一转聊起了军事。这些也是红革和海林最感兴趣的，三人从中国说到亚洲，从亚洲说到世界，聊得煞是热闹。

酒干菜净三人步出饭店握手道别。望着顺子夜幕中的背影，海林说："小混子混成大混子了。"红革说："啥混成大混子了？人家那叫改邪归正。"海林一笑："是改邪归正，可你记住我的话，这小子绝不是个安分的主儿，要么成事，要么坏事，早晚要在你们单位掀起点风浪来。"

二

春节临近，伴随街面上愈来愈浓的年味，一个好消息在人们中间传播开来——今年林业局效益不错，决定年前给每名职工发二百元补助，让大家过个欢乐祥和的春节。听到消息的人无不眉开眼笑，有了这笔钱，又可以多置办些年货了。

红革从单位财务室领了二百元钱，路过菜市场买了块猪肉喜滋滋拎回家。姚淑兰自然高兴，说是中午就用这肉剁馅包饺子吃，让红革再去副食商店打些酱油回来。

红革提着酱油瓶子出了门，将到副食商店时见马路上远远

驶来一辆三轮车，路面积雪经人踩车轧光滑如镜，骑车人技术又不佳，把个三轮车骑得东摇西晃险象环生。待车行近红革认出骑车人是高中班主任周老师，举手招呼道："周老师！"

周老师见是红革，待要刹闸停车，却没有控制好车把，车子左右晃了几下便要歪倒，红革见状忙冲上去扶住。

周老师喘着气下了车。红革问："老师，你这骑车要干什么去呀？"

"刚从粮店领粮回来。"周老师拍着车座说，"这车是从邻居那儿借的，看别人骑挺容易的，自己上去却咋也整不顺溜。"

红革说："我现在左右没啥要紧事，帮你把车骑回去吧。"

红革让周老师侧坐在后厢板上，自己一骗腿儿上了车，又快又稳地骑行起来。片刻工夫三轮车已驶到周老师的家门口，红革帮周老师将几个粮袋子抬进屋里。周老师要张罗沏茶，红革拦住他说："不用了，老师，我还得赶紧给我妈打酱油，回去晚了该挨骂了。"

周老师送红革出门，走过院子时红革见沿障子根堆了好多大柈子，问："这么些柈子咋都没劈呀？"

"岁数大了，多干点活儿就觉累得慌。"周老师说，"我是随用随劈，供得上烧就行。"

红革说："我和王海林都春节放假了，李延峰也放寒假回来了，要不明天吧，我们仨来帮你把柈子劈了得了。"

"那敢情好，就是让你们几个受累了。"

"受啥累，"红革说，"学生帮老师干点活儿还不是应当的？"

翌日下午红革、海林和延峰如约往周老师家来，到家门口时正遇周老师送一个瘦高个男青年出来。

周老师向红革三人打了声招呼："来了？"转过身同男青年握手道别。男青年说："周老师，年后我那首长诗就写出来了，到时候拿给你看。"

"行啊，"周老师回答，"只是我的看法也不一定正确，合用的你听，不合用的你还按自己的套路写。"

男青年离去，周老师将红革三人让进屋子，忙着给他们沏茶倒水。

海林问："周老师，刚才那客人也是你学生？"

"对，"周老师说，"他叫薛远，说起来可是咱翠岭的名人，写的诗获过好多奖，还主编过一本诗歌刊物咧。"

延峰说："刊物名叫《中学生校园诗刊》吧，我上初中的时候语文老师给我们看过，还说薛远是咱翠岭的骄傲。"

周老师叹了口气："可惜诗歌的兴旺时候过去了，现在没有多少人再读诗了。好在薛远不泄气，还在不停地写作，没有地方发表也要写。"

红革和海林文学修为有限，只有延峰能体会周老师对诗歌兴衰的慨叹，说："我在杂志上读过一篇文章，里面一句话说得特别好——人们的心灵不能没有诗歌滋养，也许有一天人们又会喜欢上诗歌，薛远这样的诗人又会受到大家关注的。"

说罢薛远，又聊了些各人的近况，红革三人便开始到院子里干活儿。他们每人操一柄斧子，先将大桦子劈成小桦子，再将小桦子斩成细长的柴火，整齐地码在墙根下。

周老师也要伸手，红革说："周老师，你歇着，我们三个够使了。"周老师说："那好，我去菜市场买菜。今晚你们仨谁也别走了，尝尝你们老师的厨艺。"

　　劈柴是林区男孩从小干惯的，红革三人热火朝天一通奋战，天擦黑时周老师家小山似的大样子已变成了墙根下码放得整整齐齐的柴火。周老师看着柴火喜笑颜开："这下好，我一年都不用劈柴了。"

　　周老师招呼红革三人进屋，堂屋的桌子上已摆满了热气腾腾的饭菜。大家坐好，周老师给三个学生每人斟上一小杯酒，说："以前说什么我也不能让你们喝的，现在你们过了十八岁，是成人了，可以喝一点儿了。"延峰笑道："周老师，我揭发一下，红革和海林上学时候就偷偷喝酒了，而且酒量贼大。"周老师说："既然能喝，今天就多喝些。"

　　红革和海林虽有酒量，但在老师家不好太过放肆，只是小口慢饮。倒是周老师兴致极好，谈天说地口到杯干。饮至半酣周老师聊起了自己当年来翠岭的往事。他是本省兰东县人，从兰东师范毕业时恰逢翠岭一中来招老师，满怀青春激情的周老师一心想到艰苦地方锻炼自己，便报名来到了林区。

　　当时翠岭刚开发不久，整个一中像周老师这样的正牌师范生凤毛麟角，多数老师都是从当地的工区林场抽调选拔的，其中便有一位姓殷的女知青。

　　说到这里周老师解释说："我这里讲的知青不是咱们现在所说的临时工，而是当时上山下乡的知识青年。翠岭的知青都是从杭州来的，一年四季在山上伐木清林，夏天蚊子小咬往死叮，冬天零下五十摄氏度的严寒，冻伤耳朵冻坏手脚的多了去了。"

　　海林见周老师说跑了题，偷偷向红革和延峰挤挤眼，问道："老师，你刚才说的姓殷的女知青，是不是后来嫁给你了？"周老师含笑点头："我们天天在一起工作，时间长了就有了感情。结婚后我们白天一起上课，下了班一块看书听音乐，或者到树林里走走，物质生活虽然贫乏，精神生活却富足得很。"在几个学生面前周老师毫不掩饰对往昔幸福时光的留恋。

"后来知青开始返城，她也一心想回到父母身边，可是按照当时的政策，我们这种情况她是回不去的，没办法，只好分手……"周老师几句话说得轻描淡写，但其中的凄苦无奈谁都听得出。

"瞧我今天这是怎么了，净和你们提这些陈芝麻烂谷子的事儿。"周老师自失地一笑，"来，咱们喝酒！"

"喝。"红革一大口烧酒灌进肚去，只觉胸中又是伤感又是酸热，乱哄哄说不清楚是个什么滋味。

三

红革的二百元补助除了买肉，剩下的钱都交给了家里，这让姚淑兰十分高兴，连说还是红革懂事，比妹妹红心强多了。

红心的补助姚淑兰一分钱也没有见到，全被她花在了给大国买表上。大国最近常抱怨手表走得不准，红心记在心里，领了补助就拉着大国跑了趟地区，在百货商店精挑细选了一块新表。为这事母亲唠叨了几天，说人家处对象都是男的给女的买表买衣服，哪见过像她这样倒过来的，以后结了婚也必是搜刮娘家东西到自己家的。母亲说时红心既不生气也不顶嘴，只是抿着嘴偷笑。说着说着姚淑兰也没了脾气，对丈夫说："咱闺女瞅着性子绵软，其实心里主意大着呢。"

　　红心现在在筷子厂上班，职高的文凭太不值钱，她只上了一年就辍了学。新开办的筷子厂聚集了大量像她这样的未婚知青，相貌出众的红心一进厂就成了众多男工人瞩目的中心，她所在的车间也一下子成了全厂的聚宝屋，你来找钳子他来借扳手，借机没话找话与红心搭讪几句。红心下了班走出工厂大门，立即有好几辆自行车推过来，争先恐后要捎她回家。面对所有这些殷勤和好意红心一概淡然应对或婉言谢绝，她心里只有大国。

　　在地区读技校的大国只能在寒暑假回到翠岭，红心一天天计算他归来的日期，到了那天就早早跑到车站月台迎候。当大国的身影出现在车门口，红心立即飞跑上去接他手里的行李，两个人亲亲热热走回家去。

　　这个不爱说话总是甜甜笑着的姑娘单纯地爱着大国，大国就是她的世界。

四

　　正月初五这天姚淑兰费心思张罗了一桌好菜，让红心叫来大国，一家人热热闹闹吃顿团圆饭。

　　吃饭时孙连福提到往年家里的烧柴都是由自己去贮木场捡的，但今年捡烧柴的人太多，自己去了几趟也没捡回多少，需上山去拉些木头回来。他对红革说："趁你过年放假，明天咱爷俩去一趟吧。"红革点头答应。大国见是讨好丈人的机会，主动请缨说："叔，反正明天我也没事儿，和你们一块去吧。"孙连福正等他这句话，说："好啊，多个人就多一份力量。"

一会儿大国到外屋地添饭，红心跟了出来，担心地说："去山上拉烧柴最累人了，你以前从来没干过，能行吗？"

大国夸张地举举胳膊："别看我瞅着瘦，其实这小身板里尽是力气，就像那楚霸王唱词里说的……对，力拔山兮气盖世！"

红心笑着白了他一眼："吹吧你。"

大国见屋里没人注意这边，凑上去在红心娇艳的脸蛋上美美亲了一口。

次日天气响晴，红革推上架子车，孙连福和大国跟在后面，沿着运材道向山上行去。走到铁道口，红革左右望望嘀咕说："可别碰上护林队。"

大国说："没事儿，哥，护林队那些人自己也上山拉烧柴，谁管得了谁？"

走了几里路三人下了运材道进入林中。一棵棵褪去春夏浓妆的松树桦树静静立在雪地里，仿佛在做着一冬的好梦，人声车响偶尔惊起一两只山鸟，鸣叫着射向湛蓝的天空。孙连福在一道凝冻的山泉边停住，瞧瞧周遭的树木说："就在这里吧。"

三人从架子车上取下工具，小树斧头砍，粗木锯子锯，热火朝天地干了起来。红革与父亲合力将一棵碗口粗的松树锯倒，抹了把脸上的热汗说："这树还没长成就让咱伐了，可惜了。"

"可惜啥？"孙连福说，"靠山吃山，靠水吃水，咱守着这些树，烧柴不用它用什么？再说了，咱不伐别人也伐，来这一道碰上多少拉烧柴的车！"

天近晌午架子车上的木头已经冒尖，孙连福说："差不多了，捆扎捆扎回去吧。"

大国一边勒绳子一边对红革说："哥，带水了吗？干这半天活儿我嗓子都快冒烟了。"

红革踢踢脚下的积雪："带啥水，这满山不都是水？"

大国无奈，只得捧起几把雪皱着眉头填进嘴里。

上山容易下山难，何况还拉着满满一车木头在赛如冰场的雪道上行走。前面驾辕的红革将车把高高翘起，身子拼力后仰，后面的孙连福和大国紧紧拉住车厢板，小心翼翼地向前挪动。用力加上紧张，一会儿工夫红革已气喘如牛脚步虚浮，大国见状说："哥，你歇歇，我驾一会儿。"

红革将车把交与大国，嘱咐说："千万小心。"大国说："你放心……"话未说完，脚下一滑登时就要坐倒。红革和孙连福见势不妙，忙双膀较力死死拽住车厢板，硬是阻住了车子前冲之势。大国爬起身面色惨白，上千斤重的车子若果真从他身上碾过，性命八成就交代在这里了。

红革和孙连福也是心有余悸，和大国一起停稳车子，蹲在路边的雪地里喘气歇息。

孙连福说："也是咱们太贪心了，木头装得跟小山一样。"他望着架子车，心里默默打着主意。思谋片刻，孙连福起身指挥红革和大国从车上卸下一根最粗的木头，取根长绳一头绑在木头上，一头系在车子尾部，等再拉车上路时，车子便多了个"尾巴"，也多了个向后拉扯的阻力。

大国向丈人跷起大拇指："光说不行，姜到底还是老的辣。"孙连福也是一脸得意："你当我多吃那些年的咸盐是白吃的吗？"

将至铁道口，远远看见一个穿着军大衣的男子站在铁轨边吸烟，三人只当是不相干的闲人，直至走到跟前才发现那人的胳膊上赫然套着护林队的红箍。

红箍喝令车子停下，面无表情地说："按规定木头没收，罚款五十，赶紧卸车交钱吧。"

"别别，同志，"孙连福忙赔笑说："实在是家里没烧的了，才在这么冷的天儿出来整点烧柴，下次再不敢了。"

大国也掏出一包烟往红箍口袋里塞："高抬贵手，高抬贵手。"

红箍推开烟，一副公事公办的神气："少废话，卸木头交钱，快！"

大国想起什么，把红革拉到一旁："哥，我好像听你说过有个同学在护林队，是吧？"

红革点头："有一个，怎么？"

"跟这家伙提提，兴许能放咱一马呢。"

"能行吗？"

"行不行先试试。"

红革上前对红箍说："同志，你们护林队有个叫王海林的吧？"

红箍斜了他一眼："有，怎么？"

"那是我同学，关系最铁了。"

"真的？"

"咋能骗你呢？我叫孙红革，回头你可以问他。"

红箍上下打量打量红革，一挥手："走吧。"

红革没有马上反应过来，大国拉了一下他衣袖："哥，人家放咱走了。"

车子推进家门天已擦黑，大国早饿得前心贴后心，进屋见红心正把一盘热气腾腾的黏豆包端上桌，伸脏手过去抓了两个就填进嘴里。红心一巴掌轻轻打在他手背上："饿死鬼托生的？"

大国擦着嘴边的豆馅叹道："以前听说人饿急了会吃草根啃树皮，今天可是实实在在体会到了。"随后进屋的红革说："你小子长这么大净是出校门进校门，两个字——欠练！像我一样到山上抬几天大木头，以后什么饥渴都能忍了。"

一家人坐在饭桌前开始吃饭。姚淑兰吃了一口想起什么，说："红革，你单位的杨师傅——就是外号叫老绵羊的那个，上午来家了，说是要给你介绍个对象。"

红革还未应声，孙连福已抢先问："女方谁家的？"

"说她爸是河西做豆腐的，姓唐。姑娘在贮木场当检尺员。"

"做豆腐……贮木场的检尺员，"孙连福咂摸，"条件还行嘛。"

红心拍手欢呼："噢，我哥要有女朋友啦！"

红革一搡她："吃你的饭。"

五

春节过后延峰须回省城上学，走那天红革和海林都来送他。

火车站月台上挤满出门人和送行的亲朋好友，火车进站尚未停稳，人们已一拥而上，每个窄窄的车门前都挤满了提着大包小裹的人。大家谁都想先上反而谁也上不去，于是有人骂有人叫，闹哄哄乱成一团。

在这纷乱中海林宛如一条滑溜的泥鳅，左一穿右一插，硬从人缝中开辟一条道路，眨眼便爬上了车。海林一手扒住车门，一手努力伸出去将红革也拉上了车。红革上车后毫不停留，径直冲入车厢帮延峰占座位，海林则继续探出手去拉拽在人群中冲撞的延峰。

延峰体格没有红革强壮，行动没有海林敏捷，被人群挤得东倒西歪，费了半天劲才终于够到海林的手掌。海林将延峰拉上车，将他送到红革占好的座位上，说声"一路顺风"，和红革挤向车门准备下车。他们还未挪动到车门口，随着一声响亮的汽笛，火车已经徐徐开动了。两人苦笑着对望一眼，看来只好坐一站再下去了。

十多分钟后火车在一个叫劲松的小站停住。红革和海林下了车，眼望茫茫雪原和一条伴着铁道蜿蜒远去的公路，红革说："走吧，争取天黑前到家。"

两人踏着积雪大步前行，走了一个小时，海林停下来捶捶小腿，抬头望着愈来愈下沉的夕阳笑道："红革，看来今晚咱俩得露宿在野外了。"

红革说："你怕了吗？"

"我怕什么？"海林一副满不在乎的神气，"反正我冻死了你也活不了。"

两人正说笑，后面隐约传来汽车声，海林不禁喜上眉梢："天不绝咱俩，有车坐了！"

两人站在路中间，一辆吉普车在他们面前缓缓停下。司机审视他们两眼，推开车门说："上来吧。"

红革坐在副驾驶的位置上，海林则坐到后座。海林见车里先已坐着一个和自己年纪相仿的姑娘，搭讪说："幸亏遇见你们，不然我们俩人可就惨了。"

姑娘举止落落大方，笑着问："这大冷天你们咋走着出门？"

海林将缘由对姑娘讲了，又问姑娘这是去哪里。

"我头几天来劲松林场亲戚家玩，本来今天想坐火车回翠岭，可上车的人太多没挤上去，我爸只好派单位的小车来接我。"姑娘有些感慨地说，"你说咱林区人咋就不能跟人家城市人一样，排好队一个一个上火车？非得不要命地挤。"

"没办法，这是人的习惯问题，不是短时间能改变的。"海林一边说话一边盘算，这姑娘的父亲能调动单位的小车，肯定不是寻常百姓，便有意套问姑娘的底细。

姑娘倒是有问必答，她告诉海林自己叫常慧，明年就从地区卫校毕业，现在正在翠岭医院实习，爸爸是林业局的副局长。

常慧问海林是做什么工作的，海林故作庄严地说："我嘛，护林队员，森林卫士！眼睛瞪得像铜铃，射出闪电般的机灵，耳朵竖得像天线，听着一切可疑的声音……"

海林一边唱着儿歌一边夸张地做着动作，常慧被他逗得前仰后合："你这人可真有意思！"

六

红革和小唐姑娘的见面安排在老绵羊家里。老绵羊两口子摆好瓜子茶水便借故溜了出去，留下一男一女相对而坐。

组合柜上的电视放着时下热播的言情剧，红革见姑娘眼神不离屏幕，咳嗽一声打破沉默："你喜欢看电视剧？"

"嗯。"

"我妹也喜欢看，可我爱看球赛和打仗片，我们两个总争。"

"那你不让着点儿你妹？"

"让是让，可我跟她说这种电视剧特无聊，今天你跟她好，明天他又跟你好，转着圈地谈恋爱。还有，男的油头粉面，女的……"红革发现姑娘脸上显出不耐烦的神色，便收嘴打住。

小唐姑娘换了个话题："你现在在建筑队干什么活儿？"

"能干啥，搬砖和泥呗。"

"你就不想进步进步，以后当个队长啥的？"

红革一笑："拉倒吧，我家祖坟上就没长那根蒿子，再说我也不是那块料。"

之后的时间里小唐姑娘专注盯着电视，再未搭理红革。事后老绵羊媳妇去问小唐姑娘对红革的印象，姑娘给了八字考语：话不投机，胸无大志。

汇报结果的老绵羊前脚出门，姚淑兰后脚就"呸"地向地上吐了一口唾沫："什么话不投机胸无大志，明明是她白生了一对眼珠，看不出我儿子的好来！"她安慰红革："儿子，别在意，妈再托人帮你介绍，肯定比姓唐的只强不孬！"

几天后姚淑兰果然满脸喜色地对红革说："西院你王婶有个外甥女，是百货商店的售货员，人长得周周正正，管保你喜欢。"

待红革和售货员见面不禁同时一怔，原来两人认识。这个叫赵小芹的姑娘现在看起来温婉贤淑，时光倒退十年却是红革的噩梦——小学六年红革有一多半时间和这个赵小芹同桌，人家别的同桌互帮互助亲密无间，他们却一直吵吵闹闹争执不休。小芹在桌上刻了一条"三八线"，红革的胳膊稍有逾越便以圆规的尖针伺候。红革有时被针扎急了难免动粗，小芹便哭哭啼啼去找老师告状，让红革被老师训斥罚站。

如今两人提起当年的"战争"只剩下对童年温馨的回忆，接着又互相打听各自有联系的小学同学。王婶在外屋地听得真切，喜滋滋地跑到红革家报喜："这俩人能成！"

两个老同学又在河边山脚约会了几次，红革便邀请小芹到家做客。

为了儿子女朋友的初次登门姚淑兰着实忙活了两天，小芹来那天她特意让红心跟单位请了假，娘俩好一阵煎炒烹炸，整治出一桌色香味俱佳的饭菜来。

临近中午时红革将小芹接了来。两人在家门口下了自行车，红革忙着锁车，让小芹先进院子。正是他的这一点疏忽导致了之后一系列灾难性的后果——家里的大黄狗原本是一直拴着的，偏巧今早红心出去遛狗回来忘了把它拴上，那狗正趴在窝里打盹，忽被一声门响惊醒，睁眼见是一个陌生女子进了院子，护家的本能让它一跃而起，扑上去照那女子的小腿就咬了一口。

听到小芹凄厉的惨叫，院外的红革和屋里的三个人同时冲到院子里，一边斥退恶狗，一边将小芹搡进屋里。

姚淑兰掀起小芹的裤腿查看，见因隔着一层绒裤，姑娘白皙的小腿上只是现出几点淡淡的血痕，说："不碍事。"吩咐红心："去，拿剪子在狗尾巴上剪下几撮毛来。"

小芹奇怪地问："孙婶，剪狗毛干什么？"

"把狗毛烧成粉末敷在你的伤口上，几天就好了。"

"狗毛敷伤口？"小芹惊道，"那不得感染吗？"

姚淑兰说："感染啥？以前人被狗咬了都用这土招。"

小芹犹疑地摇摇头，目视红革："快带我去医院吧。"

姚淑兰指着一桌子的菜肴："这菜……"

小芹说："孙婶，我一个当护士的同学跟我说过，被狗咬了就要马上打防疫针，耽误不得的。这顿饭我没吃上，改日一定再来。"

姚淑兰脸色冷下来，大声对红革说："还愣着干啥？快带人家去医院，真给耽误了咱们可担待不起！"

红革和小芹去了，姚淑兰丧气地望着饭桌上自己两天的心血嘀咕说："被狗咬一口也要去医院，没见过这么娇气的。"

小芹的初次登门就这样不欢而散，之后她和红革又不冷不热地交往了一段时间，开始一周见一次面，接着改为两周，后来一个月也不见得约会一次，最终再不联系。

姚淑兰要托人再给红革介绍，红革心灰意冷地说："先缓缓吧。"

"缓啥？"母亲说，"过生日你就二十三了，和你一般大的有人连孩子都有了。再说大国他妈早就给我递了话，想等大国一毕业就把他和红心的事儿办了，可你当哥的婚事八字还没一撇，咋能先张罗妹妹的事儿呢？"

红革闷声闷气地说："红心要结婚就结婚，只当她没我这个哥。"

姚淑兰一巴掌拍在儿子的后脑勺上："放屁！"

七

因为在篮球方面的贡献，顺子参加工作不到一年就被提拔为建筑一队的副队长。

　　建筑队的院子里有座篮球场，因年久失修篮板歪斜球筐松动，水泥场地也是到处坑坑洼洼。尽管如此，休息时间还是有不少青工冒着摔伤崴脚的危险到这里投篮奔跑，消耗过剩的精力和热情。

　　顺子看在眼里，向老工人打听单位咋不把篮球场整修一下。老工人说："一个玩儿的事，谁会放在心上。"顺子说："那不行呀，开会时领导不也讲要活跃职工业余文化生活吗？这么多人喜欢打篮球，单位就该支持！"

　　为这事顺子特意跑了趟建工处机关，在主任面前慷慨陈词，讲述有一座像样的场地开展好篮球运动，对单位增强凝聚力有多重要。

　　主任笑眯眯地听他讲完，说："处里可以拨款整修篮球场，但是嘛，有一个条件。"

　　顺子问："什么条件？"

　　"每年林业局的职工篮球赛咱建工处成绩都不咋地，既然给你们建筑队修了球场，今年篮球队的队员都由你们队出，要是拿不了前三名，修球场花多少钱我就从你工资扣多少钱！"

　　顺子一拍胸脯："没问题，主任，你就等着瞧好吧！"

　　资金很快批下来，篮球场更换了球架，重铺了水泥地面，青工们打球的感觉别提有多爽了。面对众人的夸赞顺子摆摆手说："别整这些虚的，好好练球！到时拿不了前三名，主任扣我工资我到你们家吃饭去！"

　　于是青工们在顺子的组织下精研战术苦练球技，水平眼看一天天见涨。七月初职工篮球赛开赛了，建筑队的小伙子们过关斩将所向披靡，不仅打进前三名，甚至史无前例拿到了冠军。

不久建筑一队的副队长出缺，主任直接点了顺子的将："这家伙是个能干事的料，就让他当吧。"

副队长官不大，却掌握着相当大的实权，队长在时协助队长处置各项事务，队长不在时便负责队里的一切工作。以往工人有事找队长请假，队长有时批有时不批，现在到了顺子这里，只要不影响队里的活儿他一概准假。若逢上工人家里有婚丧嫁娶这样的大事，顺子会主动派人派车帮忙，自己无论多忙也必亲往贺吊，为主家捧场长脸。

顺子一系列亲民的做法为他树立了声望，最后以至于队长交办什么事工人们未必放在心上，但顺子说什么却是一呼百应，落实起来丝毫不打折扣。

红革上海林家玩聊起顺子，海林感叹："顺子当混混时就有领导力，现在看起来更不得了，这样发展下去，将来肯定能熬成个大干部。红革，咱俩没事儿多请顺子吃吃饭喝喝酒，把关系处熟络了，早晚能借上力的。"

红革一拳捣在海林肩上："你小子也这样精通关系学了？以前可不是这样。"

海林说："咱们上学时都是书生意气，把世上事看得太容易，直到上了班我才体会到这社会有多复杂，不把人情世故琢磨透，怕是人家把咱卖了咱还帮人家数钱呢。"

八

时近八月天气燥热起来，这天红革正在工地上汗流浃背地搬砖，忽听有人叫他，直起腰一看，砖垛旁站着笑吟吟的周老师。红革忙丢下砖夹子，跑到周老师面前问："老师，有事儿？"

周老师讲了来意，原来他老家的妹妹新近带了女儿来翠岭做客，活泼好动的外甥女闲待无事，见左邻右舍许多人背了箩筐到山上采蘑菇，便缠着舅舅也带她去一趟。周老师虽居林区多年，于采山却是个门外汉，无奈之下想到红革，问他可有时间同去做个向导。

红革说："我也没去过几回，怕采不到东西空走一趟。"

"空走一趟就空走一趟，"周老师说，"说白了就是领那丫头上山玩玩。"

红革说："那好，后天就是星期天，我们一起去吧。"

周日风和日丽天气绝好，周老师带了外甥女徐春枝同红革在山脚会合，然后红革居前领路，周老师和春枝紧紧相随，一起向山上攀去。

春枝自幼长在平原，何曾见过这样山泉叮咚野花遍地的森林景致，兴奋得欢蹦乱跳，一会儿钻入花丛中采摘野花，一会儿掬起溪水向红革和周老师身上抛洒，顽皮得像个孩子。

三人翻过一道山岗，春枝问红革："怎么还见不着蘑菇？"

"这采山也要靠运气。"红革说，"蘑菇都是连片长的，运气好的话遇上一大片，咱三个人的箩筐都装不下，如果运气差，转悠一天可能连蘑菇影子也见不到一个，那只能采点嘟柿回去应付差事了。"

"嘟柿？"春枝好奇地问，"嘟柿是什么东西？"

红革指向她脚下的草丛："那些不是？"

春枝蹲下身仔细查看，果见草叶间星星点点挂着些蓝色的浆果。她小心地摘下一颗嘟柿，抬头问红革："能吃吗？"

红革点点头："吃吧，好吃着呢。"

春枝将嘟柿送入口中，轻轻一嚼，但觉一股带着山野清香的汁液溢满齿颊，甜中带酸回味悠长，欢喜地说："真是好东西。"

春枝采了些嘟柿捧在手里，边走边吃。三人在林子里穿行一阵，前面现出一座小石砬子，春枝提议："我们来比赛，看谁先爬上去！"说罢一马当先向前跑去。红革望着她的背影笑笑，伴着周老师慢慢跟上去。

春枝登上石砬子，振臂高呼："我是冠军！"她放眼四顾，但见脚下松涛阵阵林海茫茫，一股馥郁的松脂香扑入鼻端，真叫个赏心悦目心旷神怡。陶醉了一会儿，春枝突然看定一个方向，激动难抑地叫道："舅舅，孙哥，你们快上来，看那边！"

红革和周老师紧赶几步爬上石砬子，向春枝所指的方向望去，只见不远处的一道慢坡上生着几棵高耸入云的松树，树下竟是一片蘑菇的海洋，一个个油汪汪胖墩墩的蘑菇躲在草丛中探头探脑，仿佛无数稚拙可爱的小娃娃在打着伞捉迷藏。

红革手臂一挥："还等什么？采蘑菇去喽！"领着春枝喊叫着冲下石砬子，一头扑入蘑菇阵中。周老师在后面直叫："慢点儿，别摔着了！"

红革和春枝比赛似的你采我摘，一会儿工夫每人的箩筐都已半满。周老师说："行了，不能竭泽而渔焚林而猎，小个的蘑菇留着，明年又能生出一大片来。"

三人又是爬山又是采蘑菇，体力消耗不小，此时肚子都咕咕叫了起来。春枝从背包里取出一块塑料布，抖开铺在草地上，招呼红革和舅舅坐上去一边休息一边进餐。

春枝把两个煮鸡蛋递给红革，红革摆手："我带着饭呢。"

春枝嗔道："两个鸡蛋能撑着了你？你可得吃饱了，等会儿还要带我们再去找蘑菇呢。"

周老师笑着指点外甥女："你这丫头，整个一个贪得无厌，都采那么多了还不知足？"

"老师，天还早着呢。"红革说，"歇够了咱们再往前走走，说不定又有新发现呢。"

三人吃饱喝足起身又行，一连翻过两座山头，却再未见到成片的蘑菇。

周老师低头看了下手表说："都三点钟了，咱们回去吧。"红革答应了，带着春枝和周老师折身回返。

走了一会儿，周老师突然叫住红革："红革，好像不对。"

"怎么了？"

周老师指着脚下："看到这块三棱石头没？我刚才就是差点被它绊了一跤，咱们走了半天，怎么又绕回来了？"

红革闻言脊背暗暗生凉，听老采山的人讲，这来回转圈正是迷山的征兆。他稳住心神仔细辨认方位，指定一个方向带着周老师和春枝走了下去。然而令人沮丧的是，十几分钟后那块可恶的三棱石头又出现在了他们脚下。

三人再不敢向前走了，蹲在地上研究到底该往哪个方向去才是。周老师学识渊博，但并不包括地理学科，而红革和春枝有限的判断方向的知识还是小学学过的一篇课文《要是你在野外迷了路》。

　　三人商量了半天，最后透过树梢仔细观察了太阳的方位，选定一个方向鼓起勇气再行。走了一阵幸好那块三棱石头再未出现，但越向前走脚下越崎岖难行，周老师和春枝都有些步履蹒跚。红革叫住他们，把他们箩筐里的一些蘑菇匀到自己筐里。

　　周老师叹了口气："再走不出去就把这些蘑菇都扔了吧，背着也是累赘。"

　　听他这样说春枝眼眶登时红了，红革忙安慰说："再坚持坚持，兴许走一会儿就找到路了。"

　　红革在前拨开乱枝杂草艰难寻路，春枝搀着周老师深一脚浅一脚地跟随在后，又不知跋涉了多久，春枝突然说："我好像听到了汽车声。"

　　"真的？哪边？"红革和周老师都面露喜色。

　　春枝竖耳再听，伸手指了方向。三人打叠起精神向那个方向走去，约莫行出二里多地，光线开始越来越亮，当红革拨开最后一条挡路的树枝，一条砂石大路终于出现在他们眼前！

　　三人同时一屁股瘫坐在地，都有劫后重生之感。周老师捶打着双腿说："这辈子我也不会再上山采什么蘑菇了。"

　　春枝向红革挤了挤眼："采还是要采，但一定要找个好向导。"

　　"好，好，"红革笑道，"都怨我没带好路，让你们受惊了。"

　　周老师说："不怪你，要怪只能怪春枝，不是她采蘑菇贪心没够，咱们也不会迷路。"

　　春枝调皮地伸伸舌头笑了。

九

周一周老师又来工地找红革，问他觉得春枝人怎样。红革说："挺好的啊。"

周老师问："让她当你对象，你愿意不？"见红革一时没反应过来，周老师说："红革，实话跟你讲吧，我妹妹娘俩这次大老远地来翠岭，一为看我，二来是想在林区给春枝找个婆家。"

周老师的老家在兰东，是个经济落后的纯农业县，春枝父母不愿女儿在当地出嫁，听周老师来信说林区生活还富裕，便生出将春枝嫁到林区的念头。今年夏天春枝妈将家里家外活儿一概抛下，带了女儿千里迢迢赶到翠岭，逼着哥哥给春枝介绍个对象。

周老师将认得的未婚男子在心里过了一遍，只有老学生孙红革踏实可靠，值得外甥女托付终身。但想到春枝是农村户口，怕直接提出来红革一口回绝，便苦心设计出一个上山采蘑菇的由头，让红革先见见春枝本人。

红革听周老师说明原委，回想春枝的娇憨活泼已经愿意，但想到春枝的户口问题必须禀明父母，说："老师，我先回家和我爸妈说一下。"

周老师说："那好，我等你的回信。"

红革回家一说，孙连福马上反对："放着翠岭这么多城镇姑娘不找，到山外找个农村户口的，谁听了谁不笑话！"

姚淑兰态度却颇为暧昧，她问红革："这姑娘模样性情咋样？"红革答说都好着呢。姚淑兰指示儿子："这么着，你跟周老师说，让那姑娘这几天得空来咱家一趟，我和你爸相看相看再说。"

姚淑兰自有她的盘算，她亲眼见许多人家因双方老人的矛盾导致夫妻成仇婆媳反目，心想儿子若果真娶了周老师的外甥女，儿媳娘家远在山外往来不便，该省却多少麻烦纠葛！正因为有了这个想头，所以她打定主意只要姑娘的模样性情入得了自己的法眼，户口问题大可略而不计。

春枝初次登门的接待规格明显比赵小芹差了许多，姚淑兰想她一个穷乡僻壤来的农村女子，能吃过什么喝过什么，饭桌上只是比平常多了两样炒菜而已。

春枝没有一般女孩子的忸怩作态，让喝水就喝水，让嗑瓜子就嗑瓜子，有问必答，不问也不多说话。饭后她主动走到外屋地刷起了碗，刷完碗还捎带手把案板碗柜擦拭得干干净净。

春枝的完美表现赢得全家人的首肯，红心挤挤眼故意逗父亲："爸，人家可是农村户口。"

"农村户口咋？"孙连福说，"我瞧翠岭的好多姑娘都比不上她。"

红革与赵小芹谈朋友时只是散散步聊聊天，如今女主角变为春枝活动内容就丰富多了。从小生长在平原的春枝对林区的一切充满好奇，她让红革带她去白桦林里观鸟，到清水河边赏鱼，两人甚至还兴致勃勃地跑到高山顶的瞭望塔上参观了一回。

一次红革无意中说起自己在猪场喂猪的往事，哪想春枝大感兴趣，一定要红革带她去猪场看看。

红革说："一帮整天不是吃就是睡的'八戒'，有啥看头？"

春枝撒娇说："我只见过养一两头猪的小猪圈，还真没见过一养就是几十头的大猪场呢，你就带我去看看嘛。"

红革无奈只得应允。

已伤愈上班的老绵羊热情接待了红革两人的来访，沏茶倒水忙个不停。他背了春枝挤眉弄眼地对红革说："你小子艳福不浅呐，这姑娘的人样子比李艾也差不到哪儿去。"

李艾，红革咀嚼着这个既亲切又生疏的名字，一股苦涩涌上心头。他环顾猪场的角角落落，只觉无处不留有李艾的气息，眼见春枝在老绵羊的指引下兴致盎然地观赏大猪小猪，一扭头独自走向了清水河的河滩。

红革在阳光晒得热乎乎的鹅卵石上坐下来，望着滔滔流淌的河水，耳边又响起了李艾的声音：

"这河滩还没有名字，咱俩琢磨着给它起一个吧。"

"就叫猪场滩？"

"不好听，嗯……叫红革滩吧。"

"应该叫李艾滩。"

"这么办，用你名字中的一个字，用我名字中的一个字，不然就叫……艾红滩？"

"行啊。"

猪场和河滩依旧是过去的模样，但辛勤劳作的青葱岁月，还有那花朵般俏丽温存的猪场女工，都永远在他的生活中消失了。红革痛苦地闭上了眼睛。

"红革！"春枝在猪场那边叫他。

"来了！"红革掬一把清凉的河水洗了洗脸，走回猪场。

春枝问红革："小野猪那时候晚上睡在哪儿？"

"就这儿。"红革指指值班室的窗下。

春枝说："我猜是有人瞧小野猪可爱，夜里偷偷来抱走了。"

红革摇头："不可能，小野猪灵性得很，生人一靠近早就跑了，根本逮不住它。"

"要我说不是人偷也不是野兽叼，一定是它自己走了。"老绵羊在旁说了自己的分析，"别看咱们人从小把它养大，那东西骨子里毕竟是个野物，不会和人长时间待在一起的，哪天野性上来，悄没声儿就奔山里去了。"

红革眼望四面连绵起伏的群山，叹道："但愿是吧。希望它没有走太远，哪天我上山拉烧柴或者采山货，兴许还能碰上它呢。"

不觉已到快吃晚饭的辰光，红革别了老绵羊，骑车载着春枝踏上归途。

此时红日西沉彩霞满天，运材道边的清水河在霞光映照下熠熠生辉，春枝眼望这如画般的景致，喃喃说："你们林区真好，山也美水也美……"

红革接上一句："人更美。"

"贫嘴！"春枝举起小拳头在红革背上轻轻打了两下，问道："红革，你喜欢我吗？"

"嗯。"

"啥嗯呀嗯的，说，到底喜不喜欢？"

"喜欢。"

春枝抿嘴笑了，突然想起一个问题："你说杨师傅腿摔伤后来了个接替他的女工，你们俩整天在一块干活儿，发没发生什么故事呀？一点儿别藏着掖着，给我老实交代！"

红革给春枝讲在猪场的生活时已努力屏蔽掉关于李艾的信息，但女人天生的敏感还是让春枝捕捉到一丝玄机。

"能有啥故事？现在人家已经嫁给了我们单位副业队的队

长，成了官太太了。"红革尽量以一种轻松的语气说道。

　　春枝放心了，她把脸颊贴在红革温暖结实的后背上，微闭双眸如同梦呓："真想让你带着我一直骑下去，永远永远没有尽头……"

第三章

一

在周老师主持下，红革一家和春枝母女在饭店吃了顿饭，算是订了婚。席上春枝妈说："过两天我们娘俩就回山外了，出来这么久也不放心家里。等明年天暖和你们这边预备齐全了，我和她爸就把春枝送过来，完了俩孩子的终身大事。"

"行，行，就听亲家母的。"姚淑兰说，"可我们这边该有的礼数也不能省，我和红革他爸商量过了，趁春节放假让红革去兰东走一趟，一来认认家门，二来也瞧瞧老丈人。"

"这样最好，"周老师笑道，"见到这么称心的姑爷，我那妹夫一定喜欢得不得了。"

春枝随母亲回山外了，红革又回归到上班干活儿下班看电视按部就班波澜不惊的生活，习惯了春枝在身边言笑晏晏卿卿我我，心里不免空落落的。红心看哥哥常常一个人呆呆出神，笑着打趣他："哥，又想我春枝姐了？"

"一边去！"红革一瞪眼，"你当我们同你和大国似的，腻歪个没够。"

"死要面子！"红心向哥哥做个鬼脸，"想人家了还不好意思承认。"

好容易盼到春节，母亲开始帮红革打点出门的行装。红革只在很小的时候随父母回过一次山外老家，此时要一个人出门远行心下难免惴惴。父亲开导他说："出去是串门也是见世面，总窝在翠岭这巴掌大的地方，能晓得个啥？放心走，你一个大小伙子，只要跟人不打架不拌嘴，啥事也不会有的。"

母亲则是一番细致入微的叮咛：车票和钱要拿稳攥好，不要被贼偷了，到了丈人家一定嘴甜手勤，不能让人家挑出毛病……

红革早晨上了火车，中午时分到了地区，火车再向前走便驶出千里林海进入到辽阔的松嫩平原，放眼车窗外皆是一望无际的沃野，冬日暖阳下冰封雪盖银光耀目，令人胸襟为之一宽。天黑透时他在中转站下了车，到票房买了去省城的火车票，见开行时间是次日一早，看来必须得在火车站附近住宿一晚了。

红革拎着行李走进站旁的一家旅馆，睡眼惺忪的服务员一边打着哈欠，一边告诉他便宜的房间都已客满，剩下全是三十元一位的高档间。

"三十块？这么贵！"红革嘟囔着，转身走向相邻的另一家旅馆。没想到这一家与刚才的旅馆一样，能提供的只有高档间。

到底是花冤枉钱住高档间还是蹲一宿候车室，红革一时拿不定主意。这时一个披着军大衣的妇女踱过来问道："大兄弟，是要住店吧？一晚十块，住不？"

红革想价钱倒是便宜，打量妇女形容，见她三十开外一脸和善，不像是开黑店的，反问道："远不远？"

"不远，走几分钟就到了。"

"那行。"红革拎起行李，随妇女走向火车站对面的居民区。

妇女领着红革在巷子里七拐八绕，走了十多分钟也未到她所说的旅店。红革心里未免打鼓,但想自己一个五大三粗的小伙子,总不成被一个女子害了,所以只是紧跟在后并不说话。

又走了一段路,妇女终于在一座低矮的房子前停下,说这就是了。红革走进房门,只见一条昏暗的走廊两边排列着七八间鸽子笼式的小屋子,每间屋子挨挨挤挤摆着三张铁架床,想来就是所谓的客房了。

大老远的已经来了,红革嫌不得这小旅店的局促肮脏,在柜台上交了押金,由服务员引着走进了靠里的一间屋子。服务员指着中间一张床铺说:"你就在这儿睡吧。"

靠墙的床铺已有一位客人,是个留着小胡子的中年汉子,正捧着本地摊杂志随意翻着,听到动静抬头看看红革,含笑招呼道:"来了?"

红革向他点点头,将行李塞进床底,忍着床单的污黑油腻和衣躺了下去。

小胡子客人似是个健谈的人,主动搭讪道:"兄弟,去省城?"红革答声:"是。"再不多说一个字。他临来时母亲再三嘱咐,外头不比翠岭,社会复杂人心难测,和生人接触务须谨慎。

小胡子客人并不计较红革的敷衍,滔滔不绝介绍自己——他是辽宁人,一向走南闯北做药材生意,前几天刚跑了趟内蒙古,现在是准备回家过春节的。

小胡子客人正说着话,屋门推开,又有一位客人被服务员领进来。红革和那人四目相对,同声欢叫:"怎么是你!"

原来进来的人是红革同一建筑队的工友姜明,两人其实坐的是一列火车,在火车上没有遇着却在这里见了面。红革帮姜明安顿好行李,问他出行的缘由,姜明说他父亲在报纸上看到省城一家烹饪培训班的招生广告，便打发他到省城求学，待手艺学成回翠岭开个小饭店。

"你开饭店，那建筑队的工作不要了？"红革问。

"我比不了你，等你爸退休能接他的班。我家是盲流来兴安岭的，干到退休也是个老知青，转不成正式的，不如赶早想别的出路。"

姜明问红革出门做什么，红革有些不好意思："到老丈人家串个门。"

"老丈人？"姜明惊讶地说，"没听说你结婚呀。"

"是未来的老丈人。"

"哦，那你办喜事时别忘了请我呀。"

"肯定的。"

红革和姜明聊得热乎，同屋的药材商人不甘寂寞，瞅准话缝插言说："你们都是兴安岭的？我这两年可没少往你们那儿跑。兴安岭人讲义气重感情，比山外人淳朴多了，可是也有一条不好，就是经济意识太差。"

说到这儿药材商人从口袋里掏出一包烟，先让红革和姜明，见两人都摇头，自己抽出一支点着了，继续说道："现在是什么年代？二十世纪九十年代，南南北北到处都在搞开发，有资源的搞开发，没资源的变着法儿也在搞，可你们林区人就知道伐木头，谁也没想着开发开发满山的宝贝。你们兴安岭有多少好东西呀，蘑菇、木耳、嘟柿，随便开发哪样卖到山外都能换回来大捆大捆的钞票！一句话，思想落后耽误事儿啊。"

红革和姜明不明药材商人的底细深浅，任由他感慨万端地空发议论，只是哼哈答应并不接口。

屋门突然又被推开，一个胖子和一个络腮胡子走了进来。

胖子满脸堆笑地对三人说："我们也是住店的，大长夜睡不着觉，想打几把牌解闷，可人凑不够手，你们三位谁有兴趣？"

红革和姜明都说累了要歇息，药材商人却似有意，问："带彩头吗？"络腮胡子说："带一点儿吧，一点儿没彩头玩起来也没意思。"药材商人说："我去。"起身跟着络腮胡子走了。

胖子留下来继续撺掇红革和姜明："现在三缺一，还差一位。睡这么早干吗？玩几把去。"见红革和姜明不为所动，无奈地说："碰上不好耍钱的榆木疙瘩了。得，我再去找别人。"

红革和姜明又闲聊了几句，渐渐困意上来蒙眬睡去。也不知睡了多少时候，两人突然被隔壁房间的吵闹声惊醒，跟着屋门咣当一响，药材商人被人一脚踹进屋来，同时走廊传来络腮胡子的骂声："赶紧收拾东西滚蛋！妈的，输钱还敢讹人，也不瞧瞧这是谁的地界！"

红革和姜明见药材商人失魂落魄地收拾好东西匆匆而去，面面相觑不知道发生了什么事。这一惊醒两人再也睡不着，躺了一会儿看看天已放亮，到柜台结算了住宿费走出店门。

红革和姜明问了几次路才找回火车站，他们在站旁的早点摊买了些包子，走进候车室边吃边等待上车。

姜明忽然拽了拽红革衣袖，向一个墙角努了努嘴。红革向墙角望去，见昨晚被赶出旅店的药材商人正坐在椅子上歪头打盹。

红革和姜明走到药材商人身边，红革拍了拍他的肩膀，药材商人被吓得一哆嗦，待看清是他两人才放下心。红革问："昨晚到底怎么回事？"药材商人叹了口气："别提了，我上了人家的套了。那几个人把我忽悠上牌桌，开始让我打得顺风顺水赢了不少钱，然后就说彩头太小不够刺激，要玩大的。也是我贪心糊涂，想也没想就答应了。一玩大的不要紧，我竟一把也没赢过，不光先前赢的钱都吐了出去，连身上带的几百块钱也输个精光。我明白过来他们几个是合伙算计我，要和他们讲理，他们却反说我输急了讹人，上来把我拳打脚踢好一顿揍……"

姜明听得义愤填膺，说："你咋不去派出所告他们？"药材商人指指候车室门口："有人看着我呢，他们说了，我要敢报案去，就把我的腿打折了。"红革和姜明向候车室门口望去，果见两个小青年一边抽烟一边眼睛向这边瞄着。

红革侠义心肠上来，说："我们帮你去报案。"药材商人摇摇头："算了，强龙不压地头蛇，就当我花钱买个教训，今后可不敢随便在外头跟人耍钱了。"说到这里他面上突现扭捏之色，嗫嚅说："我回家还得再坐一天火车，车票是提前买好了，可路上总不能不吃一顿饭吧。两位小兄弟，你们手里要是富余十块二十块的，能不能借我用用，你们把地址给我，我回家就把钱寄给你们。"

红革取出钱包数出五十元钞票拍在药材商人手里："不用还了。"姜明也掏出五十元放上去："我的也不用还了。"药材商人捧着票子热泪盈眶，嘴里不停地念叨："谢谢小兄弟，谢谢。"

二

红革和姜明走出省城火车站的出站口，红革需在此继续倒车，姜明则要赶往烹饪培训班的办班地点，只能就此分手。两人原本只是普通同事交谊平常，但这一路走下来感情不自觉亲厚了许多，姜明说："祝你在老丈人家过个好年。"红革拍拍他的肩膀："也祝你在培训班学习顺利。"

眼望姜明瘦削的身影在熙熙攘攘的人流中消失，红革在站前广场的台阶上坐下来，认真打量眼前这个号称"东方莫斯科东方小巴黎"的省会城市。楼房盖得那么高，人住进去不成了鸟了？马路上车也太稠了，一辆接着一辆，过马路的行人泰然自若地在车缝间钻来钻去，也不怕碰着。想起翠岭的街道半天也过不了一辆车，红革感慨大城市和小地方真是不一样。他算算日子，等自己从兰东返程，延峰也该开学了，到时一定要让他领着在省城各处好好逛逛。

又坐了一夜的慢车，红革天亮时分抵达了兰东县城。他下了火车，在月台上寻找春枝的身影——红革在出发前两个星期曾给春枝寄了封信，告诉她自己到达的车次时间，料想她必亲自来接的。

红革东张西望找了半天也没看到春枝，下车的旅客陆续散去，最后偌大的月台上只剩下他孤零零一个人，一名车站的工作人员走过来赶他："快出站吧，我们要锁门了。"

红革一边纳闷一边出了车站，走上县城的街道。冬日的清晨冷雾弥漫行人寥寥，他走到街边一个卖糖葫芦的面前，客气地问："大哥，向阳乡徐店村怎么走？"卖糖葫芦的指指不远处的一个公交站牌："在那儿等车吧。"

红革在站牌下等了一个小时，终于盼到一辆破烂的公交车叮叮咣咣驶过来。他跳上车，窃喜车上还有空座，可以歇歇站得酸麻的腿脚。

红革昨晚在火车上睡得不好，汽车摇篮似的一摇一晃引得他瞌睡上来，靠着椅背便迷糊了过去。他睡得正香，猛听一声叫嚷："你不是去向阳吗？到了！"红革打一激灵睁开眼，见是公交司机在和自己说话，连忙提着行李下了车。

红革只当下车处便是徐店村，向一起下车的一位老农打听，才知这里只是向阳乡乡政府的所在地，徐店村距此尚有二十多里呢。老农见红革愁容上来，热心地说："咱们在这儿等等，看能不能帮你拦辆便车。"红革忙称谢不迭。

等了一会儿，一辆马车踢踢踏踏地踏雪驶来。老农招手截住，向年轻的车老板说："雷子，是回村吧？这儿有个小伙子也去徐店，你能不能顺道捎捎他？"车老板爽快地答应："有啥不能的？上车吧。"

红革谢了老农上了马车，车老板一声吆喝，驾辕的黄马撒开四蹄小跑起来。车老板回头问红革："你去徐店干啥？"红革答："串门。"车老板也不再问，抱着鞭子自顾哼起了二人转。

车老板一段戏没唱完，马车已到了徐店村村口。红革跳下车谢道："大哥，辛苦了。"车老板说："别光道辛苦，走这么远的路打个摩托车还要五块钱呢。"红革领悟了他的意思，从钱包里数出五块钱递给他。车老板将钱小心地装进口袋里，随口问："你去哪家串门？"

"徐春枝家。"

车老板面色登变，仔细打量红革："你是……兴安岭的孙红革？"

"是啊，你咋知道？"

车老板忙掏出还未焐热的票子塞还给红革，嘴里连说：

"这事儿整的，这事儿整的，我咋能收你的钱？"见红革一脸迷糊，有些尴尬地说："明白说吧，春枝是我妹妹，我是她哥徐春雷。"

三

红革的到来让春枝一家人欣喜异常，丈母娘立即带着儿媳生火做饭，老丈人拉红革坐上热乎乎的炕头，伸手捏捏他的肩膀，喜爱地说："身板够结实的。一直没见你来信，还当你不来了呢。"红革说："我写了信呀。"春枝将一杯热水递到他手里，说："这可怪了，我这些日子天天去村委会打听，他们都说没见到兴安岭来的信。"老丈人说："别管信不信了，来了就好，咱一家人高高兴兴过个年！"

丈母娘和春雷媳妇将饭菜端上来，都是咸鸭蛋、炒鸡蛋、白菜炖土豆等自产的吃食。丈母娘将几块煎得油汪汪的鸡蛋夹进红革碗里，亲热地说："到这儿就和到了自己家一样，多吃点儿！"

老丈人从炕柜里拿出一瓶二锅头，问红革："整点儿不？"红革待要点头，猛想起临来时母亲的嘱咐，矜持地说："叔，你和我哥喝吧，我吃菜就行。"春枝一把从父亲手里抢过酒瓶给他倒上："到我家装啥？在翠岭我亲眼见你连干几杯都不带醉的。"

一家人正吃着饭，随着一阵叽叽喳喳的说笑，一群大姑娘小媳妇拥进了屋，原来村里的女人听说老徐家的林区姑爷上门，一窝蜂都跑来看稀罕。

未出阁的姑娘只是拿眼盯着红革从上到下细细打量，媳妇们就放肆多了，一边瞧一边品头论足："模样还中看，就是鼻梁塌了点儿。"

"瞧这耳朵多大，老话咋说了？对，耳朵大有福。"

"说有福还得说人家春枝，瞧这小伙样子老实巴交的，结了婚一定啥事都听媳妇的。"

女人们你一言我一语口无遮拦，红革听得面皮发烧，埋头只是往口里扒饭。春枝却耐不住了，"啪"地掼了筷子，跳下炕柳眉倒竖嚷道："又不是你们家的姑爷，用你们在这儿说三道四！走，都走，吃饱了到别的地方消食去！"

女人们嬉笑着去了。老丈人对红革说："我们农村人就这样，别在意。"春枝余怒未消地说："啥农村人就这样！她们就是没教养，等她们家来客了我也过去瞅，不把客人瞅毛了才怪！"父亲用筷子指点着女儿摇头："你这脾气……"

四

红革在徐店村的日子如同神仙般逍遥，每天睡到日上三竿才穿衣下地，丈母娘和春雷媳妇调换花样给他张罗吃食，春枝更是担任他的专职陪同，吃饱了便领他村前村后四处闲逛。

大年初一早上吃过饺子，老丈人对春枝说："听说今天乡里办庙会，吃的穿的卖啥的都有，你带红革玩玩去。"春枝依言领着红革出了屋，对红革说："咱们坐马车去吧。"红革问："你会赶车吗？"春枝得意地一扬下巴："我比我哥赶得还好呢。"

春枝从马圈里拉出黄马，指挥红革帮她将大车套上。两人上车坐好，春枝扬起鞭子熟练地一甩："驾！"赶着马车出了院门。

马车沿着奔乡政府的大道一路行来，但凡遇到有同村人步行去赶庙会的，春枝必招呼他们上车同行，这样一路上人，到集市时整辆马车已坐得满满当当。

春枝将马拴好，引着红革一个摊位一个摊位转悠。正看得眼花缭乱，前方突然响起一阵急促的鼓点，春枝兴奋地叫道："是二人转！"拉着红革穿过人丛飞跑过去。

一个临时搭起的戏台上，一男一女两个演员正在卖劲地对唱，演员只为取悦观众，一些粗口浪语张嘴就来，红革和春枝直听得脸红心跳。瞧了一会儿，春枝见唱词愈来愈不堪，拉了一把红革说："别听了，我们到别的地方逛逛。"

两人挤出人群，红革见不远处有一排卖雪糕的，对春枝说："走，我请你吃雪糕去。"

红革买了两块雪糕，与春枝一人一块慢慢啃咬。两人正吃得香甜，前方街面上突然一阵吵嚷，接着便见一个小青年手里抓着一个女式皮包慌慌张张跑来，后面一男一女一边追赶一边叫："抓小偷！"

待小偷跑到跟前，红革突然将腿伸了出去，急速奔跑的小偷猝不及防，结结实实被绊了一跤，摔了个嘴啃泥，手里的皮包也甩出老远。小偷狼狈地爬起身，回头向红革怨毒地盯了一眼，来不及捡皮包匆匆逃走了。

两个失主追上来，女的去捡皮包，男的对红革连声道谢。红革说："没啥，帮把手的事儿。"春枝在旁纠正："不对，是帮条腿儿。"几个人都笑起来。

红革和春枝又在集市上逛了几圈，看看天已过午赶着马车踏上归程。刚走出不远，一个人从路边闪出拦在车前，阴阳怪气地说："哥们，别着急走啊，咱俩账还没算呢。"

红革认出是刚才被自己绊了一跤的小偷，一骗腿儿跳下马车，毫不畏惧地走上前说："你想怎么着？"

"今天你搅了老子的生意，要么赔偿老子的损失，要么，呵呵……"小偷说着从衣兜里掏出一柄明晃晃的尖刀来。

红革哼了一声："我们兴安岭人还真不怕这个，来吧，咱俩过两招。"春枝提着马鞭走过来，将马鞭递给红革："用这个，抽死这个王八蛋！"

"你是兴安岭的？"小偷心里犯起嘀咕，兴安岭人打架不要命全省闻名，再瞧瞧红革铁塔似的身板和手里两米长的马鞭，胆气早已泄了，丢下一句场面话："哥们，算你牛，咱们后会有期。"一溜烟地跑了。

红革和春枝相视而笑，上了马车继续前行。与来时一样，只要遇到步行回村的乡邻，春枝必热情地招呼他们上车。一个坐车的老太太见红革瞧着面生，问春枝这是什么人。春枝咯咯一笑："他是来我家偷东西的。"老太太问偷什么，春枝笑得更加欢畅："偷人！"

马车驶回春枝家，红革一边帮春枝卸车一边说："你和大哥是亲兄妹，做事却真不一样。"春枝问怎么不一样，红革便将自己来时春雷要车钱的事儿说了。春枝啐了一口："他是一心钻进钱眼里了，这事儿也做得出。"

见他们进屋，老丈人将一封信递给红革："这是你写的吧，刚才村主任送过来的。"红革接过看看，说："怎么这时候才到？"老丈人笑道："什么这时候才到，早就到了。邮递员把信给了村主任，村主任随手揣进衣兜里，事儿一忙就忘了，还是今天他老婆给他洗衣服才翻出来的。"

五

快乐的日子总是短暂，过罢正月十五红革该回翠岭了。从红革说要走开始春枝便闷闷不乐，帮红革打点行装时眼圈红红的。红革也是一样，春枝走到哪里，目光便追到哪里，满眼都是不舍。

老丈人丈母娘瞧在眼里，红革启程的前一晚老丈人对他说："我和你婶商量过了，反正春枝待在家里也没事儿，你带上她一块回翠岭吧。"

红革和春枝不敢相信自己的耳朵，春枝追问："爸，你说的是真的？"

"那还有假，"父亲笑道，"我是心疼我闺女，别红革走了哭成个孟姜女，眼泪把咱家的房子冲塌了。"

"讨厌。"春枝不好意思地笑了。

红革和春枝回翠岭依旧需在省城倒车，红革早有乘此机会逛逛省城的想法，与春枝一说，春枝自然乐意。

两人出了火车站，乘公交车来到延峰就读的师范学院，又一路打听寻到中文系的宿舍楼。看门的大爷将他们拦住，问找哪一个。红革说了延峰的年级和姓名，大爷便叫住一个上楼的学生，让他帮忙喊延峰下来。

延峰很快趿拉着拖鞋出现在楼梯口，见是红革扑上去一把抱住，欣喜地说："你怎么来了！"红革向他介绍了春枝，又将来意讲了，延峰说："玩的事儿明天再说，咱们先去吃饭。"

三人来到学校后面的饮食一条街，延峰欲寻个档次高点的饭店，红革坚决不让，最后春枝指定一家挂着"特色韭菜盒子"招牌的小馆子说："吃这个就不错。"

三人进内坐定，除韭菜盒子外延峰还点了几样小菜和两瓶啤酒。春枝说："给我也来一瓶。"延峰笑道："怪我有眼无珠了，看不出嫂子这样豪爽。"招呼服务员多上一瓶啤酒。红革说："嫂子这称呼叫早了。"延峰说："早晚不得这样叫。"

服务员拿来啤酒，延峰先给春枝满上，说："嫂子，不是我替红革吹嘘，他可是普天下少有的好男人，可巧让你逮着了。"春枝笑着瞟了红革一眼："他哪里好？我可瞧不出来。"

红革岔开话题："延峰，你今年就该毕业了吧，能留在山外吗？"

延峰回答："我们学校这两年分配形势不错，就算好地方去不了，稍差点的应该没问题。可依我自己的想法，还是愿意回翠岭。"

"你本来能留山外却要回林区，肯定被人当新闻讲了。"

"咱林区发展最终靠什么？一定是人才。"延峰面色凝重地说，"可现在外地的大学生不愿来林区，本地考出去的大学生又都想方设法留在山外，长此以往林区的人才不就断档了吗？"

红革感慨地说："要是别的大学生也像你这样想就好了。"

"我是大家眼中的异类。"延峰苦笑，"我把回翠岭的想法跟同寝的同学说，他们没一个不笑我有毛病——好容易从穷山沟奋斗出来，怎么还想回去？"

春枝在旁说："你想回就回，管他别人怎么说！"

"春枝说得对，自己的路自己走嘛。"红革说，"你回翠岭，咱哥几个又能在一起了，互帮互助，一块奋斗，多好！"

延峰举起酒杯："就这么办，干一个！"

"干一个！"三只酒杯碰到一起。

吃罢饭走出饭馆，延峰将红革拉到一边，悄声问："你和嫂子住旅馆，开一个房间还是开两个？"

红革给了他一拳："我们还没结婚呢，当然开两个。"

"那得花多少钱，干脆你们住我们学校的宿舍得了。"

"那敢情好，又省钱又能让我们体验一下你们大学生的生活。"红革说，"方便吗？"

"我们班的女生寝室有一张空床，我可以安排嫂子住那里，你嘛，就跟我一个铺上挤挤吧。"

延峰带红革和春枝来到女生宿舍楼，叫下来一个相熟的女生，如此这般一说，那女生爽快地答应了，引着春枝上了楼。延峰见红革的目光一直追着春枝的背影，笑道："放心吧，嫂子丢不了的。"

延峰带着红革回到自己的宿舍，把他向同寝的同学介绍了，一帮大学生给红革递烟倒水十分热情。正聊着天，灯忽然灭了，红革还道是楼里的保险丝憋了，延峰说："不干保险丝的事儿，是门卫大爷把闸拉了，我们学校有规定，十点半必须熄灯睡觉。"

大家摸索着上了床，只听一个睡在上铺的同学说："今天该轮到谁讲罗曼史了？"众人都说是老三。那个叫老三的说："我这人向来纯洁无瑕，哪有什么罗曼史给你们讲？"耳听众人呸呸连声，只得说："好吧，那还是我上高三的时候，我老爸老妈望子成龙心切，咬咬牙掏钱给我租了间学校附近的房子，省得我来回奔波影响学习。房东有个漂亮的女儿，看我顿顿清水煮面条过得可怜，常常端来家里的好菜好饭给我吃，我晚上学习的时候她也常来我屋里陪我坐一会儿……"

"摸手了吗？亲嘴了吗？"有人打断老三。

老三啐道："人家秀外慧中冰清玉洁，我咋敢冒犯？直到一天她对我说，她一家并非人类，乃是隐居在此的狐仙……"只听一阵噼里啪啦的声响，枕头袜子齐向老三的床铺飞去。老三委屈地叫："我讲的都是实话，你们咋不相信？"

红革躺在铺上忍不住笑：这些大学生，和自己想象的真不一样。

第二天红革和春枝由延峰陪着在省城的各处景点结结实实逛了一天，晚上延峰将他们送上火车。两人找到座位坐好，春枝惬意地伸了个懒腰："玩得还真挺累。"她将头靠在红革肩上，说："你同学对你挺不错的。"

"那还用说？"红革说，"我和延峰从初中到高中一直在一个班，多少年的交情了。"

"红革，如果让你选待在山外还是回翠岭，你会选哪个？"

"还是回翠岭吧，"红革想了想说，"大城市繁华是繁华，可我还是喜欢一睁眼就见山见水，地方不大满街都是熟人的感觉。你还别说，出来这么些日子，我都有点想翠岭了。"说到这里他耳边响起一阵轻微的鼾声，低头一看，发现春枝已经睡着了。

第四章

一

回到翠岭红革就听到一个爆炸性的消息——以后工资要停发了。

工间休息时建筑队的工人们聚在一起议论纷纷：

"这两年奖金福利都不错，林业局咋说没钱就没钱了？"

"这可咋办？一大家子都靠我的工资养活呢。"

"我闺女今年好不容易考上了中专，不发工资，我拿啥供她呀？"

不管人们如何惶恐抱怨，工资还是很快停发了。停发工资后建筑队开始还正常上山伐木，不久就接到上面的通知，林业局今年没钱再搞什么基建项目，也就不用备料了，所有人员设备都从山上撤回。

回到山下的工人们日子变得逍遥无比，每天上班不是侃大山就是打扑克，发展到后来有些人只是每天到单位点一下卯，之后便踪影全无，不知搞什么副业去了。

红革属于依旧老老实实上班的那伙人，到了单位他不聊天也不打扑克，只是闷坐在角落里看他从海林处借来的武侠小说。有工友调侃："咋啦？红革，改行研究起文学来啦？"红革笑笑也不搭理。

每天下班后红革都到周老师家看看春枝，谈起目前林业局的窘境，红革叹道："你也够背兴的，林业局好的时候没赶上，偏偏没落的时候嫁过来。"

"刚几天发不出工资就叫没落？"春枝说，"这么大的林业局，总不会说不行就不行了吧。"

"也是这些年伐得太过了。"一旁看报纸的周老师抬起头说，"本来林区刚开发的时候说是边砍伐边育林，青山常在永续利用，但国家盖房子需要木材，造桥修铁路需要木材，没办法，兴安岭的采伐量只能年年增长，育的速度远远跟不上伐的速度了。好在林区家底厚，山高林密，就是这样伐也能坚持好长时间，可谁知八七年着了把大火，之后的抢伐烧死木又抢伐得过了头，所有这些因素累加在一起，最后就落到了现在这样连工资都发不出的局面。"

红革说："老师，你还漏说了一条，咱们林区这么多人家，每年上山拉烧柴，对林子的破坏也挺严重的。"

"是呀，"周老师幽幽叹道，"人的需求无限，森林资源却有限啊。"

二

时近五月，春风又一次吹遍了林区的山山岭岭，青松白桦绽出新芽，小草从融化的雪水浸润过的黑土里钻出，满山的达子香如火一样地盛开。自然界的春天来到了，但林区的经济依旧停留在寒冬之中。

到建筑队上班的工人越来越少，当最后只有红革等五六个人坐在队部时，队长阴沉着脸摆摆手："明天你们也不用来了，什么时候上班等通知吧。"

孙连福年过五十后被安排在建工处仓库打更，暂时还有班上，他见儿子在家待得百无聊赖，把他叫到仓房，指着墙角竖着的台球案子说："干闲着好人也闲坏了，把这案子拾掇拾掇，推出去支上，好赖能对付个菜钱。"

这案子还是十年前台球风兴起的时候买的，当时姚淑兰早早推着案子出去，晚上披星戴月回来，上炕拎起挎包底一抖，毛票硬币能堆满一大片炕面。然而这样的好日子并没有持续多久，喜新厌旧的人们很快去追逐更新奇刺激的娱乐，聚集在台球案子前的人日渐稀少，到最后除了几家台球室勉强维持生计，街面上的案子一概"刀枪入库马放南山"。

明知台球生意早已过气，红革还是依父亲吩咐将案子扫扫灰尘钉钉边角，推到胡同口静待打球的顾客光临——哪怕一天只挣一块钱呢，也好过整天闲在家里无所事事。

春枝闻讯跑来，操起球杆比画几下，满意地说："这玩意挺好玩的。"于是提前进入角色，每天陪着红革早出晚归当起了台球摊的老板娘。

台球热虽然降温，但群众基础仍在，有闲人从胡同口经过，见案子平整要价低廉，便耐不住技痒打上一杆两杆。红革和春枝偏又忙前忙后服务得十分周到，打了第一回免不了又来打第二回，这样慢慢有了人气，晚上收摊两人算账，一天多少有个十块八块的进项。

红革的台球摊开张有半个月的时候，春枝父母从兰东来到了翠岭。春枝妈得知红革目前的窘况，心中颇有悔意："原说让闺女嫁到林区享福，谁知道这地方现在连工资都发不下来了，这不是出了虎口又进狼窝吗？"春枝爸倒想得开，安慰老婆说："嫁女首要还是看姑爷，孬人守着金山能把日子过穷了，好人守着荒滩能把日子过富了，红革这人我是看好的，闺女跟着他一定不会遭罪。"听丈夫这样说，又见女儿和红革如胶似漆好得如一个人的模样，做娘的只好叹气认命。

三

姚淑兰请人看了日子，红革和春枝的婚期定在了8月8日，阴阳历都是吉数，且皇历上标着"宜嫁娶"。

就在两家人忙着准备婚事的时候，翠岭的防汛形势陡然变得紧张起来。今年入夏以来雨水异常稠密，大雨小雨一场连着一场，千沟万壑的雨水汇入清水河，河面便眼看着一天天上涨。

"儿子，醒醒，醒醒。"

婚期前两天夜里红革忽在睡梦中被母亲叫醒。他睡眼惺忪地瞧瞧枕头边的闹钟，才只凌晨三点钟，不满地说："妈，这么早你折腾啥呀？"

"儿子，快起来吧，我和你爸刚才听外面闹吵吵的，像是出了什么事，穿衣出去一打听，说是河西大堤眼看要被冲垮了，大伙都忙着往东山跑呢。"

"真的？"红革立时睡意全无，一骨碌爬起来，一边蹬裤子一边说："妈，你们收拾收拾东西也上东山吧，我到周老师家看看。"说着话已冲出门去。

姚淑兰摇了摇头，对忙着翻找存折房本的老伴和女儿说："瞧见没，有了媳妇就不管娘了。"红心说："妈，大国要是在镇里，也会先顾咱家的。""大国？"姚淑兰明显不相信，"他哪有你哥那么实心眼子？"

兴安岭地处北方边陲，是全国纬度最高的地区，夏季夜晚极短，红革出门时天际已现晨曦。他骑着自行车一路狂奔，不到一刻钟已赶到周老师家。春枝一家三口和周老师正提着几个大提包走出门，红革让他们把提包摞在自己车后座上，一行人直奔东山而来。

他们赶到东山山脚时天已大亮，只见一大面山坡上聚满了人，呼儿唤女声、亲朋邻里互相招呼声响成一片，竟比过年看秧歌还要热闹。红革将自行车停在山脚，和春枝一边提包一边照应着三位老人，沿山坡慢慢向上攀爬。正行间，春枝突向左边一指："看，红心他们在那儿！"红革顺着她手指方向望去，果见父母和红心站在一棵大松树下向他们这边招手。

两伙人会合到一处，春枝和红心将一大块塑料布铺在草地上，让几位老人坐下歇息。红心对姚淑兰说："妈，我去找找大国的爸妈。"自顾去了。

春枝妈疲惫地坐下身子，双手揉着脚面说："我们兰东穷是穷点儿，可从没有大半夜不睡觉起来跑水这种事。哥，亲家，也难为你们在林区待了这么多年。"

"哪能总有这事，偏巧今年被你们赶上了。"姚淑兰忙不迭地解释。

周老师也说："守着河住，偶尔遇上发水也免不了。"他有意将话题引向别处："后天婚礼上你们两家家长都要发言的，老孙，你准备好了没有？"

未待孙连福回答，姚淑兰抢先道："还说呢，我们当家的想了一礼拜才整出几句词儿，在家里拿腔拿调排练了好几回。"说着便板起脸模仿丈夫的语气说："同志们，咳，来宾们，咳，老少爷们儿们，咳咳咳……"未讲完自己先已笑倒。

周老师和春枝爸妈也被逗得前仰后合，春枝爸笑道："亲家讲话还蛮有官派的。"孙连福臊红了脸："别听这老婆子瞎说，我哪有那么多咳。"

五位老人东拉西扯谈笑风生，红革和春枝坐在不远处的一块大石头上聊他们自己的体己话。

春枝问："红革，要是大水真来了，我和你妈你妹都掉进水里，你先救谁？"

这是每个男人都会面对的千古难题，红革知道无论怎样回答都有毛病，含糊说："都救。"

"好好答，"春枝不依不饶，"必须选一个。"

"为啥非选一个呢？"红革笑道，"我左手拽着你，右手拉着我妈，脚勾着红心，不一块救上来了？"

春枝假作愠怒地拧了一下红革手背："不许赖皮，就得选一个，说，选我还是选你妈你妹？"

红革腾地跳起身，笑道："你说什么？我听不清。"

"让你赖皮！"春枝也站起来，跳着脚去追红革，红革忙转身逃入一边的白桦林。两人嘻嘻哈哈地绕树追逐，惊得林中的鸟儿虫儿乱飞乱蹦。

正闹间，伴着几声鸣笛一辆吉普车停在了山脚，接着便见从车上跳下来几名干部模样的人，其中一个举着扩音喇叭向山坡上的人喊话："我们是防汛指挥部的，刚从河西大堤过来，可以负责任地告诉大家，咱们的大堤没事！请大家不要相信谣传，下山安心生活和生产！请大家不要相信谣传，下山安心生活和生产！"

等了这许多时候也未见洪水漫上来，又听政府的干部如此说，人群开始慢慢向山下移动。红革和春枝也伴着几位老人慢慢下山，一边走春枝一边兀自悄声逼问红革："说，先救我还是先救你妈你妹？"

四

姜明厨师手艺学成后回翠岭开了家小饭店，红革这次请他担任自己婚礼掌勺的大厨。8月8日这天姜明一大早就赶了过来，带领几个帮忙的妇女在临时搭起的席棚里炖肉切菜，忙活得热火朝天。到七点半钟，之前找好的五辆接亲车也已到位，在胡同里排了长长一溜。

接亲车队原本六辆，未按时到的是孙连福托老战友找的最重要的头车。孙连福和红革爷俩不知哪里出了岔子，跑到胡同口一边看表一边焦急地翘首张望。

两人望了一会儿，没等到头车却等来了孙连福的老战友。老战友见面连称对不起，说自己找的是民政局的车，谁知民政局的领导今天会临时用车。说完又是连连作揖道歉。

找好的车来不了，事到临头又到哪里找头车去？孙连福和红革心中叫苦，急得在地上直打磨旋儿。

就在这时一辆自行车驰到胡同口，车上人是海林，特意提早过来看有什么可帮忙的。听了红革爷俩的烦难，海林一拍胸脯说："叔，红革，这活儿交给我，肯定不耽误事儿。"说罢将车把一掉头飞也似的去了。约摸过了半个小时，一辆乌黑锃亮颇上档次的小轿车驶进了红革家的胡同，海林从车里钻出来，招呼尚在发愣的红革："快让人把车打扮打扮，去接新娘子呀！"

红心和几个女孩子上来给头车贴喜字绑气球，红革把海林拉到一边，照肩膀就是一拳："真有你的！说，这车从哪儿整来的？"

"你记得咱们去年从劲松回来碰到的常慧吧？她爸是林业局

的副局长，派辆车就是一个电话的事儿。"

"你现在跟常慧这么熟？"

"红革，跟你说实话吧，我再努把力，她就正式成为我的女朋友啦！"

红革惊异不已："你连林业局领导的闺女都敢追！"

"别说她只是副局长的闺女，就是个公主，只要喜欢我也照追不误！"

在一阵震耳欲聋的鞭炮声中打扮得漂漂亮亮的春枝迈进了孙家的大门。一个简短的仪式后喜宴开席，红革和春枝挨桌向来宾敬酒。

走到红革的同学同事桌前，红革举起一大杯白酒说："感谢兄弟们的光临，多余话我也不说了，都在酒里面！我先干一个。"

"慢着，咱先别忙喝酒。"顺子拦住红革，"你看，今天是你和春枝大喜的日子，你们俩甜甜蜜蜜，是不是也该娱乐娱乐大家伙？"他转向众人："让新郎新娘给咱们表演个猪八戒背媳妇，大家说好不好？"

"好！"众人都欢笑鼓掌。

顺子和海林挤上前，一个在红革的两只耳朵上各夹了片报纸，一个往红革嘴巴上套了个纸筒，让他背起春枝绕场走了一圈，才算放过两位新人，让他们挨个敬烟敬酒。

席终人散，喝得醉醺醺的红革被春枝搀进新房，一头倒在了炕上。开始他还和春枝有一搭没一搭地说话，渐渐就没了动静，春枝过去一看，发现他已经睡着了。

昏黄温暖的白炽灯光充溢了整个屋子，靠墙新打的橘黄色的衣柜、炕头大红的喜字、墙上年年有余的年画，无不透着一股安宁恬淡的气息。春枝坐在炕沿上，望着酣眠中的红革棱角分明的面孔，只觉心中异常的踏实，她知道从今以后自己将和身边这个男人联为一体，她就是红革，红革也就是她，一道生儿育女，奉养双亲，过那无数平平常常的日月。

"春枝！"红革突然在睡梦中唤了一声，抬起胳膊翻了个身。春枝一笑，展开棉被小心盖在他身上，自己也挨着他身畔慢慢躺下来。

五

红革婚后半个月日日都是大晴天，虽早晚依旧凉爽，中午前后则烈日炎炎燥热无比。

一天午后红革正趴在台球案子上打盹，沿街道摇摇摆摆走来一个胖子，穿件脏兮兮的跨栏背心，脚下趿拉着懒汉鞋，走到案子前停住，大声叫道："打球！"

红革抬起头，瞧这胖子有些面熟，再仔细打量想起来了，几年前自己曾和他在台球室见过，当时他和顺子混在一起，听顺子称呼他金刚。

红革拿起根球杆递给金刚，问："你的伴儿等会儿到？"

金刚说："我跟你打，打台主！"

打台主是林区流行的一种台球玩法，客人与台主——即台球摊的摊主对阵，如果是客人赢，就算台主陪他白玩，倘若输了便需如数付钱。因台主整天泡在案子上普遍技艺精熟，是以敢打台主者都是有些道行的。

"成啊，"红革也抄起根球杆，"那咱俩就打一杆。"

"不是一杆，是好多杆。"胖子从裤兜里摸出两张崭新的十元钞票，用力拍在案子沿上，"有能耐你今天就把这些钱都挣去。"

红革的台球摊近来生意清淡，这二十块钱足抵他几天的进项，当下精神大振，扭扭脖子甩甩胳膊说："好，咱俩今天就痛痛快快打一场！"

红革将球摆好，两人便你一杆我一杆地较量起来。红革见这金刚果然不是善类，球风走的是刚猛一路，射起门来又准又狠，于是不敢大意，使出看家本领沉着应对。

几杆下来两人互有胜负，四点钟的时候春枝从家出来替换红革，见他和金刚这般情形，便站在旁边凝神观战。每当红革打出一记好球，春枝都禁不住欢呼喝彩，金刚不高兴了，横了她一眼说："老娘们家家瞎吵吵啥！"春枝有些愠怒，待要回嘴，想到和气生财不能得罪客人，只得强忍住了。

姚淑兰做好了晚饭，见儿子儿媳一个都不回来，打发老伴去台球摊看看是怎么回事。孙连福出门后姚淑兰又等了些时候，不仅等不来儿子儿媳，连老伴也一去不复返，她心里惦记坐立不安，索性关好院门自己也奔了台球摊。

到了胡同口，姚淑兰见儿子在和客人打球，老伴和儿媳在旁看着，正欲发作，春枝扯了扯她衣角，指着案子沿上的钞票悄声说了缘由。姚淑兰面色登和，自己也不回家了，留下来和老伴儿媳一同观战。

天色渐渐暗下来，最后球也看不清了，春枝回家取了两只手电筒，和婆婆各持一只，分站在案子前后给打球的两人照亮。

一直打到十点多钟，红革终于赢了金刚四十杆，一杆球五毛钱，二十块钱挣到手了。

金刚哈哈一笑，拿起案子沿的钱抛到姚淑兰怀里："给你们吧。"

姚淑兰喜滋滋地摩挲着钞票说："小伙子，像你这样拿十块二十块打球的可真不多。"

"我的钱来得容易嘛，捡两个下水道的井盖卖给收废品的，票子就到手了。"金刚张嘴打个哈欠，"今儿玩得过瘾，走了！"

金刚这话一听就不实，下水道的井盖好端端安在马路上，怎能随便就捡两个，十有八九是他夜里去偷的。红革鏖战七八个小时挣了二十块钱，本来十分欢喜，现在知道这钱很可能是金刚偷盗得来的赃款，欢喜顿时化作了别扭，把球杆往案子上一扔说："收摊吧，我肚子都饿瘪了。"

六

金刚这样的豪客毕竟难遇，多数时候红革和春枝巴巴守了一天案子，挣到的一点钱还不够买一瓶醋——工资继续拖欠下去，人们的日常生计都艰难，哪还有闲钱打什么台球呢？当有一天两口子从早到晚只挣到五毛钱时，红革对春枝说："算了，咱找点儿别的活路干吧。"

海林给红革出了个主意："你把我家的几大箱武侠小说拿去，和嫂子开个租书店得了。我家西头就有个租书店，每天来租书的学生成帮结伙，你家离学校那么近，生意一定只强不差。"

春枝和姚淑兰收拾出一间闲屋，红革靠墙钉了个简陋的书架，将海林赞助的小说摆上去，又在大门口挂一块"孙家租书店"的牌匾，买卖就算开张了。

红革是个武侠小说迷，守着这么一大堆书自然是要看的，《神雕侠侣》第一部没读完，屋外传来一阵狗叫。春枝忙去开门，边走边高兴地说："这么快就有顾客上门了。"

来人却不是租书的，而是她的舅舅周老师。周老师手里拎着两个大提包，累得额头上热汗直流，春枝问包里是什么，周老师答："书。"

大提包拎进屋里，周老师将拉链拉开，露出捆扎得整整齐齐的文学名著和各类文学期刊。他喘着粗气说："你们干别的买卖我帮不上忙，开租书店倒是能提供点儿图书。"

红革和春枝连声道谢。周老师摆摆手："跟我还客气啥？租书这行好，又挣了钱，又能为人们提供精神食粮，典型的文化和市场相结合。"

与看台球案子相比，开租书店守家在地轻省了许多，春枝一人完全支应得来，闲下来的红革便琢磨着再做点儿什么别的营生。

一天红革去家旁边的食杂店买东西，见一个小伙子正把一箱箱烟酒副食扛进店里。红革问店主老金："金叔，新雇了个伙计？"老金笑道："我这小买卖还请得起伙计？是这小伙子主动找上我，说以后我这店要进什么东西，他都可以送货上门，价格只比批发价多上一毛两毛，也就是让他挣个辛苦钱，我一听满划算，就应下了。"

红革心中一动，觉得这活儿自己也可以干的。他和老金说了，老金说："那你得到犄角旮旯儿的食杂店去揽活儿了，我们这些好地段的店应该都有人干了。"

红革骑着自行车找了几家镇子边缘的食杂店，老板们听他来意一概摇头——这些店地处偏僻利润本就微薄，实不愿再拿出一点儿分给别人。红革没有办法，只好将运费一让再让，才最终说动三四个老板答应以后由他供货。

红革花几十元买了辆二手三轮车，此后隔三岔五跑一次副食站上些烟酒百货，再分别给几家食杂店送去。几家店分布在镇子的东西南北，红革又是搬货又是蹬车，一圈儿跑下来常累得腰酸腿疼，但好在年轻，晚上睡一觉醒来依旧生龙活虎。

这天红革送完货回家，见红心正坐在堂屋里和父母说话。红心已在哥哥婚后不久和大国办了喜事，红革以为她只是回娘家坐坐，招呼说："红心，来了？"红心却满面愁容地看着他说："哥，我和大国要去山外了。"红革登时愣住："去山外？"

红心说了原委——大国技校毕业被分到山上一个林场，这半年多班一天没少上却没往家拿回过一分钱，他牢骚满腹郁闷难平，眼见周围同事有弃了工作举家迁往山外打工的，便也生出这样的心思，要带着红心去山外闯一条活路。

姚淑兰说："你两个冒冒失失的，又都没出过远门，咋让人放心得下？听妈的，你回去劝劝大国，还是别走了吧。"

"别拦着了，"一直闷头抽烟的孙连福开了口，"树挪死人挪活，年轻人出去闯闯也好。"

红革说："妈，我也同意让他们走。去年春节我出去走这一趟，瞅山外天大地大，挣钱的路子也多，大国脑瓜贼奸贼灵的，兴许真能闯出点名堂呢。"

姚淑兰见老伴和儿子都这样讲，只得擦着眼泪说："走就走吧。不管能不能挣到钱，先把自己照顾好。常写信回来……"

七

红革刚送走妹妹妹夫，姜明也来找他辞行。在林区经济一片萧条的背景下，姜明的饭店生意始终冷冷清清半死不活，全家人一商量，决定举家迁到山外去，在山外重打鼓另开张。

红革心里不好受，面上强颜欢笑说："你小子在外面混好了，别把我们这些林区的兄弟忘了。"

"忘不了！"姜明动情地说，"我家虽说是没户口的盲流，可我生在翠岭长在翠岭，翠岭就是我的故乡，等过些年林区再兴旺起来，我一定回来！"

八

节令过了寒露，天气一天天冷起来，红革早晚蹬三轮送货已感寒风打腿，春枝将家里一张狗皮褥子剪裁了做成两个护膝给他套上，这才少受些风寒之苦。

这天红革照例拉了满满一车货物去顺和食杂店送货，结清款后女店主说："小孙，下次你不用来了。""咱们不是一直合作得挺好吗？"红革有些纳闷，"婶，我有啥错处你只管说。"女店主说："实话跟你讲吧，昨天有人来店里揽送货的活儿，运费比你要的还低。小孙，这么长时间咱娘俩挺处得来的，可你知道我这小店本小利薄，能省一点儿就省一点儿……"红革按捺下心中不快，说："婶，没事儿。"转身上车奔向另一家食杂店。

令红革想不到的是，他送货的几家店竟都和顺和食杂店的女店主一般说辞，也就是说有人以更低的运费将红革的所有送货生意一起撬了。此时即便红革脾气再好也压不住火，到底是哪个缺德的王八羔子，欺负人也不带这样欺负的！

又到了送货的日子，红革早早来到顺和食杂店附近守着，想看看撬自己生意的究竟是何许人。

不多时一辆破旧的三轮车从巷口慢慢驶过来，在食杂店门口停下，一个身形瘦小的青年下了车，费力地将一个个沉重的啤酒箱子卸到地上。红革径直走过去，厉声说："你这样抢人活路，心里不愧得慌吗？"

青年闻声回过头来，红革见他面貌依稀相识，再看到他残缺了几个指头的左手，立时想起："你是自强？"

郝自强是红革的小学同学，他幼年丧父，摆地摊的母亲一个人带着他艰难过活，性格内向加上手有残疾，使他常常沦为同学们戏耍捉弄的对象。红革看不过眼，经常挺身而出，打得那些坏小子落荒而逃，让自强少受了许多欺辱。自强感激之下，常常将母亲地摊上的瓜子糖块带到学校送给红革，学习上也和红革互帮互助，相处得十分要好。小学毕业后两人去了不同的初中，就此断了联系，哪知今日却在这种情况下再度相遇。

自强也认出了红革，一时大窘："红革，早知道是你，我就不……"

红革看着昔日同学可怜巴巴的神情和残疾的手掌，抬头望望灰蒙蒙的天色，不禁悲从中来，一摆手："算了！"转身大踏步走远。

红革心中烦闷难解，晚上约了海林和延峰出来喝酒。听红革说了自强的事情，海林叹了一口气："唉，说起来也是被逼无奈。压支这么长时间，人人口袋里的钱只出不进，都想着干点儿什么贴补贴补，可翠岭屁大点儿地方，有几个板厂制材厂也是靠着林业吃饭，林业不行也跟着倒了，除此之外还有多少挣钱的门路呢？"红革一大口酒灌进肚里，抹了抹嘴巴说："我真想学了我妹妹妹夫，也带着春枝到外面闯闯，再苦再累也比一帮人为一点儿送货的生意抢来抢去的强！"海林说："走，咱一块走！天天苦巴巴地上班，最后别说奖金，连工资都领不回来，我在翠岭也待够了！"他转头对延峰说："事实证明你回林区是彻底回错了，跟我们一起走吧，你有大学文凭，到外面比我们好混多了。"

延峰毕业回到翠岭后被分配到一中做了老师，他听了海林的话，沉吟着说："我就不信林区真的不行了，是，现在树砍得差不多了，林区在走下坡路，可如果做好养护，过些年新一茬树木长起来，林区不就又兴旺了？"

"别忘了咱这儿是高寒地带，树木生长期长，等小树长起来，林区人已不知饿死几回了！"海林毫不客气地揶揄了延峰一句，又说，"延峰，你是知识分子，满脑子理想主义，我俩可是现实主义者，只能顾眼前。红革，咱说好了，准备准备过完年就走！"

红革应道："没问题，走！"

九

然而最终红革和海林都没有走成。自从那次从劲松车站回来的路上结识常慧，海林便对她展开了热烈的追求，但可惜剃头挑子一头热，姑娘始终与他若即若离，态度不甚明朗。春节时海林受一部小说里的情节启发，花了几天工夫给常慧写了一封长长的情书，历数两人交往过程中的点点滴滴，表达自己浓烈的爱慕之情，字字含情，句句有泪，写完后又请延峰做了进一步的修改润色，才将书信郑重交给了常慧。

情书成功打动了姑娘的芳心，常慧终于同意接纳海林。海林和心上人难舍难分地沉醉在甜蜜的爱情世界，所谓去山外闯荡自然成了一句空话。

红革没有走是因为春枝怀孕了。春枝推迟一个礼拜没有来红，姚淑兰心里已经有数，让红革陪儿媳去医院一检查，果然是怀上了。老太太喜不自胜，开始忙前忙后为孙子的降生做各种准备。红革心里却又是欢喜又是惶恐："自己这就要当爹了？"

丢了给食杂店送货的营生，红革一时也寻不到别的活路，既然春枝怀了孕他便把租书店的事情都接过来，让春枝安心养胎。

在红革打理租书店的时间里，一个叫彭傲的六年级小学生成了店里的常客。这孩子是个武侠迷，隔三岔五就跑一次租书店，砖头厚的武侠小说租了一本又一本。开始他每次还书都能如数付钱，后来有一天他对红革说："叔叔，我原来用来租书的钱都是我妈给我的早饭钱，现在我妈知道了这事儿，每天起早给我做饭，不给我早饭钱了。以后我能不能在你这儿赊账，等有钱再还你。"说话时眼睛里满是求恳和期待。

红革也经常读武侠读得废寝忘食，倒能理解这孩子宁愿不吃早饭也要看小说的痴迷，见彭傲这样求自己，也就点头答应了。

彭傲这一赊开账不要紧，过些日子春枝无事翻看账本，发现彭傲竟欠下了十二块钱。春枝说："他一个孩子欠这么多钱，啥时候能还上呀？"红革说："还不上就还不上，咱租书这生意也没啥成本，不用和一个小学生太较真。"

春枝听了无话，一旁扫地的姚淑兰却不干了："你们也太大方了，十多块钱买啥不好，说不要就不要了？咱干的是买卖，他租书就得掏钱，天经地义。等那孩子下回来我跟他说，不信要不出来。"

过了几天见彭傲又来租书，姚淑兰便凑过去对他说："彭傲，你看我们家的好多书都旧了，其实它们一开始都嘎嘎新的，被人租一回就旧一回。"

"嗯。"

"有钱来租书，没钱就不要来租书。"

"嗯。"

"你欠我们的十二块钱，啥时还呀？"

"啊，奶奶，现在我没钱。"

"你没有，你爸妈有呀，朝他们要去。"

"嗯，知道了。"

那次是彭傲最后一次来租书，此后他再没有出现过。姚淑兰恨恨地说："小兔崽子，不来就能把账赖掉？跑了和尚跑不了庙，我到学校找他去。"

红革和春枝都劝母亲还是算了，姚淑兰执拗地说："你们别管。十二块钱呢，凭啥不要！"

姚淑兰果真去了彭傲就读的小学。当彭傲看见姚淑兰站在教室门口，吓得脸都白了，急忙跑出来把姚淑兰拉到走廊角落里，哀求她千万别把自己赊账租武侠小说的事告诉老师。

姚淑兰一脸凶相："不告诉老师也行，你明天就得把欠我们的钱给了！"

"保证给！"

第二天彭傲果然带着钱来了，只是腿脚拖拖拉拉不似往日灵便。红革问他怎么了，彭傲低头不语。

等彭傲离去，姚淑兰得意地笑道："那不明摆着，被他爸妈打了呗。小毛孩子，能斗过我？"

"妈，你也真……"红革看着母亲不知说什么好。

✝

租书店的顾客也不全是彭傲这样沉迷武侠和言情小说的中小学生，偶尔也会有真正的读书人光顾这家不起眼的小店。

一天红革正在整理图书，屋外狗叫起来，出去打开门，见门外站着一个瘦高个的男子。红革瞧他依稀有些面熟，猛地想起是在周老师家有过一面之缘的薛远，招呼说："薛大哥，你来了！"

"你认得我？"薛远打量着红革有些奇怪。

"我是一中周老师的学生，好几年前咱们在周老师家见过一次。"

"是吗，"薛远对红革平添几分亲切，"好几回路过你这儿都想进来瞧瞧，怎么样，生意还可以吧？"

"对付干吧，单位放假领不来工资，好歹寻个活路。"

两人进了屋，红革张罗沏茶，薛远走到书架前随意翻看。翻到一排文学名著时，薛远扭头问红革："这些书都是从周老师那儿拿过来的吧？"

"是呀，"红革说，"你怎么知道的？"

薛远一笑："这里面好几本书我都从周老师那儿借过。"

薛远翻看一圈，并未发现有什么想租的书，这时红革端茶过来，两人便坐下来一边喝茶一边聊天。

薛远说："我那儿倒是有不少这些年积攒的诗集和诗歌杂志，放着也是放着，不如给你拿过来，让大家看看。"

"行啊，"红革说，"我正想多收购点书，你拿过来吧。"

见红革误会了自己的意思，薛远笑道："那些书都是我的宝贝，你想买我还不卖呢。我的意思是我把书放在你这儿，大家免费借阅，让更多的人受到诗歌的熏陶。"

听明白薛远的意思，红革一口答应："这是好事儿呀，没问题。"

第二天薛远便把自己珍藏的许多诗人的诗集和各色诗歌刊物搬了过来，嘱咐红革务必仔细保管，借阅尽可借阅，但千万别弄丢了。

当晚红革和春枝坐在桌子前，小心地给薛远的书刊每本都包上书皮，并且在封面郑重写上"私人藏书，小心爱护"的字样。但很快他们发现干的活儿纯属多余，每个来租书的人进屋便直奔武侠或言情小说而去，从来没有一个人拿起诗集诗刊翻看一眼。

十一

在家人的悉心照料下，春枝怀胎十月顺利产下一个男婴。红革坐在床边，瞧瞧儿子粉嘟嘟圆滚滚的小脸，再看看妻子疲惫苍白的面孔，心里又是欣喜又是怜惜。春枝向他微微一笑："给孩子想好名字了吗？"红革说："还没想好。"春枝眼波流动："要不就叫林兴吧。""林兴？"红革仔细品味，"是说林区再兴旺起来？不错，就用它了！看不出我老婆还挺会起名字呢。"春枝笑了。

春枝奶水不旺，孩子只能以喝奶粉为主。红革揣了二十块钱来到百货商店的奶粉柜台，扫了眼标签，稍好的奶粉价格都在十元以上。售货的小姑娘热情地向他介绍国外进口奶粉的优点，红革说："别介绍了，挑最便宜的国产奶粉给我来两袋吧。"

林兴满月时红革对春枝说："我还是出去打工吧，怎么着也得把儿子的奶粉钱挣回来。"春枝眼圈登时红了，半晌说："去就去吧，你放心，家里老人孩子我都会照顾好的。"

姚淑兰虽然不舍，但现实的窘况摆在那里，儿子不出去打工也实在不行。她和孙连福到火车站送红革，叮嘱了一句又一句。红革说："爸，妈，你们保重身体，挣了钱我就给你们寄回来。"

第五章

一

　　红革决定去河北投奔大国和红心。这两年隔三岔五红心便有信来，开始说她和大国在河北的一个包工队干活儿，后来又说大国被提拔为工长，最近一次信上说大国已离开原先所在的包工队，拉起一帮人马另立了山头。红革想大国和红心混得不错，有他们照拂，总胜于自己一个人蒙头蒙脑四处瞎撞。

　　红革坐了两天一夜的火车来到妹妹妹夫所在的城市，依照红心信上写的地址连着倒了几次公交车，最后来到城乡接合部的一处工地。

　　见红革站在门口向工地里面张望，看门的老者走上前问："你找谁呀？"红革客气地说："大爷，这里有个叫刘志国的包工头吗？""刘志国？"老者皱眉思索，"是杆儿瘦杆儿瘦，老家东北的？"红革喜道："对，对，就是他！"老者说："那可不巧了，刘志国是在这儿包过活儿，可活儿一干完就走了。"红革脑袋登时一蒙，问："大爷，你知道他去哪儿了吗？"老者摇摇头："他们这种包工头哪有活儿去哪儿，东西南北到处跑，哪有个准地儿。"

　　老者转身欲走，红革忙叫住他："大爷，你们工地还要人吗？"

　　"你想打工？那我可说了不算，你去那边问问。"老者指了指工地里边的工棚。

工棚前一个光头胖子正靠在躺椅上喷云吐雾，听红革说了来意，胖子上下打量了他一遍，问："以前干过吗？"红革回答："在老家的建筑队做过小工。"胖子将吸剩的烟头掷到地上："管吃管住，每天十五块，要干就干，不干拉倒。"红革忙说："干，干。"

在工地干了几天后红革才体会到之前在老家上班有多轻松，工地根本没有朝九晚五以及节假日的概念，早上天刚蒙蒙亮便被叫起，天色黑透还未收工，一天天麻木地做下去，没有谁关注今天究竟是周三周五。在家时红革偶尔还有失眠的时候，现在累了一天脑袋挨上枕头立时酣然入梦，即使邻床一个山西汉子海啸般的呼噜声对他也没丝毫影响。

再说吃饭，哪里会像在家时坐在饭桌前细嚼慢咽，包工头雇了一个老头和一个妇女负责做饭，到了饭点两人用小推车推来两个不锈钢的大桶，工人们拎着各自的饭盆在大桶前排好队，排到谁便由老头或妇女拿了饭勺一勺饭一勺菜向饭盆里一扣，那人便端了饭盆觅个阴凉处蹲在地上狼吞虎咽起来。

一样是盛饭，老头掌勺和妇女掌勺迥然不同。如果老头掌勺，盛饭的打饭的都默不作声，一切进行得简单快捷，若是那妇女掌勺可就不一样了，工人们一边打饭一边总要变着法儿逗弄妇女说几句话："哎呀老妹儿，怎么老是茄子炖土豆，吃得哥哥拉的屎都是茄子味儿。"

"妹子，你今天穿这身衣服可显得人俏多了。"

"姐，昨晚想老弟没？我可想你想得一宿没合眼呢。"

更有那调皮胆大的，一边说着话，一边还会抽冷子捏捏女人拿勺的白手，拍拍她高翘的臀部，激起身后一片起哄声。

女人显是和这些工人嬉闹惯了，和她逗贫的便尖牙利齿地痛快还击，动手动脚的挥起勺子便揍一下，嬉笑怒骂极尽风骚。

红革初来乍到和女人不熟悉，轮到他打饭时规规矩矩一言不发。女人倒主动和他搭话："兄弟，新来的吧？老家啥地儿的？"红革答："东北兴安岭。"女人又问："兴安岭在哪儿？"红革说："中国地图鸡冠子那儿。"女人惊呼："那不和老毛子地界挨上了？冬天一定冷死了吧？"

两人聊得热乎，排在红革身后的工人不耐烦了："快点儿快点儿，哪有你这样的老娘们，见个眉眼周正点儿的男人就腻腻歪歪唠叨个没完！"

"你妈才和男人腻歪！"女人一饭勺砍在那工人的脑袋上。

工人挨了打不怒反笑："打是亲骂是爱，卢彩云，你是喜欢上我了吧？"

"你也不撒泡尿照照自己那副熊样儿，哪个眼睛不瞎的女人会喜欢你！"女人将饭菜重重扣进工人的饭盆，笑骂道，"滚，到一边馕你的糠去！"

随着时日推移红革和这个叫卢彩云的女人渐渐熟络，打饭时也像别的工人一样与她聊上几句，然而他们关系真正密切起来还是在彩云和吴大头打架之后。

吴大头是喜欢和彩云动手动脚的工人之一，那天他居然得寸进尺，乘彩云不备伸手在她丰满的胸部美美捏了一把，然后发出一阵得意的浪笑。哪知彩云虽与工人嬉闹却也是有底线的，当即怒火中烧，挥手狠狠一巴掌扇在了吴大头的脸上。吴大头被打得一愣，觉得在众人面前丢了面子，冲上去揪住彩云的头发一把扯倒在地，跟着就向她身上一阵猛踹。工人们见状纷纷拥上来劝架，但慑于吴大头平日仗着有几分蛮力在工人中间称王称霸，因此只是嘴上劝说，并没一个真的动手去拉。

红革见彩云的身子被吴大头踢得在泥土中乱滚，心中着实不忍，当下分开人群上前抓住吴大头的手臂，劝说："吴哥，咱一个大老爷们，和个老娘们较什么劲，算了算了。"吴大头一抽胳膊竟没挣脱，打量红革虎背熊腰，个子高出自己一头，真翻起脸未必是他对手，只得顺坡下驴："奶奶的，敢扇老子的耳光！就看你是个女的，要不老子非打死你不可。"悻悻走开。

二

自此彩云待红革便与旁人不同，每次打饭时给他的饭菜都较其他工人多出一些，话语间关心地嘘寒问暖。工地偶尔改善伙食做顿肉菜，倒进别人饭盆的不过稀稀拉拉几点肉星，而红革饭盆里尽是大肉片子。

工程渐次完工，大部分工人都被胖子工头遣散，只留下红革等十几个干活儿实诚的做些扫尾。一天晚上红革打了饭正蹲在地上有滋有味地吃着，彩云悄悄走到他身边，低声说："少吃点儿，等会儿去工地后门找我。"

红革端着饭盆望着彩云离去的背影发愣，随即醒悟她肯定是有什么事找自己帮忙。今天的活儿白天都已干完，晚饭后的时间工人们尽可自由支配，红革回宿舍换了身干净衣裳，便溜达着往工地后门走来。

彩云已经候在那里，见了红革笑吟吟地说："工地上的大锅饭比猪食强不了多少，姐今天想请你去我家吃顿小灶，改善改善。"红革连忙推辞："姐，我不去了，刚才吃的还没消化完呢。"彩云嗔道："瞧你扭扭捏捏的样子，哪像个大老爷们？再客套姐可生气了。"说罢不由分说拽了红革的胳膊就走。

工地附近是连成一片的几个村庄，彩云领着红革在村巷里穿行一会儿，来到一处偏厦子前，她掏出钥匙开了锁，便听一声欢叫："妈妈，你可回来啦！"一个四五岁的小女孩小燕般飞出扑进她怀里。彩云在女孩脸上亲了两下，指着红革说："叫叔叔。"女孩脆生生地叫了声"叔叔"，红革喜爱地摸了摸她柔嫩的小脸："真乖。"

红革猫腰进了房门，只见里面狭小异常，除了做饭的地方便是一张双人床，此外再无立足之地。彩云安顿红革在床边坐好，自己脱去外衣便淘米洗菜忙活起来。

小女孩显然终日一个人被母亲锁在家里，见有外客到来兴奋异常，缠着红革和他说这说那。

不一时饭菜做好，彩云把一个炕桌放在床上，时新精致的菜肴摆了一桌，又拿出一瓶白酒，招呼红革和女儿倩倩坐下吃饭。倩倩吃了几口便说饱了，要到外面去玩，彩云嘱咐她不要跑远了，倩倩答应着蹦蹦跳跳去了。

彩云端起酒瓶先给红革面前的杯子斟满，自己也依样斟上，举起杯敬红革："兄弟，谢谢你上次帮我。"红革说："谢啥？应当的。"彩云说："啥应当的？那天我挨打时边上站了那么多男人，只有你上来帮我。"说时眼圈早已红了。她饮下一口酒，抬起头望着红革问："兄弟，你觉得姐人咋样？"红革说："挺好的。"

"挺好的？"彩云脸上现出苦笑，"兄弟，你是个老实人，可这话说得不老实。你一定觉得姐整日价和一群男人打情骂俏，是个十足的坏女人。"

红革说："我可从没这么想。话说回来，在工地这种地方，你一个女人家不这样也待不下去。"

"天天这么装疯卖傻，到头来还是滚在地上被姓吴的连踢带打的……"彩云眼泪流下来，"兄弟，你不知道姐在工地上挣点钱多不容易，人人都想占我的便宜——胖子工头偷偷跟我说，我如果陪他睡几个晚上就把我的工资翻番，就连和我一起做饭的干瘪老头，也想打我的主意……"

彩云大概好久没和人这样掏心掏肺地痛快说话，发泄一句饮一口酒，目光渐渐有些迷离："兄弟，像你这样的好男人不多了，姐要是早几年和你遇上，一准跟了你，得少受多少苦头……"

红革见她已露醉态，说："姐，今天咱就喝到这儿吧，明早还要上工呢。"彩云摇摇晃晃站起来："那好，兄弟，没事常上姐这儿来，姐给你做好吃的……"

三

扫尾的活儿干得差不多了，胖子工头将十几名工人召集到一起，说自己又在别的地方包了新活儿，愿意继续跟他干的随他去那边，不愿干的结账走人。除了红革其他人都说愿去。胖子工头一直对红革从不偷奸耍滑的工作态度十分欣赏，他让众人散了，单独留下红革问他为何不愿跟着自己。红革谢了他的看重，说已写信让家人告诉妹妹自己的所在，估计很快妹妹就会来找他，若去了别的地方，怕又联系不上了。

红革领了干这两个月的血汗钱，共计九百多元，他用废报纸将厚厚一沓钱仔细包好，装入随身的挎包，拉上拉锁不放心，又反复检查了几遍。他决定立刻去邮局将钱寄回家里，想象家里人收到钱后的欣喜，从不唱歌的他一边走一边情不自禁哼起了小调。

从邮局回来已是下午，红革走进工地的厨房，见彩云正在里面收拾东西。彩云高兴地拿了个小板凳请他坐下。红革问彩云今后的打算，彩云说："还没想好，走一步说一步吧。"

红革从挎包里取出一个纸盒子递给彩云："我刚才到街上去了一趟，路过商店见这布娃娃挺可爱的，就给你闺女买了一个。"彩云高兴地接过盒子："咋好意思让你破费。"红革说："姐，你再找的活儿最好能顺便照管孩子，别像现在似的，整天把孩子锁在家里，瞅着怪可怜的。"彩云抱着盒子低头应了声："嗯。"

四

楼盘建好后命名为安福小区，物业公司在大门口贴出告示招聘保安。红革到物业办公室应聘，经理见他相貌威武先心存几分满意，问了两句话后便让他第二天正式上班。

小区保安的活儿虽然工资低些却不耗力气，天天穿着制服在小区大门口一站，注视着车辆行人在自己面前来来去去。保安班长告诉红革，一般衣冠整齐的人物尽可任他们自由进出，真正要拦的是那些卖东西收废品的小商小贩。红革很快悲哀地发现，自己所要警惕和对付的小商小贩正是和自己一样的外地人，他们背井离乡在城市的最底层挣扎谋生，既要蒙受城里人不屑的白眼，也会遭遇到红革这样小区保卫者的同类相残。

一个背着一挎包小广告的青年被红革拦在门外，青年听出红革的口音，说："大哥，你东北的吧？哪疙瘩的？"红革答是兴安岭的。青年兴奋地说："这么巧，我也是兴安岭的！看在老乡情分上，大哥，你就让我进去吧。"红革听说是老乡也感亲切，问："你是哪个林业局的？""林业局？"青年吭哧半天问，"啥叫林业局？"红革大吼一声："滚！"

这是软蒙，也有硬唬。一个磨剪刀的南方汉子被红革拦住，指着红革的鼻子咆哮："你敢不放老子进去，老子找人弄死你个龟儿子！"他哪知红革是从小打架打出来的，最是吃软不吃硬，当下一伸手将汉子从三轮车上揪了下来："老子今天就弄死你！"自此这汉子再不敢在小区附近露面。

对这种软蒙硬唬的家伙红革决不客气，但对那些老实巴交的小商贩却往往睁一只眼闭一只眼。一对修纱窗的老夫妇在小区门外逡巡良久不敢进入，红革看在眼里，假装起身去上厕所，让他们得以乘隙潜入小区。等老夫妇从小区出来，低垂着头不敢去看红革，红革开玩笑地突然立正向他们敬了个礼，老头一惊，竟也慌慌张张地举手向红革还了一礼。很长时间过去红革想起当时的情景依旧忍俊不禁。

一天红革正在值班，一辆红色的夏利车驶到小区门口，红革招手拦住："对不起，外来车辆需要登记。"一个戴墨镜的男人从车里探出头来："我也要登记吗？"说完扑哧一乐，跟着从车子后窗又探出一个女人的脑袋，叫："哥，是我！"红革认出竟是大国和红心，惊喜地说："你们怎么才来！"

等红革下了这班岗，大国和红心请他坐进小车，前往自己家做客。红革拍拍座椅摸摸车窗，说："都买上车了？"大国一边转着方向盘一边说："上半年刚买的，没车谈生意拉个货都不方便。"红心端详着哥哥："黑了，瘦了。""出门打工不比在家，哪能不变糙点儿？"红革上下瞧瞧红心，"你穿的可比以前时髦多了。"红心羞涩地一笑："大国让我这么穿的，说是打扮得漂亮点儿，陪他出去谈生意也能壮壮门面。"

不一时到了大国和红心的家，这是一座老旧小区里的一居室，面积虽不大，却收拾得干净齐整，尤其随处可见的毛绒玩具和各种精巧的小摆设，透着股小女孩的俏皮天真。红革拿起个毛绒兔无奈地摇摇头："都嫁人啦还跟个孩子似的。"

红心笑着向哥哥扮了个鬼脸，进厨房去做饭，大国请红革在沙发上坐下，陪他喝茶聊天。红革说："你们在这边混得不赖嘛。"大国说："啥不赖？表面上好像有车有房挺风光，但车是二手的，房是租人家的，今天有活儿明天可能就没活儿，一句话，也就是刚起步。"他诚恳地说："哥，你既然出来了就和我一块干吧，不敢保证一定发财，但只要我大国吃干的，就绝不让你喝稀的。"红革说："你的好意我心领了，但你没听人说亲戚朋友最好不在一口锅里搅马勺，万一有个磕磕碰碰，亲戚做不成朋友也做不成了。大国，还是你干你的，我干我的，遇事相互有个照应就是了。"大国说："那也好。哥，别看我就是个小包工头，这两年三教九流的朋友也结交了不少，我找人帮帮忙，看能不能帮你换个好点儿的差事。"红革高兴地说："那敢情好，在小区当保安是累不着，可挣的钱实在太少了。"

五

大国果然说到做到，半个月后红革就经由大国的朋友介绍在新单位上班了。

这是一家位于城市中心地带的高级会所，红革被安排做会所的保安。说起来干的还是保安，但此保安与小区保安却绝不可同日而语——原来一身皱巴巴的黑布制服，现今是西装笔挺，皮鞋锃亮；原来站在车水马龙的小区门口一天不知吸进多少灰尘尾气，而今的工作环境不是花团锦簇的庭院就是宽敞明亮的大厅；原来一月工资不足三百，现今五百还要拐弯。两相对比，红革格外珍惜目前的工作，不仅站岗巡逻兢兢业业勤勤恳恳，对待会所的客人也是加倍的礼貌热情小心周到。

一天中午一家公司的总裁在会所为老父庆贺寿辰，老寿星贪饮了几杯脚下虚浮，出包间时没瞧清楚台阶，一脚踏空崴伤了脚。总裁急着带老人去医院，转头见红革站在一边，一挥手将他唤过来，吩咐他背老人去大厅门口上车。红革二话不说，俯身让老人爬上脊背，一路小跑将老人送进了等在门口的奔驰车。

任务完成红革要回大厅，总裁把他叫住，掏出钱夹扯出几张纸币丢进了他怀里。红革愣神的时候车已绝尘而去，他捧起纸币一瞅，好家伙，竟是四张硬铮铮的百元大钞！他做小区保安时辛苦一月也挣不到这些钱，总裁却随手便赏了人，红革为富人们的豪阔深深震惊。

晚上与红革同住一间宿舍的小陶说自己过生日，邀红革和另两位室友去夜市吃串。吃喝时红革便把白天总裁赏钱的事儿对伙伴们讲了。

在餐厅做服务生的小王感慨地说："来会所的客人哪个不是大款级别？就拿我们餐厅说，我看有些客人不是来吃饭，纯是来摆谱的。有时总共不过两三个人，却能点上一大桌子酒菜，吃不完的话就统统倒掉。有一回我瞧一盘一口没动的油焖大虾扔掉实在可惜，就端回厨房自己吃了。说出来也不怕你们笑话，那还是我这辈子头一遭吃大虾哩。"

"有钱人的活法和咱们是不一样。"小陶说，"那天我们保龄球馆来了一男一女两个客人，男的听说是哪家公司的董事长，岁数少说也有七十岁，女的却漂漂亮亮顶多二十出头。领班看女客人连打了几个满分，讨好地向董事长说：'您孙女技术不赖呀！'哪知董事长脸色马上变了，瞪了一眼领班说：'不知道别瞎讲，她是我老婆！'慌得领班赶忙向客人道歉。其实也不怪领班，听人讲过老夫少妻，可这两口子岁数相差也太大点儿了。"

红革叹道："不来城里哪知道这些事！我们林区也有穷有富，可再富也就是房子大点儿，吃穿宽裕点儿，哪见过这样有钱就张狂得没边的。"

与红革同在保安班的小李说："大家说说，如果有一天咱们也像会所客人那样有钱，想怎么花？"

红革说："我没那个造化，也从来不想。"

小王说："我要是有了钱，第一是给我爸妈盖幢别墅，第二为村里修条路，第三嘛……给你哥仨每人发上几百万，让你们也变成有钱人。"

小陶笑骂道："狗屁！你没钱时这样说，真有钱了就不这么干了。"小王就嘿嘿地笑。

正说得高兴，一个小女孩忽然跑到他们的桌子前，扑闪着一双亮晶晶的大眼睛望着红革，叫："叔叔！"红革认出是彩云的女儿倩倩，惊喜地问："你妈领你来的？你妈呢？"倩倩牵了红革的手就走。

红革随她穿过排得密密麻麻的桌子板凳，来到一个浓烟滚滚的烤炉前，一个女人正一边扇火一边摆弄着肉串。红革招呼："姐，干上这个了！"女人闻声抬头，惊喜地叫："红革呀，你咋找到我的？"红革说："是你闺女领我来的。"两人互叙别后情形，彩云让红革没事就到她摊上坐坐，吃两口她烤的肉串，她烤串的水平在这条街上不敢称第一也敢称第二的。红革说："是吗，那我可要多来尝尝。"

以后红革果然不当班时便到彩云的摊位来，闲时同她聊聊天，忙时就帮她招呼客人。有顾客问彩云："新雇个伙计？"彩云笑着望一眼忙碌的红革："不是伙计，是从老家来的兄弟。"

六

一天红革又来到彩云的摊位，彩云说："来，我带你见个老乡。"将他拉到一个正在吃串的客人面前，介绍说："这是我的老主顾何老师，在附近的民办学校教书，老家也是兴安岭的。"又向何老师介绍红革："他就是我和你提过的你们兴安岭老乡，名叫孙红革。"

何老师笑呵呵地说："老乡见老乡，两眼泪汪汪。"热情地和红革握手，又拉他一起坐下喝酒吃串。何老师问红革是哪个林业局的，红革说是翠岭，何老师说他老家是永青，和翠岭不远的。

何老师是彩云烤串的忠实拥趸，隔三岔五便来光顾。红革见他谈吐风趣，学问渊深，为人又十分豪放洒脱，只觉和他喝酒聊天既长见识也是一种享受。

一天大国来会所看望红革，听他说起何老师的种种妙处，不由大感兴趣，定要红革引他去会会这个老乡。

何老师见了大国，听说他也是兴安岭的，高兴地请他同坐叙谈。大国是善说话的，且于古今中外的掌故也知道不少，与何老师一唱一和，引得他益发口若悬河逸兴遄飞。

说着说着便聊到大家共同的家乡兴安岭，何老师说："咱兴安岭可不简单，它就像一道千里大屏障，挡住了西伯利亚的寒流和蒙古高原的干旱季风，西边护住了呼伦贝尔大草原，东边护住了东北平原和华北平原。兴安岭还是松花江、嫩江等好多大江大河的发源地，因为有了这些江河的滋润，东北平原的物产才会这么丰富，成为我们国家的大粮仓！

"这说的是地理，再说历史。好多人以为兴安岭开发之前是一片洪荒，谈不上有什么历史，其实不然。你们上学时学历史，一定知道南北朝时有个拓跋鲜卑人建立的北魏，史书上说这些鲜卑人的祖先原来居住在大鲜卑山，后来一路南迁，直到统一北中国建立了北魏王朝。北魏皇帝富贵不忘根本，派了一位大臣到当初祖先居住过的石室祭祀，并把祭祀的祝文刻在了石壁上。史书清清楚楚是这样写的，但大鲜卑山究竟是哪里，鲜卑石室又在什么地方，后世人却谁也不知道。转眼一千多年过去，一位考古学家进入兴安岭的一个山洞考察，发现了刻在洞壁上的文字，人们这才知道所谓的大鲜卑山就是兴安岭，鲜卑石室就是当地人所称的嘎仙洞。

"不只是鲜卑人，建立大辽国的契丹人，建立了横跨欧亚大帝国的蒙古人，他们的祖先也都是从兴安岭的大森林里走出来的，可以毫不夸张地说，兴安岭就是我国北方众多民族生长的摇篮！"

"原来咱兴安岭这么牛！"红革和大国惊叹不已，他们虽然从小在兴安岭长大，对这片土地的了解却实在不多。

何老师眯眼望向远处，仿佛面前横亘着故乡的巍巍群山："拓跋鲜卑人、契丹人、蒙古人走出了兴安岭，鄂伦春人却永远留了下来，他们住仙人柱，喝嘟柿酒，自由自在游荡在无边的林海……你们上学时都学过一首关于鄂伦春人的歌吧？"说罢手击膝盖打着拍子，深情唱起来："高高的兴安岭，一片大森林，森林里住着勇敢的鄂伦春……"

"一呀一匹烈马，一呀一杆枪，翻山越岭打猎巡逻护呀护山林……"红革和大国也借着酒意随着何老师高声歌唱，引得夜市的其他食客都好奇地向他们张望。

七

红革有一个礼拜没来夜市了，一家大企业在会所召开一个重要会议，全会所上至经理下至保安每个人都忙得不亦乐乎。好不容易会议开完客人送走，红革才腾出时间往夜市来寻彩云。

时令入秋天气渐凉，夜市生意已不似先前那般红火，倚在矮桌上打盹的彩云见红革走来，高兴地请他坐下，问："吃过饭没？今天新上的内蒙古羊肉，挺不错的，我给你烤两串尝尝。"红革摆手止住她："刚才在食堂吃得饱饱的。倩倩呢？"彩云说："找旁边摊主家的小孩玩去了，这孩子是越大越野了。"

两人有一搭没一搭地说着话，突然平地卷起一阵狂风，接着雨点便啪嗒啪嗒打了下来。彩云抬头望望天色说："这雨怕是一时半会停不了了，反正也没客人，收摊了！"她望向红革："天还早，去我家坐坐？"红革说好。于是彩云唤回倩倩，和红革一起将烤炉桌凳装上了三轮车。彩云待要上去蹬车，红革推开她："有我这老爷们还用得着你？"彩云一笑，把一件塑料雨衣披在红革身上，自己打起伞带着女儿坐进了后面车厢。红革喊一声："出发喽！"蹬起三轮车冲进了绵绵雨丝之中。

从市中心的夜市到城郊的彩云家三轮车足足行了一个小时。倩倩跳下车，见巷口几个女孩在房檐下踢毽子，她瞅瞅母亲，见母亲点头，兴高采烈地向女孩们跑去。

红革和彩云将三轮车上的东西卸下来，一起走进屋里。彩云给红革倒了一杯水，说："你先坐着，我洗个头。以前我也是爱干净的，现在烤肉串整天烟熏火燎，都快成母夜叉了。"当下插上热得快烧了开水，就将脸盆放在床沿上俯身开始洗起来。

氤氲的水汽从脸盆中弥漫出来，充斥了整间小屋。隔着水汽透过纤薄的秋衣可以看到彩云浑圆白皙的香肩，随着身体动作不断颤动的丰硕的乳房，有那么一刻红革禁不住心旌神摇，但他很快警醒过来，在心里骂了自己一句："怎的那么下作。"扭转头去看倩倩粘在墙上的五颜六色的贴画。

彩云洗完了头，将潮湿的头发绾成一个圆髻束在脑后，问红革："保安的活儿累吗？"红革说："跟工地的活儿比根本不算累，就是耗时间，往那儿一戳就是半天，下了班双腿酸疼酸疼的。"

彩云说："我来给你按摩按摩——你别笑，我以前认真学过的。"说罢不由分说让红革将腿抬上床沿，由她连按带拍一阵揉搓。

按摩完了红革下地走了两步，果然血脉畅通轻快了不少，由衷赞道："你还真有两下子！"彩云矜持地一笑，说："你也帮我揉揉肩膀，这两天一直酸溜溜的。"红革嗫嚅说："我哪会呀？"彩云说："什么会不会的，拍两下捶两下就管用的。"

红革只得脱了鞋跪在床上，两手抚着彩云的肩膀轻轻捏弄。彩云说："你老爷们家家就这么点儿力气，使点儿劲儿不行？"红革一笑，手上又加了两成力气。

两人沉默了一会儿，彩云忽开口说："要不……今晚你就别回去了。"红革一愣，随即明白了彩云的话意，双手登时停住，只觉心口怦怦乱跳，一股热血在体内奔涌冲突，燥热得直想一把甩去衣衫。他终于使劲咬咬嘴唇，轻声说："不了，单位管理严，夜不归宿要被经理批呢。"

红革给彩云按摩完了，不敢看她的表情，低着头说："天不早了，我得回去了。"彩云坐在床边没有应声。

红革走出小屋，一股清冽的晚风迎面吹来，雨不知何时已经停了。他抬头望向满天星斗，看着看着，星斗渐渐幻化成了春枝和林兴的模样，母子两个依偎在一起，都甜甜地向着他笑。红革的眼泪流下来了。

八

年关将近，来会所的客人激增，会所的各个部门也更加忙碌，但那些老家在外地的员工眉梢眼角却不见疲惫，相反倒还带有几分喜色——春节意味着回家，一年到头漂泊在外，终于可以与亲人团聚，谁的心里不激动万分呢？

红革这天从班上下来，邻床的小陶指指他的床铺："孙哥，有你一封信。"红革从铺上拿起信，信封上的字不是春枝写的，而是海林那笔瘦长潇洒的行书。"海林给我写信有什么事呢？"怀着疑惑红革拆开了信。

海林在信里告诉红革，自己半年前已调到城区镇，目前负责全镇木耳养殖的推广工作。在描述了一番木耳产业的辉煌前景后，海林说镇里准备扶植一批木耳养殖示范户，打响翠岭发展林下经济的第一炮，而关于示范户的人选，他第一个想到就是红革。

在信的末尾海林充满激情地写道：与其背井离乡在外面打工，不如回来和我一起从事这一富有开拓性的事业，也许林区的明天，就在我们将要培育的一朵朵黑亮的木耳上……

看罢信红革真的有点动心了，回翠岭养木耳若果真如海林描述的那样好，既有了收入，又能照顾家里，何乐而不为？

九

距春节还有两个礼拜的时候，经理召集会所的全体保安开了个会。经理笑容可掬地说："你们来会所的日子都不短了，说说看，咱老板待大家怎样啊？"保安们七嘴八舌地说："好着呢！""在咱会所上班工资又高，伙食又好，没遇见过这样善的老板！"

经理笑着点点头："看来你们都是有良心的，老话说养兵千日用兵一时，老板平时待大家不薄，有事时你们也要冲得上去。"一名保安说："经理，你痛快说老板让我们干什么吧，你放心，老板指到哪儿我们就打到哪儿。"经理说："好，有这句话就成！是这么回事儿，咱老板最近投标了一个工程，本来手掐把拿的，可没想到被一个小子背地里做手脚把工程抢走了。其实工程拿下拿不下也没啥，关键是老板丢不起这个面儿，不给那小子点颜色看看，还当老板是好欺负的！老板的意思是让咱们保安队替他把这件事办了，大家觉得怎么样啊？"

保安们万料不到老板竟是让他们教训仇家，这可不是吃点苦挨点累就完的事情，弄不好要吃官司，一时你看看我，我看看你，没有谁再说话。

"看把你们这些熊包吓的。"经理笑道，"其实也不是让你们把人往死里打，让他受点皮肉之苦就行了。老板说了，完事之后他亲自设宴犒劳大家，另外，每人发一千块钱的红包让大伙回家过个好年！"

一千块钱的红包！众人都张大了嘴巴，吃不吃饭倒还罢了，红包的诱惑可着实不小。一个年轻保安霍地站起来："经理，我干！"其他保安也纷纷跟着表态："我们也干，老板的仇家就是我们的仇家，一准把那孙子打得满地找牙！"经理满意地说："不错，都是好样的！大家做好准备，什么时候动手听我通知。"

红革回到宿舍，辗转反侧难以入睡，心想自己真不成为了一千块钱也去做有钱人的打手？自己好好一条汉子，凭劳动挣钱光明磊落，实不必做那不明不白的事，拿那不明不白的钱。

红革主意打定，第二天找到经理，说自己不愿参与打人。经理和颜悦色地说："没关系，这本就是自愿的事儿。"红革告辞出去，脚尚未跨出门槛，经理在他身后补了一句："会所用不了那么多保安，过完年你不要再来了。"红革的腿登时僵住，但也就是那么一瞬，随即大踏步扬长而去。

十

　　回翠岭前红革专程去看望了一趟彩云母女。彩云听他说回林区后可能再不来了，不禁神色黯然，送他出门时泪水直在眼眶里打转。红革见她这样，心里也不是滋味，安慰道："我回家去了，但我妹妹妹夫还在这里，以后咱们还是有机会见面的。你们娘俩……多保重吧。"

　　红革走的时候大国和红心都到火车站送他。本来红心是要和他一起回去的，孰料出发前几日突然查出已怀有身孕，不适宜远行颠簸，只得遗憾地将车票退了。红心买了许多送给父母及嫂子侄儿的礼物交到红革手里，泪眼婆娑地说："哥，让爸妈注意身体，等孩子稍大点儿了我一定回去看他们。"

　　红革中间倒了一次车，第三天一早火车终于驶进了兴安岭。火车穿山越岭隆隆向前，红革眼望窗外不胜感慨，春天出山时雪尚未化尽，如今又已是千里冰封万里雪飘。一年过去，父母的面貌是不是又见苍老，春枝的租书店经营得怎样，儿子会叫爸爸了吗？

　　正浮想联翩时，对面座位上一个小女孩见他一直痴痴看着窗外，问道："叔叔，你是头一回来兴安岭吧，你看这儿漂亮吗？"红革从遐想中走出，笑着回答："漂亮。"

　　女孩说："我们兴安岭不光风景漂亮，还有好多特产呢。"接着兴致勃勃地给红革介绍起来。红革笑盈盈地听完，问道："看来你是个老林区了，这是从哪儿来到哪儿去呀？"小姑娘答："我住在杭州，这趟是回老家看望爷爷奶奶。"红革夸张地瞪大眼睛："在杭州？那么远！"

　　女孩的母亲原本一直笑着听女儿和红革说话，这时开口解释："我和她爸带着她在杭州打工，整整两年没回来了，今年春节好容易有了工夫，带她回来看看老人。"红革说："小家伙长在南方，对兴安岭的事儿倒挺熟悉。"女孩母亲说："都是她爸教她的，她爸说咱人虽出来了，可不能忘了自己是兴安岭人。"女孩插口说："叔叔，我爸以前在林业局的苗圃上班，他栽的树可棒了，大家都夸他！"红革问："你爸现在在杭州做什么工作呀？"女孩答："在市场卖菜。"红革沉默了。

　　火车驶进了翠岭地界，山峦、树木，一切都是那样亲切和熟悉。将到车站的时候火车速度慢下来，透过凝结着冰花的车窗，红革看到月台上站满了接站者，都在凛冽的寒风中翘首等待归来的亲人。接着他在人群中发现了父亲、母亲和抱着孩子的春枝，禁不住一下子扑到车窗前，双眼噙满了泪花……

第六章

一

听说红革从河北回来，海林立即赶来看他。

过去两年海林可谓顺风顺水，自从与常慧确立恋爱关系，他先从护林队调到劲松林场机关，完成了从工人到干部的身份转换，接着离开林场去了城区镇镇政府，并很快被提拔为副镇长。

春风得意的海林并不愿仕途全仗岳父荫庇，很想凭自己的能力干出些成绩，恰值地区要求各林业局积极发展林下经济，海林经过缜密的调查研究，向镇领导建议在辖区内扶植一批木耳养殖示范户，打响翠岭发展林下经济的第一炮。书记和镇长大为嘉许，不仅采纳了海林的建议，还指派他具体负责这项工作。

就像海林给红革信中写的那样，他第一个想到的示范户人选就是红革。海林见到红革，略一寒暄便迫不及待地谈起木耳养殖，干这个行当是如何如何的利润丰厚，如何如何的前景辉煌。

"养木耳这活儿我从没接触过，可以说是两眼一抹黑，能行吗？"红革不无疑虑。

"你放心，"海林说，"镇里对你们这些示范户从菌种到技术都给予全力支持，你就撸起袖子放心大胆地干吧！"

送走海林后红革把养木耳的事同父母和妻子讲了，征询他们的意见。

孙连福吸着烟思谋半天，开口说："咱不当这冒尖的，谁愿意当示范户让他当去，等他干成了咱再跟着干。"

"还是你爸说的办法好，"姚淑兰附和说，"咱先别着急下水，站干岸上看看风色再说。"

春枝却表达了不同的意见："老话说早起的鸟儿才有虫吃，当示范户一来有政府帮扶，二来竞争也小，干成了也就干成了。如果等人家干成了再跟着大伙一窝蜂地去凑热闹，风险是没有，可也挣不着啥钱。"

红革说："听海林跟我讲的意思，当示范户好多事政府都管了，不用多少投入，就算干砸了赔进去的也只是自己的力气。爸，妈，不然咱就试一回。"

孙连福和老伴对视一眼，在鞋底磕磕烟灰说："我们老两口岁数大了，思想有时候跟不上趟，大主意还是你们自己拿。你们真要干的话我和你妈就当好你们的后勤，家务活儿和林兴都交给我俩，只是你们做事千万操心些，稳稳当当别有啥闪失才好。"

二

春节过后十户示范户都被召集到镇政府的会议室，参加木耳养殖的技术培训。海林作为镇上的主管领导首先讲话，他长篇大论地阐述了发展木耳养殖对突破"独木"经济模式，摆脱林区目前困境的重大意义，接着便请出一位年纪五十上下的高个子男人，向众人隆重介绍："这位是镇政府从外地给大家请来的老师孔师傅，孔师傅是他们那一带有名的木耳养殖大王，技术那是没的说，希望大家跟着孔师傅好好学习，让木耳养殖在咱翠岭落地生根兴旺发达！"

在热烈的掌声中孔师傅开始给示范户们上课。这位孔师傅身材魁梧声若洪钟，像个经验丰富的老师傅模样，然而他的表达能力却实在差劲，讲起课来不仅口头语奇多，而且东拉西扯全无头绪，直听得下面的示范户们云山雾罩不知所云。

一个圆脸盘妇女忍不住站起发问："孔师傅，刚才你说把菌下到地里，到底是啥意思？是说跟种庄稼一样把种子埋地里等它长出来吗？"

"种庄稼？养木耳咋能跟种庄稼一样？"听了她的问题孔师傅知道自己半天工夫是白费了，急赤白脸地说："我不讲了好几遍了吗？先让菌在培养基里长！"

一个老头子举手说："孔师傅，我也有个问题，你总说养鸡养鸡的，咱不是养木耳吗？咋总扯到养鸡上头？"

"不是养鸡，是培养基！"孔师傅哭笑不得，"你们咋这么笨呢？讲了这么长时间还不明白。"

"不是我们笨，是你讲得不清楚！"圆脸盘妇女针锋相对毫不客气。

众人也纷纷附和："可不是，你一会儿说生菌，一会说灭菌，那到底是生菌还是灭菌呀？听得我脑袋都大了。"

"镇里也是，找老师就找个说话明白点儿的，怎么整这么一个颠三倒四的老家伙来！"

孔师傅被大家说得脸上红一阵白一阵，突然一跺脚说："我颠三倒四，那你们找不颠三倒四的来教你们，老子还不伺候了！"说罢拔脚便走。海林忙上前将他拉住，含笑劝解："孔师傅，别生气，大家是着急没学会技术，没有不尊重你的意思。"孔师傅冷着脸说："王镇长，你啥话也别说了，马上去给我买火车票，我明天就走。"一甩胳膊扬长而去。

孔师傅撂挑子不干，示范户们只好散伙。红革回家吃过午饭，正在炕上陪儿子玩耍，海林上门来了。

海林跟姚淑兰和春枝说笑几句，又逗逗林兴，才和红革走进堂屋讲他们的正事。

红革从烟盒拽出一支烟递给海林，说："孔师傅不干了，你这当镇长的还得给我们再找个老师啊。"

"你当请个技术过硬的老师那么容易，说找就找？"海林点上烟吸了一口，慢慢吐着烟圈说，"要说也怪，孔师傅私底下聊天嘴皮子满溜的，谁知讲起课来是这个样子，看来老师也不是谁都能当的。"

"他其实就是老话讲的，茶壶里煮饺子——有货倒不出来。"

"倒不出来也得让他倒，咱们学一点儿是一点儿。"海林思忖着说，"今晚我想请孔师傅吃顿饭，找你和别的一两个示范户作陪，一定把老师傅哄高兴了，让他明天继续给咱们上课。"

红革说："行，你们负责说话，陪酒的活儿交给我，不把孔师傅喝得钻到桌子底下，算我孙红革没本事。"

傍晚红革如约来到站前饭店。海林订的单间里只坐着上午一起上课的圆脸盘妇女，海林和孔师傅还没有来。

红革和圆脸盘妇女随意闲聊，圆脸盘妇女听红革说家里开着租书店，试探着问："你……是不是名叫孙红革？"

"是呀。咱们以前见过面？"红革在脑海里搜寻关于她的记忆。

"你知道薛远吧？我们俩是一家的，我是他媳妇董晓曼。"

"原来是嫂子呀。"红革恍然大悟，"去年一年我都在外头打工，回来也没顾上去看看薛大哥，薛大哥挺好的吧？"

"还是老样子，白天在胶合板厂上班，晚上就写他的破诗。写也是白写，往家里挣不回一分钱。"

"可不能这么说，写诗是多高雅的事，不是一般人能干的，比如让我写诗，就是杀了我也整不出一首来。"

两人正聊得热闹，海林陪着孔师傅走进了单间，红革和晓曼忙起身招呼。

四人落座，红革将海林带来的一瓶高档酒启开，依次给每人面前的酒杯斟满。海林端起杯说："我提议第一杯酒咱们三个敬孔师傅，正月没过完孔师傅就大老远地来给咱们做培训，实在是对翠岭木耳养殖事业的莫大支持！"

孔师傅并不举杯，冷冰冰地说："王镇长，现在看你们是找错人了，我讲课水平太差，耽误大家伙了。"

见场面尴尬，晓曼站起身诚恳地对孔师傅说："孔师傅，是我们不对，我们自己听不明白，反而埋怨你讲得不好。我代表所有示范户给你道歉，这杯酒是我自罚的。"说罢举起面前的酒杯一饮而尽。

红革也说："孔师傅，你大人不记小人过，别跟我们一般见识。我也自罚一杯。"将自己的酒也一口干了。

孔师傅见他们这样，自觉找回了面子，脸上开始有了笑意，说："不是我在这儿吹牛，我们镇子几十家养木耳的，就数我家产量最高质量最好，收木耳的时节有人愁木耳卖不出去，来我家收木耳的老客却排起了长队。好多地方找我去讲课我都不去，要不是你们翠岭三番五次派人上门请我，我也不会来的。"

"那是那是，"海林赔笑举杯，"孔师傅，我是打心眼里敬重你，咱们再干一个。"

一晚上海林三人净拣孔师傅爱听的话说，哄得他眉开眼笑，酒喝了一杯又一杯，终于烂醉如泥歪倒在椅子上。

海林叫了一辆出租车，和红革一起将孔师傅送回招待所，在车上孔师傅兀自口齿不清地嘟囔："你们……翠岭人酒……酒量可真……真不错……"

以后的几天里孔师傅继续给示范户上课。由于得到海林措辞严厉的叮嘱，示范户们都老老实实地听课，再不敢对孔师傅有丝毫不敬，遇有不明白的地方，也等课间休息时再好声好气地向他请教。孔师傅每日得海林好酒好菜款待，心情舒畅，上课也便多了几分耐心，有些养殖环节讲一遍示范户们不明白，他就多讲几遍，直到大家确实领会为止。教者用心学者努力，等培训班结束时，示范户们对木耳养殖的工作流程已大体掌握。

三

养木耳需要很大的场地，这事若搁在以前着实让人犯愁，但如今已不是问题。眼见林区经济每况愈下，许多生计无着的人选择了逃离，翠岭的每栋房都有一两户人家的大门上挂着生锈的锁头，透过板障子缝隙往里瞧，院内瓦砾遍布杂草丛生，麻雀蹦蹦跳跳四处觅食，松鼠纵高伏低追逐嬉戏，昔日人类的居所俨然已成为鸟兽的乐园。本着物尽其用的原则，这些被人遗弃的房舍院落正是示范户们养木耳的绝佳场所。

红革看中的是前年搬走的西院王婶家，一是走动方便，二来她家有个面积不小的菜园子可作为菌袋露天管理的场所。红革和春枝一起动手，将王婶家里里外外打扫了一遍。在他们干活儿的时候，有两只松鼠没有逃走，一直躲在远处不安地向这边窥视。红革知道它们的巢穴就在这院子里，欲找到捣毁，春枝劝阻说："算了，让它们在这儿住着吧，有松鼠当邻居也挺好。"

红革和春枝依孔师傅所教，将桦木锯末、麦麸子等按比例搅拌在一起，做成培养基，再将这些培养基分成一个个小袋，放入蒸锅焖蒸灭菌。等杂菌去除干净，两人再小心地将木耳菌种接入小袋，让它在其中萌发生长。

在灭菌接种的关键时刻，海林始终陪伴在侧，遇到什么过不去的关口，他便和红革春枝一起研究，回想当初孔师傅是如何讲的，集思广益拿出最佳的解决办法。红革接菌成功，海林马上走东家串西家将他的成功经验向其他示范户推广，带领大家一起前进。

四

五一后天气转暖，应该对菌袋进行露天管理了。红革和春枝将菌袋从屋里移出来，整整齐齐地摆放在菜园里，在接下来的日子里只需早晚定时浇水，静待耳片长成。

几个月的辛苦劳碌，夫妻两个都瘦了一圈，但眼见收获在即，满心满眼都是藏不住的喜悦。

这天是星期日，红革吃过早饭到菜园检查耳片长势，正弯腰细看，忽听板障子外有人叫他，抬头一看，原来是延峰。

延峰不是一个人来的，身后还跟着一个脸蛋红扑扑的姑娘。红革笑着迎出来："是延峰呀，你可好长时间没来了。"

延峰向红革介绍同来的姑娘："这是陈玉娇。"又向姑娘介绍红革："这就是我常跟你说起的孙红革，我最好的哥们儿。"

红革当然看出延峰和玉娇的关系，笑道："欢迎欢迎。这里站没站处坐没坐处，还是到我家里去吧。"

"不用了，这儿就挺好，"延峰说，"我们还想参观参观你养的木耳呢。"

红革领着两位客人进了院子，将菜园里的菌袋指点给他们看。

"哇，这么多木耳！"玉娇面对密密麻麻的菌袋惊叹不已。

延峰也感好奇："我原本以为木耳是在树上结的，谁知是长在地上。"

红革介绍："野生木耳确实是长在朽木上，我这里是人工养殖的袋装木耳。教我们养木耳的师傅说，常吃木耳能活血清肠，润肺补脑，等我这些木耳下来，给你拿点儿吃去。"

延峰笑道："好啊，你说话可要算数。"

"呀，延峰来了。"随着话音春枝进了院子。延峰把玉娇向春枝介绍了，春枝上下打量着玉娇："怎么瞧着这么眼熟，对了，你不是菜市场卖调料的那个姑娘吗？"

玉娇点点头："我初中毕业就在市场卖调料，已经好几年了。"

延峰堂堂一个大学生，怎么会看上做小买卖的姑娘？春枝心里纳闷，口里问道："延峰，老实交代，怎么把这么漂亮的姑娘追到手的？"

延峰讲了他和玉娇颇有戏剧性的爱情故事。翠岭一中坐落在镇北，延峰家住镇南，每天上下班都要穿过镇子中心的菜市场，就在这日复一日的穿行中，他逐渐被卖调料的玉娇姑娘吸引。也许是所谓的爱情魔力吧，玉娇的一颦一笑一举一动都让他深深着迷，上下班匆匆看一眼看不够，索性下了班也不回家，站在菜市场的玉娇摊位对面，一眼不错地痴痴张望。

玉娇觉察到了，被他瞧得不好意思，但看人又不犯法，对他也无可奈何。

延峰这样看了半个月辰光的时候，玉娇把这事告诉了母亲。玉娇妈是个泼辣性子，等到延峰再来时径直走过去问："小伙子，你为啥总盯我闺女看？"延峰答："我喜欢她。"玉娇妈说："喜欢？是想要娶她吗？"延峰答："是。"玉娇妈说："那好，说说你的个人条件。"

等延峰汇报了自己的基本情况，玉娇妈满意地点点头："回去跟你爸妈说，改天我们两边家长见个面儿。"

双方家长会见的程序走完，延峰和玉娇便正式确定了恋爱关系。延峰每天早晨帮玉娇出了摊再去学校，晚上下了班又到菜市场帮忙，他是个典型的书呆子，于买卖一路全无悟性，经常犯错遭玉娇训斥挖苦，但却十分享受乐在其中。

听了延峰的罗曼史，红革当胸给了他一拳："真有你的，硬是拿眼睛看来个女朋友。"

延峰说："我和玉娇的喜日子定在下个月的十六号，你和嫂子一定来捧场呀。"

"一定去，"红革笑道，"就算你不来请，我们也要闹你去。"

延峰和玉娇走后红革和春枝给菌袋浇了一遍水,等忙完已是中午。两人回到家,春枝去外屋地帮母亲做饭,红革从父亲怀里接过林兴,让看了半天孙子的父亲喘口气。

孙连福点上一支烟,惬意地吸了一口,对儿子说:"我一个老战友年前搬到山外去了,把他开的一块菜地给了我。开春了,该拾掇拾掇了,明天你早点儿给木耳浇水,完事咱爷儿俩到地里去一趟。"

红革尚未答话,坐在他怀里的林兴嚷道:"爷爷,我也去,我也去!"

"你还太小,去不了。"红革亲亲儿子胖乎乎的脸蛋,"等你过两年大点儿了,爸爸和爷爷再带你下地,撒下籽,浇上水,到秋天呀,地里就长出来个大倭瓜!"

"大倭瓜,真好玩。"林兴拍手说,"爸,我要吃大倭瓜!"

姚淑兰端着一盘菜走进屋,笑眯眯地接过话说:"对,长出的大倭瓜谁都不给,全都给我们林兴吃,吃得饱饱的,让我大孙子的肚子呀,撑得像个小倭瓜!"

五

第二天晴空丽日,正适合下地干活儿,孙连福和红革各在自行车上绑了锄头铁锹,一前一后向清水河边的菜地骑来。

清水河东岸的一大片草甸子平整肥沃,又兼距镇子不远,林业局建局伊始就有人在这儿开荒种菜,三十年开垦下来,已发展成一块挨着一块的私家领地组成的大菜园。这在山外许多寸土寸金的地方简直不可想象，但林区地广人稀荒滩遍布，官方虽有不许私自开荒的禁令，执行起来却是睁一只眼闭一只眼，根本不会和老百姓较真儿。

孙连福领着儿子到了老战友赠予的菜地，卸下工具开始干活儿。积了一冬的白雪融化后将土壤浸泡得异常松软，一锹铲下去，一大块泥土就被翻起来，黑油油的散发着土地特有的清香。初春的阳光照在身上暖洋洋的，一旁的小树林中不时传出鸟儿的阵阵啁啾，在这样的情境中劳作不再是受累，反倒变成了一种享受。

干了一会儿活，爷俩坐在地头喝水歇息。红革举起水壶咕嘟咕嘟猛喝了几口，抹抹嘴角的水滴问父亲："爸，你说这块地咱种点儿啥好？"孙连福手指土地仿佛一位运筹帷幄的将军："南边那片都种上土豆，到秋起三四麻袋不成问题。北边嘛，种上几垄白菜，再种上几排豆角，加上咱原先开的地的出产，今年一秋一冬都不用买菜了。"红革感叹："土地真是个好东西，只要人肯花力气，什么瓜果蔬菜都能长出来。"孙连福很为儿子悟出这个道理高兴："对喽，要不老话咋说人勤地不懒嘛。"

爷儿俩歇够了，拿起锄头准备继续干活儿。就在这时伴随一阵车链子的哗啦哗啦声，几辆老旧不堪的自行车顺着运材道驶了过来。

一辆自行车在红革家的地头停下，骑车人斜跨在大梁上叫道："红革，锄地呢！"红革一看，原来是同一建筑队的大老赵，招呼说："是赵叔呀。"

同是建工处的老职工，大老赵与孙连福也相熟得很，向他笑道："孙哥，这点儿地让大小子一个人拾掇得了，你老胳膊老腿的，不怕闪了腰？"

"别看我头发白的多，其实比你大不了几岁，硬实着呢。"孙连福说，"老赵，你这是干啥去呀？"

"炸鱼。"

"炸鱼？"红革听说过钓鱼捞鱼，却不知道炸鱼，问道，"赵叔，咋个炸法？"

"简单得很，找个鱼多的水湾子，往空酒瓶里装上雷管炸药，朝河里一扔，就听惊天动地一声响，白花花的死鱼马上漂满了河面。这时候你就下水捞吧，细鳞、滑子、柳根，什么鱼都有。把它们拉到菜市场一卖，嘿嘿，票子就挣到手了。"

红革皱皱眉头："赵叔，都像你这么干，咱清水河以后可就没鱼了。"

孙连福朝儿子一瞪眼："你赵叔是靠这个挣钱养家，你管那么多干什么？"

大老赵并不在意，说："单位放假，领不来工资，咱们这些人只能是猪朝前拱，鸡往后刨，各找各的活路了。孙哥，等哪天闲了我请你喝酒，你们爷儿俩忙着，我走了。"说完蹬车便走。

孙连福叮嘱道："你又整雷管又弄炸药的，千万小心点！"

"没事儿！"声音传来时人已去远。

六

五月的前半段天天碧空如洗，中旬之后天气骤变，五六级的大风席天卷地地刮起，救火车的警笛声便开始响彻翠岭的大街小巷。

林区的居民都知道，警笛一响就不许再生火做饭，于是各个食杂店的生意登时红火起来，积存的面包饼干半天就被人们抢购一空，喜得老板们只盼大风多刮几日才好。

林兴一连吃了两天干巴巴的面包饼干，嚷着要奶奶给他做热乎饭。姚淑兰犯了难，望着其他三个大人说："不然趁天黑看不着烟囱冒烟，给孩子做点饭？"

红革说："得了，妈，真被逮住被罚款不说，还要挨一顿剋，犯不着。"

"儿子，你不是说长大要当解放军吗？"春枝蹲下身对林兴说，"解放军打仗的时候经常没有热乎饭吃，你要当解放军，现在就是对你的考验。"

林兴想了想，大声说："我要当解放军，不吃热乎饭！"

"好样的！"春枝拍了拍儿子的小脑瓜，得意地向公婆和红革挤了挤眼。

大风刮了几日终于停歇，林区人松了一口气，谁知进入六月气氛再度紧张，几处雷击火同时在翠岭地面上燃起，火势熊熊，大片山林危在旦夕。扑火队与驻翠岭的森林警察部队立即奔赴火场，很快林业局所属各单位也接到命令，由于着火点分散扑火力量不足，要求他们组织人马上山增援。

红革在内的七十多名工人组成了建工处的扑火队——建工处本是个兵多将广的大单位，当初林业局红火的时候，别说七十人，七百人也是招之即来，但近几年全处停工停产长期放假，许多职工外出打工，能凑出现在这些人已是相当不易了。

两辆卡车停在建工处机关大楼下，全体扑火队员在车前站成两排，听候崔立民主任的战前动员。

崔立民去年刚从别的单位调来，三十五六岁年纪，个头中等身板粗壮，一双铜铃大眼炯炯有神。向大家简明扼要介绍了火情后，崔立民高声说："为了保卫国家珍贵的森林资源，保卫林区老百姓的生命财产安全，我们一定要发扬一不怕苦，二不怕死的作风，坚决打赢这场扑灭山火的战斗！大家有信心没有？"

"有！"队员们的回答雄壮有力。

崔立民满意地点点头，命令："领取工具食品，准备出发！"

红革正随着大家排队领取工具，忽听大门口有人叫他，转头看去原来是春枝。红革跑到她面前问："你怎么来了？"

春枝将一个包裹递给他："这里面是张狗皮褥子，夜里山上冷，你睡觉时垫在身子下面。"

"我知道了。"红革接过包裹，"你回去吧，告诉爸妈，别担心我。"

"你千万小心！"

"放心吧！"红革答应着跑回了队伍。

两辆卡车出了镇子，顺着运材道一路北行，一个小时后到了着火点之一的飞龙山脚下。山下虽看不到火光，却已感到热浪灼人，四下弥漫的浓烟呛得人涕泪交流。

扑火队员们跳下卡车，徒步赶往火场。

林区扑火的主力是森林警察部队和专业扑火队，他们装备齐全训练有素，每人持一台风力灭火机，十几人站成一排，敢面对火舌直接阻击。至于建工处扑火队这样临时组建的队伍只能算是辅助力量，主要任务是在过火林带扑灭余火。

在密林中穿行一阵，建工处扑火队到达了扑火指挥部指定的一处过火林带，开始扑打地表上燃烧的明火。队员们手里的武器是用几根自行车废外胎做成的类似墩布的东西，打在火苗上立时烟消火灭。这种虽简陋却实用的武器被大家称为二号工具，至于一号，自然是专业扑火队用的风力灭火机了。

队员们挥舞着二号工具一番苦战，将这片过火林带的地表明火尽数扑灭。明火既除，下面的工作就是对付地下的暗火。

森林的地面是千百年来腐烂的落叶形成的腐殖层，暗火就在它下面缓缓燃烧，缕缕轻烟透过孔隙溢出地表。扑灭暗火当然最好是用水浇，但水源远在山下运输困难，只好采用土工作业，费力地刨树根挖大坑，掘开腐殖层将火打灭。

几十人干了半天只清理了很小一块区域的暗火，一名老工人向崔立民建议："崔主任，这么大片地方要全挖开得挖到啥时候呀，还是用水浇吧。"

崔立民擦着脸上的热汗点了点头，命令大家放弃挖坑，全部拎上水桶到山下溪流里提水。众人山上山下跑了几趟，将大部分暗火都浇灭了，只剩最后一小块地方还在冒烟。

崔立民说："这屁大块地方不值得再到山下提回水，干脆大伙掏出家伙来，用尿浇灭了它。"队员们都笑着说好。

崔立民命令："全体都有，解开裤带，撒尿灭火！"话出口忽想起队伍中还有几名女士，忙补充说："女同志们，请你们后退二十步，转过身去！"

等女人们离开，大老爷们嬉笑着解开裤带，几十只水龙头同时启动，立时把剩余的一点暗火扫荡干净。

崔立民命令大家就地吃饭休息。红革和几个同一建筑队的人围坐在一起，从挎包里掏出面包饼干狼吞虎咽起来——尽管没酒没菜，食物又是干巴巴没有一点儿热乎气，这些因为消耗了太多体能饥肠辘辘的人们照旧吃得香甜无比。

红革一边嚼着压缩饼干一边望了望坐在不远处的李艾。他开始并没有注意到李艾，直到方才撒尿灭火时崔主任让女同志回避，他才发现李艾也在队伍里。

眼前的李艾再不是当初那个青涩女生的模样，完全变成了一位成熟干练的女干部，此刻她一边吃着东西，一边和身边的女伴聊着什么，不时发出几声轻笑。当初在猪场时她和红革曾那样亲密无间地朝夕相处，如今两人虽仍在一个单位，但已完全成为两个不同世界的人，若不是这次外出打火，甚至很少有见面的机会。

一些青年工人吃饱喝足，精神头又上来了，你一言我一语地侃起了大山：

"咱林区年年着火，年年扑火，咋就没个消停时候？"

"咋会消停呢？以前常因为人抽烟和上坟烧纸着火，现在管得严了，这类事儿少了，但雷击火、树木自燃火又哪是人能管得了的？"

"听说这些年的火灾数八七年那场大火烧得最厉害，哪位老同志能讲一讲，到底咋个厉害法？"

马上有人搭腔："我给你们讲！"

众人一看说话的是崔立民，领导要给大家讲故事，哪个不要来捧场，立时一大群人围拢到主任周围。

"八七年的春晚上，有个挺洋气的男歌星唱了首歌，叫作《冬天里的一把火》。那歌马上就流行开了，走哪儿都听到有人在吼：'你就像那一把火，熊熊火焰温暖了我！'谁知道在那年春天，咱兴安岭真就应景似的着了一把火。

"我家当时还没搬到翠岭，就住在烧得最惨的那个镇子。

头一天山上两个林场着了火，各单位组织的扑火队一批批上去了，可火没被扑灭，到 5 月 7 号吃晚饭的时候，镇里已经能看到西山的火光。因为从没有过山火进城的事儿，大伙当时还不怎么害怕，可过了一会儿风向突然变了，大火借着风势一下子扑进了镇子。人们慌慌张张从家里跑出来，孩子哭大人叫，没头苍蝇一样到处乱跑。火光把整个镇子映得好像是白天，一排排房子着起来了，电器的爆炸声响成一串，几个汽油桶烧着后炸成好多个大火球，飞到哪里哪里就变成新的火海……

"那场大火兴安岭很大一片林子过了火，许多房子被烧掉，许多人被烧死，有的林业局直接夷为平地……想起这些事，我现在心还在发抖……"

天黑下来，队员们各寻地方安寝。红革将狗皮褥子铺在一棵烧得焦黑的松树下面，和衣躺了下去，翻个身觉得冷，又把军大衣裹在了身上。他虽四肢百骸疲乏得很，一时却没有睡意，看着周围黑黝黝的大山，耳边仿佛听到了十几年前燃烧的房舍倒塌的轰响，男人女人绝望的号啕——兴安岭开发三十年的历史并不全是乘风破浪高歌猛进，也有许多悲酸的往事让人思之神伤……

七

第二天醒来大家吃罢早饭，又按照扑火指挥部的电台指示赶往下一个火场。翻过两座山头，队伍来到一片沼泽地前。沼泽地里年复一年的腐草凝结而成的塔头一个连着一个，塔头间涌动着暗红泥泞的浆水，一旦掉下去势必遭遇灭顶之灾。

如同武侠电影里跳梅花桩一般，大家排着队小心地从一个塔头跳上另一个塔头，慢慢向对岸挪动。

女队员小兰平日胆子就小，此刻踩在滑溜溜的塔头上更是胆战心惊。好不容易走到沼泽地中间，她见自己脚下的塔头距下一个塔头足有一米宽，哆哆嗦嗦不敢迈步。前面的李艾见状，伸出手说："别怕，你大胆朝前迈，我接着你。"

小兰一咬牙一闭眼，伸腿迈了过去。李艾一把抓住小兰伸过来的手掌，小兰的脚也踏上了塔头，可谁知她落脚处沾满露水的草叶异常湿滑，脚底一出溜竟拉着李艾一起掉进塔头下面的沼泽。

见此情景队员们惊叫起来，正慌乱时红革抄起一柄铁锹几个箭步奔过来，把锹柄伸向李艾。已污泥没腰的李艾双手抓住锹柄，两个男工人帮着红革一起拼命往上拽，拔萝卜般将她拉上了塔头。三人又依样救起了小兰，受惊不小的两个女人被男队员搀架着来到对岸，好半天才缓过神来。

离开沼泽地队伍继续前进，走到一片开阔地时崔立民下令休息。红革正坐在地上拍打裤脚上的泥土，一个人走到他面前，伸手递过来一件东西："给你。"红革抬头一看，见竟是李艾，手上拿的是一瓶水果罐头。红革愣怔一下，摆手说："不用了，我带着好多吃的呢。"李艾没再说话，将罐头放到他脚边转身走了。

休息之后众人又走了一个小时，来到第二个工作点。有了昨天的经验，队员们有的扑打明火，有的提水浇灭暗火，分工合作效率倍增。

下午时风大起来，跟着风向也有了变化，忙着打火的队员们突然感觉不对，向远处一望不由大惊失色，原本烧过去的火头竟杀了个回马枪，再次向这片林子扑来。

一些队员立时慌了，扔下工具掉头就跑。"给老子站住！"崔立民横着铁锹将他们拦下，喝道，"你们两条腿能跑得过火头吗？大家跟着我一起对着火头猛打，谁敢装孬老子一铁锹拍死他！"

既为崔立民神威所慑也为保命，队员们挥着二号工具迎着火头狂扑猛打，真如战场上与敌人不是你死就是我活的白刃格斗。有的队员衣服烧着了，在地上打个滚抄起工具又奔向烈火，有的队员不小心被枯枝败叶绊了一跤，差点被卷进火头，爬起来又继续投入战斗。火终于被扑灭了，劫后余生的人们一屁股坐在地上，这才发现每个人的面孔都被浓烟熏得乌黑，衣服裤子上也满是灰土，狼狈得如同从阎王殿里跑出来的小鬼。

八

"古之学者必有师。师者，所以传道授业解惑也。人非生而知之者，孰能无惑？惑而不从师，其为惑也，终不解矣。……"

翠岭一中的教室里，延峰正在给学生朗读课文，他念得抑扬顿挫铿然有声，学生们也配合地摇头晃脑陶然若醉，师生共同沉浸在唐宋大家的古风古韵中。

下课铃响延峰走出教室，课代表张春晓追了上来，叫："李老师，等一等。"

"哦，你说。"延峰停下脚步，以为他有什么问题要问。

"李老师，我要转学去山外了，谢谢你这一年对我的教导。"春晓说完向延峰深深鞠了一躬。

"你要去山外？"延峰登时呆住，春晓在语文方面极有天赋，写的作文曾在地区比赛获奖，这样优秀的学生从自己手里流失掉着实让他吃惊不小。他问春晓："好好的为什么走？"

春晓低头嗫嚅说："我爸说咱们一中的师资越来越差，再读下去会把我耽误的。"

"那……好吧，祝你在新学校学习顺利。"

延峰对春晓虽然不舍，却说不出半句挽留的话——春晓父亲说得没错，翠岭一中的师资水平确实一年不如一年，就拿春晓所在的班说，从高一入学到现在五门主科老师调走了三个，还有一个正在办理调动手续。这些有经验的老师留下的空缺只能由校初中老师甚至后勤人员填补，误人子弟自然是不消说了。

延峰满心郁闷地回到办公室，拿起红笔正准备批改作业，教数学的马老师跨进门来，兴高采烈地向大家宣布："河北沙城中学的校长刚给我打来电话，说同意要我了！"

老师们一听，纷纷表示祝贺。

马老师豪爽地说："今晚我在站前饭店请客，各位一个不落都得去呀！"一个老师说："当然得去，这回不好好吃你一顿，等你走了就没机会了。"众人都笑。

一名化学老师说："老马，你到了沙城帮我打听打听，看他们还要化学老师不？"

"没问题，"马老师一口答应，"我算是探路的，那边条件确实好，大家争取都调过去！"

听同事们谈笑风生，延峰手里的红笔越写越是沉重，最后推开作业本，仰头从心底发出一声长叹。

九

延峰连着几天心情都不好，这天下班后海林邀他和红革去一家露天烧烤摊喝酒，几杯啤酒下肚，延峰向两个老同学讲了学校里老师学生双双流失的窘况，慨叹说："我现在怀疑自己当初回翠岭的选择是不是错了，照这样发展下去，翠岭的教育还有啥前途？"

"我觉得你的选择没错，"红革说，"能去外头念书的学生都是家里条件好的，没条件的人还得留下来，这些学生也得有人教不是？"

海林说："归根结底还是经济问题，经济不行，教育、卫生肯定也跟着走下坡路。但国家不会对咱林区撒手不管的，前几天我去地区开会，有领导透露了个消息，说上头正酝酿推出一项政策，停止天然林采伐，国家拿出资金给林区输血，从根本上解决林区的问题。"

延峰忙问："真的吗？"

"没影儿的事领导不会说。"

"那太好了！"红革和延峰都喜形于色。

三人正聊着，身后突然响起音乐声，原来烧烤摊的老板为招徕顾客，搬来一台大电视和一套音响摆在摊位前，供食客们随意唱歌消遣。

红革他们的邻座坐着几个姑娘，其中一个穿着红裙子的姑娘经不住同伴怂恿，站起来走到电视机前，唱了一首时下流行的《快乐老家》。她未经雕琢的嗓音干净圆润，天生带有一种空灵之美，一曲唱毕四座掌声雷动。

电视屏幕显示下一曲目是《知心爱人》。红裙姑娘对着麦克风说："这首歌得男女一起唱，哪位男士愿意上来？"

延峰推推海林："你去。"海林天生一副好嗓子，从上学到工作一直都是学校和单位的文艺骨干，此时正有些技痒，见延峰撺掇，遂起身走到红裙姑娘面前，说："我和你唱。"

音乐声响起，红裙姑娘首先开唱："让我的爱伴着你直到永远，你有没有感觉到我为你担心……"

海林接唱："把你的情记在心里直到永远，漫漫长路拥有着不变的心……"

两人不仅歌声珠联璧合，表情动作也配合得默契无间，音乐声一停，观众掌声比上一次还要热烈。

海林与红裙姑娘相视一笑，都有知音相遇之感。他们将麦克风交给别人，海林主动伸出手去："你好，我叫王海林，在镇政府工作。"

红裙姑娘让海林握了一下自己纤细的手掌："段丽丽，红玫瑰歌舞厅的。"

海林闻言一怔。翠岭地处偏远封闭落后，从没有歌厅舞厅这种娱乐场所，去年电影院亏损倒闭，一个山外来的老板将影院一层租下来，花大钱装修得金碧辉煌美轮美奂，又从外地招来一批伴舞小姐，在震耳欲聋的鞭炮声中在大门口挂上了"红玫瑰歌舞厅"的牌子。从此位于镇中心的电影院夜夜轻歌曼舞纸醉金迷，俨然成了翠岭走向开放的象征。

"你是歌舞厅的人？"海林眼神中的失望显而易见。

"是啊，欢迎你有时间来我们红玫瑰玩。"

"嗯。"海林应付地点点头，坐回自己座位。

十

尽管喝酒喝到很晚，第二天海林依然准时早起，准时出现在单位，这是他给自己立的规矩——必须时刻在领导和同事面前保持勤勤恳恳遵规守纪的形象。

海林在办公室处理了些公务，然后按照约好的时间来到镇长办公室，向镇长关雪梅汇报近期木耳养殖示范户的帮扶工作。

"不错嘛，"听说再有一个月示范户的耳片就能收割，关雪梅满意地点点头，"海林，有个事儿跟你说一下，林管局下来通知，说是新上任的朱局长准备下到各林业局走走，做些调查研究，第一站就来咱翠岭。林业局领导的意思是从示范户里选一家，作为朱局长这次来的一个考察点，你看选谁好呢？"

海林想了一下说："我觉得孙红革比较合适，他养殖规模大，养的木耳品质也好，有代表性。"

"那好，就选孙红革。这段时间你主要就抓这件事，帮助孙红革做好接待工作，一定要通过考察，让上级领导充分感受到咱翠岭大力发展林下经济的决心！"

海林说："关镇长，你放心吧！"

海林下午就去了红革家，将地区领导要来他家考察的事通知了红革。

红革听了忙推辞："别，别，我拙嘴笨腮的，也不会说个场面话，咋接待领导。你还是找别人吧。"

"不会说我教你。红革，我可跟你讲，这次不单是接待地区领导，同时也是提高你们家木耳价格的好机会。"

"提高木耳价格？啥意思？"红革不解。

"这你就不懂了吧？"海林给老同学上课，"领导来那天我让镇里管宣传的同志多拍几张照片，等老客来收木耳的时候，你就把照片拿出来给他看，绝对能把老客镇唬住，把收购价往上提提。"

红革笑了："行，让地区领导来吧，我尽量接待好。"

按照海林的要求，红革和春枝两口子将养殖点的门窗擦了又擦，屋里屋外扫了又扫。海林又嫌院子的板障子太破太旧，找了些工人三下五除二将它们拆掉，全部换上了飘着松油香的新木板。春枝喜滋滋地摸着焕然一新的板障子，调侃说："幸亏来的是地区领导，要来的是省里的领导，海林，你不得把我们这房子推倒重盖呀！"海林笑而不答。

十一

终于到了地区领导来视察的日子，一大早红革和春枝就守在养殖点恭候领导到来。

七点钟的时候一辆吉普车停在了胡同口，夫妇俩忙迎上去。车门打开，下来的却是关雪梅和海林。海林将红革夫妻向镇长做了介绍，关雪梅勉励了他们几句，叮嘱了一些事项，又由海林陪着里里外外检查了一遍，确认没有任何纰漏，这才上车离去。

九点钟时林管局朱局长终于来到。他神采奕奕地下了车，关雪梅将红革带到他面前，告诉朱局长这就是这家木耳养殖示范户的户主孙红革。

头次见这么大的领导，红革不禁有些心慌手抖，随即暗骂自己："领导也不吃人，怕什么！"然而事实上朱局长异常和蔼，亲切地和他握手，表扬他敢于尝试新鲜事物，大胆迈出翠岭发展林下经济的第一步。

红革领着朱局长一行在养殖点慢慢转悠，一边走一边细致讲解，看着密密麻麻的菌棒，朱局长连连点头。转了一圈回来，春枝拿出几张小凳子摆在树荫下面，请朱局长等领导坐下休息。

朱局长招呼红革坐在自己身边，问："小孙呀，目前还有没有什么困难需要政府帮助啊？"

红革待要说没有，忽然注意到朱局长身后的关雪梅和海林使劲向自己眨眼，一下想起早上关雪梅教他的话，于是说："朱局长，养木耳前期投入很大，要不是镇政府帮扶，我们示范户根本干不起来。明年我们要扩大再生产，要带动更多的人家参与进来，还得依靠镇政府的大力支持呢。"

朱局长沉吟说："近几年翠岭的经济形势不乐观啊，发展木耳养殖只靠林业局和镇政府的力量怕是不行。这样吧，张主任，"他回头望向一名干部，"等回到地区你跟财政方面说一下，争取让他们给翠岭划拨一笔扶持木耳养殖的专项资金。"

张主任连忙掏出笔记本，记下局长的指示。一旁的翠岭大小官员无不喜笑颜开。

十二

最近翠岭接待频繁，朱局长前脚刚走，后脚又迎来了省作协副主席郑石带队的作家采风团。对后者的接待规格当然远远比不上朱局长，林业局的主要领导只在接风宴上露了个面，其余的陪同工作全部交给了宣传部门。

采风团先在城区镇和周边几个林场转了几天，然后向宣传部门的同志提出希望深入接触林区普通百姓的生活。在当前积极发展林下经济的形势下，最宜宣传的人物首推木耳养殖示范户，经过宣传部门与城区镇沟通协商，王海林副镇长便担任了作家们的专职陪同。

自己负责的工作刚被林管局局长考察，现在又进入省城作家的视线，海林内心的兴奋自不待言，他殷勤地领着作家们走东家串西家，真正走入示范户们的生活和劳作之中。

这天海林陪着郑石等几位作家转到了董晓曼家。晓曼热情地带这些省里来的贵客看地里的菌棒，又请他们到屋里喝茶歇息。

几位作家一边品着茶水，一边询问晓曼养木耳之前做什么工作，收入多少，为什么养起木耳等等。

晓曼奇怪地问："你们这些政府的人可真逗，检查木耳工作就说木耳的事儿，老调查我干什么？"

"你误会了，"郑石笑道，"我们不是政府部门的，是省作家协会的作家，到翠岭这儿搜集创作素材。"

"作家协会？"晓曼问，"是专门管作家的单位吗？"

"没错。"

"写诗的人管不管？"

"也管。"

"那好，你们等着。"

在众人错愕的目光中晓曼走向墙角的书架，翻了半天找出一沓塑料绳捆着的信封。她把信封拍在桌上，脸上带着愠怒说："你们真是有眼不识金镶玉，我们当家的花那么大工夫写的诗，凭啥不给发表？"

作家们拿起信封一看，原来都是文学刊物的退稿信。郑石尽量委婉地说："你爱人喜欢文学创作是好事，但杂志社对稿件是有要求的，不能说投稿就一定给发表，比如我们，刚写东西的时候也收到过好多退稿信……"

晓曼打断郑石："能不能够上你说的那个要求，我拿来你们自己看。"

晓曼找出丈夫的两本诗稿，郑石是著名文艺评论家，另一位被众人尊称为何老的老作家是享誉文坛的诗人，两人各拿起一本，认真品读仔细玩味。良久两人放下诗稿，得出了基本一致的判断：薛远的多数诗作表现了人与自然的关系，在面对自然的谦卑中又充满着生命的激情和渴望。尤其难得的是，他的诗作十分讲究韵律和节奏，因而从头至尾始终流淌着一种音乐之美。

晓曼听得似懂非懂，惴惴地问："薛远写的诗……水平到底咋样？"

郑石说："相当不错，给薛远退稿的编辑，确实不是能识千里马的伯乐。"

何老叹道："现在好些杂志社只认作者名气，普通作者的稿件往往不经细看就扔进了废纸篓，像薛远这样有才华却被埋没的作者真不知有多少！"

"我们今天既然发现了一个，就不能让他继续埋没下去。"郑石转头问晓曼，"薛远什么时间下班？我们想见见他。"

晓曼看看墙上的挂钟："现在是三点半，六点他就回来了。"

海林敏感地意识到此时正是薛远命运转折的机会，说："薛远不就在胶合板厂上班吗？我去把他叫回来。"出了屋子骑上晓曼的自行车一溜烟儿去了。

工夫不大穿着一身破旧工装的薛远跟着海林进了家门。接下来薛远和郑石等人谈经历讲文学，一直聊到日色西沉，他给几个作家看了自己上中学时发表在报刊上的诗作，参加青少年诗歌大赛的获奖证书，以及高中刚毕业时主编的《中学生校园诗刊》。

几位作家翻看《中学生校园诗刊》的撰稿人姓名，不时有惊喜的发现："这个，现在是上海一所大学中文系的教授，这个，是位当红编剧，再看这个，不就是那个西北作家的本名吗？"

末了郑石合上诗刊感叹："你当年这些中学生撰稿人，好些人已成了文艺界响当当的人物，不知道他们是否还记得你这位主编。"

"个人办刊困难重重，《中学生校园诗刊》仅办了三期就坚持不下去了，再说人也不可能永远停留在中学时代，我们这些大江南北的诗友有的升学，有的工作，各奔前程，也就作鸟兽散了。过了这么多年，可能只有我还把这几本刊物当宝贝一样收藏着，别人手里的早就当垃圾扔掉了。"

"你这些诗刊还真是宝贝，千万不能低估了它们的价值。"何老郑重地说，"小薛，我有个建议，今后你不仅要写诗，还可以做一下八十年代诗歌史的研究，我们以往的研究对中学生诗歌创作这一块关注非常不够，你完全可以利用手里的资料做些有价值的工作。"

"我确实可以做。"薛远说着跑进里屋，捧着一大抱书刊走了出来。他将书刊摊放在墙角的床上，气喘吁吁地说："这些都是那几年全国各地的诗友寄给我的，有公开出版的诗集，有油印的文学社社刊，还有不少手写的稿子。"

作家们听说，忙离座凑到床前，一边翻看一边啧啧赞叹："宝贝，都是宝贝呀！"

十三

商家的嗅觉是最灵敏的，听说翠岭养出了木耳，一些拎着黑提包的山外老客不请自到。

第一个上红革家的老客听口音是内蒙古来的，他漫不经心地拿起一片晾晒好的耳片看了看，皱皱眉头说："肉太薄，颜色嘛……也不正。"

红革初养木耳，对自家木耳品质如何并不托底，听老客如此说心里不由一沉。春枝也是一样，但她比红革多了个心眼，怕老客欺哄他们，分辩道："谁说颜色不正，这不挺正的嘛！"又拿出林管局朱局长与红革亲切叙话的照片："看，因为我们家木耳养得好，地区领导还特意来视察过。"

老客看也不看照片一眼，嘿嘿冷笑说："你觉得好就行，等着卖个大价钱吧。"扔下耳片拍拍巴掌扬长而去。

之后来的两个老客也大致这个做派，仿佛不是来买木耳，而是专门来挑毛病的，搞得红革和春枝越发心里发虚。

第四位老客上门的时候，红革两口子一边给他看木耳，一边紧张地等待他的评判。

"这木耳嘛……"老客抬起头，正看到红革摘下头上的遮阳帽擦汗，他睁大眼睛盯住红革，突然没头没脑地问出一句："兄弟，你三年前是不是坐火车出过门？"

红革被他问得一怔，答道："去过，怎么？"

"你还记得我不？"

红革仔细端详，摇了摇头。

"哎呀，你好好回忆一下，当时你和另一个小伙子住旅店，同屋一个做药材生意的人着了坏人的道儿，所有钱都被骗光了，你俩好心帮了他，想起来没？"

红革努力搜寻头脑中的记忆，问："你是……那个赌钱被骗的大哥？"

"可不是我咋的！"老客满脸抑制不住的激动，握着红革的手摇晃不止，"兄弟，老哥一直念着你们的恩呢，可没有姓名地址，也不知到哪里去找，没想到今天遇上了！"

春枝搬来两张小凳子放在地上，红革和老客坐下来亲热攀谈。红革得知老客名叫罗振江，原本做药材生意，后来见收购山货来钱快，便转行当起了老客。

罗振江打听同样帮过自己的姜明，红革告诉他姜明已经举家搬到山外去了。

"那就是没缘了。"罗振江遗憾地搓搓手，"兄弟，咱们这辈子再见不着面就算了，今天既然遇上了，老哥说啥也要表示一下。这样吧，今晚我请客，你们镇子最好的饭店是叫碧水餐厅吧，咱仨人就去那儿。"

红革推辞说："罗大哥，真的不用。"

罗振江脸一板："你们要不去就是看不起我。"红革见他一片赤诚只好应允。

傍晚红革用自行车带上春枝，夫妇两个一起来到公园边的碧水餐厅。罗振江早已候在门口，见他们到来忙让到订好的包间。

罗振江是收购木耳的老客，红革两口子是木耳养殖户，聊着聊着自然就说到木耳上头。红革问罗振江："罗大哥，来我家看木耳的老客究竟是咋回事儿？来了不说买也不说不买，只站那儿鸡蛋里面挑骨头。"

罗振江身子向椅背上一靠，呵呵笑道："那是我们老客事先商量好的，瞅准你们翠岭人头一回卖木耳，没啥经验，所以故意给你们下个套儿。"

"下套儿？"红革和春枝对视一眼，问，"下啥套儿？"

"一个老客说你们家木耳成色不好，你可能不信，第二个第三个都这样说，你还能不信？因为怕自家木耳卖不出去，谈价钱的时候你们各家养殖户一定会比着落价，老客们呢，则稳坐钓鱼台，只要价码不落到让他们满意的地步，决不出手买货。兄弟，弟妹，你们可要知道，让老客满意的价码，就是这半年你们几乎等于白干！"

红革和春枝都倒吸了一口凉气，红革叹道："你们老客肚子里咋那么多弯弯绕呀。"

春枝说："罗大哥，你帮人帮到底，给我们指点个法子，怎么才能不被老客算计了。"

"其实也不难，关键看你们这些养殖户能不能齐心。"罗振江抿了一口酒，"只要你们合起伙来咬死一个最低价，凭老客咋忽悠谁也不落一分钱，老客就彻底没戏唱了！"

第二天红革就将老客的手段告知了海林，当然隐去了情报提供者的姓名。海林凭借自己在养殖户中的威信，组织大家建立起了牢固的价格联盟，在这样的联盟面前老客们无计可施，最终以较合理的价格将所有示范户的木耳全部收购。一个老客事后与人感叹："原想到这山沟沟大捞一票，谁知道没占到半分便宜！"

十四

老客付的都是现钱，红革将五千多块钱摊放在炕上，一家人喜滋滋地围坐在钱堆前，手指蘸唾沫数了一遍又一遍。林兴光着小脚丫满炕乱跑，边跑边喊："咱家有钱啦！"

红革问父亲："爸，你说这钱咱用来干啥？"

未待孙连福回答，姚淑兰抢先说："干啥？存起来！以后你儿子上中学上大学，用钱的地方多着呢。"

"你妈说的没错，别有点儿钱就瞎抛撒。"孙连福说，"老话说仓里有粮，心中不慌，现在是存折里有钱，心中不慌！"

明天去银行存钱，今晚把钱收在哪儿呢？春枝说就放柜子里，姚淑兰连连摇头，说晚上进来贼咋办。红革提议搁墙洞里，孙连福断然否决："咱家有耗子哩，你不怕夜里把钱给嗑了？"商量来商量去，最后还是姚淑兰一锤定音："塞我枕头底下吧，我觉轻，有点儿动静就能醒，这钱管保没不了。"

熄灯躺在炕上，春枝越想越觉好笑，低声对身边的红革说："咱们是没见过钱呀，为这五千块钱，小心成这个样子。"

"咋能不小心？"红革说，"那钱每一分每一毛都是咱们汗珠子掉地上摔八瓣挣来的，真丢了不得心疼死！"

春枝笑道："我试试妈的警惕性。"故意把枕头边的扫炕笤帚推下炕去。红革待要阻止已来不及。

笤帚一落地小屋的姚淑兰立时惊觉，喊道："谁？"红革忙应声："妈，没事儿，是我不小心把东西碰掉了。"说完抬手照春枝的屁股蛋打了一巴掌。春枝只是哧哧地笑。

第七章

一

进入八月天，山上松塔长大嘟柿成熟，结满红果的山丁子树红彤彤耀人眼目，黑珍珠般的稠李子果缀满枝头，历经漫长冬日的蓄积和一春一夏的孕育，林区终于迎来了最迷人的季节。

"走啊，采山去！"林区人呼朋引伴，背上笾筐提上篮子，照例开始了一年一度的采山。只是今年与以往有些不同，从前采山货只为自家尝鲜，今年很多人是直奔钞票去的。

现如今国人再不为吃饱肚子发愁，转而关注食品的来源与品质，在此背景下林区出产的山货以它天然无污染的优点备受市场青睐，价格逐年走高。翠岭一些有生意头脑的人见是商机，先后在家门口挂出山货收购点的牌子，敞开大门收购人们采摘的各色山货。采山人早晨上山，晚上回来把一天的收获送到收购点，马上就能换成现钱。这样快捷的挣钱门路摆在面前，谁不动心？于是一股超越以往的采山风潮迅速在翠岭刮起，每天清晨进山的道路人头攒动，仿佛赶集一般热闹。

红革和春枝也加入了采山的队伍，卖完木耳后他们清闲下来，正好去采山挣些外快。自从那五千块钱存入银行，夫妻两个过日子的心气儿足足的，浑身上下有使不完的干劲。

这许多人每天篦子梳头般地扫荡，镇子周边的山上很快没有东西可采，人们只好向更远的地方开进。有需求就有供给，于是一门生意应运而生，一些家里养有机动车的人开始有偿运送采山人前往广袤绵延的大山深处，早晨管送晚上管接，每人五元童叟无欺。

红革和春枝最初是赶上哪辆车坐哪辆车，后来红革发现他的小学同学郝自强也在做这行当，为照顾他生意便每天只固定坐他的车。不仅如此，红革还热心地把自己的邻居石头、老同事老绵羊也发展成了自强的客户。

几年前自强曾抢过红革给食杂店送货的生意，此时见红革如此关照他，又是感动又是惭愧，坚决不肯收红革两口子的车钱。红革把钱硬塞到他手里："该咋样咋样，你也不容易哩。"

二

连着几日采山收获不丰，一天早上自强问众人今天去哪里，有人便提议去更远的黑瞎子山。

自强有些犹豫："太远了吧，单程要两个多小时呢。"

提议的人说："只要能采着东西，道远点儿怕啥？自强，你要怕费柴油，大不了我们每人再给你加一块钱。"

"说啥话呢？"自强忙摇手，"你们愿意去咱们就去。"

俗称"三蹦子"的机动三轮车在运材道上突突奔驰，远山近树在眼前飞快地掠过。十二岁的石头少年心性枯坐无聊，伸手碰碰一旁的红革："孙叔，黑瞎子山真有黑瞎子吗？"

红革回答："听说以前多得是，要不咋叫这名字？林区开发以后人们到山上又伐木又清林，黑瞎子都跑走了，就算剩下一个半个的，轻易也见不着了。"

一旁的老绵羊嘻嘻笑道："石头，大爷考考你，假如今天真碰上黑瞎子，你该咋办？"

"赶紧跑呗。"

"不行，"老绵羊一脸严肃地说，"黑瞎子瞅着笨，其实跑起来快着呢，人根本跑不过它。"

"那该咋办？"

"跑，但不是照直跑，而是绕着弯跑。"

"那又为啥？"石头睁大了眼睛。

"黑瞎子眼睫毛贼长，你一转弯，它就得停下来撩起眼睫毛瞅瞅，看你往哪个方向去了。你跑两步就转弯，它就得总停下来撩眼睫毛，当然追不上你了。"

一车人听了都抿嘴笑，石头却信以为真："绕弯跑……那我就放心了。"

春枝白了一眼老绵羊，说："啥动物有那么长的眼睫毛？石头，别听你杨大爷的，他逗你呢。"

石头不干了，拿脑袋在老绵羊怀里乱拱："不许逗我，不许逗我！"

"好了，好了。"老绵羊笑着按住石头，"大爷给你讲正经的，其实山上的虎呀、熊呀，除非饿急了或是有人主动招惹它，轻易是不伤人的，你在树林子里走，你还没发现它们它们就发现你了，早远远跑开了。"

石头问："杨大爷，你亲眼瞧见过黑瞎子吗？"

"还真见过一回。"老绵羊习惯性地到衣兜里摸烟，猛想起进山不能抽烟，硬生生把手缩了回来，"那时我二十不到，刚从老家来到兴安岭，被分配到山上的筑路队修路。一天早上外面下起了小雨，大伙谁都不愿钻出暖烘烘的被窝，在床上多赖一会儿是一会儿。一个叫大奎的工人被尿憋醒，蹬上裤子就往外跑，不小心被门槛绊了一跤，逗得满屋人哈哈直笑。

"大奎出去了十几分钟还不见回来，大家觉得有点不对劲，凑到窗户跟前往外一瞅，我的妈，大奎直挺挺地趴在泥地里，一只大黑瞎子正坐在他身上神气活现地东张西望呢。队长大声命令：'抄家伙，出去救人！'领着大伙拿着菜刀铁锹拥出了门。

"我们仗着人多势众，把黑瞎子团团围在中间，连喊带叫地吓唬，可人家黑瞎子一点儿也不害怕，稳稳当当地坐在那儿，屁股一动不动。队长怕黑瞎子这么坐下去把大奎坐死，叫人去把推土机开过来。那是一台大号推土机，敦实得像坦克一样，轰隆轰隆就驶过来了。黑瞎子也是作死，迎上去照推土铲就打了一巴掌，结果疼得'嗷'的一声掉头就跑。推土机乘胜追击，一直把它撵出去老远。"

"真好玩，"石头喜得眉开眼笑，"黑瞎子可真够傻的。"

春枝却担心地问："那个叫大奎的人伤得重吗？"

老绵羊说："他年轻，身子又壮实，就是吓得够呛，别的没啥事。"

"我也想开辆推土机，到山上撵黑瞎子玩。"石头无限神往地说。

"拉倒吧，"红革笑道，"就怕你还没坐上推土机，小身子骨先被黑瞎子坐散架了。"

说笑间车已开到黑瞎子山山下，众人下了车，结束停当便开始上山。

红革夫妻、老绵羊和石头组成一队，挑了个向阳的山坡向山上爬去。越向上走树林越是稠密，一缕缕阳光透过层层叠叠的枝叶洒落下来，林中非但不觉阴暗反而斑驳陆离亮堂得很。左近不时传来其他采山人"哎……""嘿……"的吆喝联络声，配合不时响起的雀噪虫吟，很有点鸟鸣山更幽的味道。

石头听那些人喊得有趣，也跟着拖长了声音叫道："黑瞎子吃人啦，快来人呀……"

红革扒拉下他脑瓜："别瞎喊，狼来了的故事听说过吧，你这样咋呼，等真碰上黑瞎子该没人救咱了。"

四人一边走一边随手采摘地上的嘟柿，手脚麻利且技术熟练的春枝不多时已采了小半桶。春枝见石头摘嘟柿时一颗颗小心地从秧棵上往下揪，干得又慢又容易弄破果粒，便教他快速采摘的法门：张开手指向秧棵里一插，自上而下轻轻滑动，果粒便成溜顺指缝滚落，叮叮咚咚落进桶里。石头按她教的试了试，果然效率提高不少。

四人且采且走，晌午时分下了一道山岭，来到一片遍地野花的草甸子上，前方隐隐现出一片松树林。他们只顾专心寻觅草丛里的嘟柿，直至走到距松林不远的地方，石头突然叫嚷起来："快看，树上全是松塔！"

三个大人直起腰一看，可不是，眼前这片树林竟全是马尾松，金黄色的松塔缀满枝头煞是喜人。四人欢叫着扔下嘟柿桶，三步并作两步奔进松林，飞快地采摘起来。

老绵羊笑道："这么多松塔，就咱们四个人，着哪门子急呀？慢点儿采。"

话虽如此说，包括他自己在内大家手脚丝毫不慢，不到一小时工夫每人都采满了一大麻袋。

红革和老绵羊配合，将四捆麻袋的袋嘴捆扎结实，然后放倒充当座椅，四人坐在上面一边歇息一边吃饭。

老绵羊不仅带了馒头和咸鸭蛋，还从挎包里掏出一瓶二锅头来，啃几口馒头仰脖灌一口酒，十分的满足惬意。

春枝笑道："杨大哥，你采山还带酒呢！"

老绵羊晃晃酒瓶说："人是铁，饭是钢，酒却是我的命，饭可以不吃，酒不能不喝哩。"他把酒瓶递给红革："你也来一口，解乏着呢。"

红革接过来喝了一口，递还给他。

老绵羊美美呷了几口酒，对捧着饭盒狼吞虎咽的石头说："石头，大爷跟你嘱咐一句，回去别人要问这么多松塔是从哪儿采的，你可别讲实话。"

"为啥不能讲？"石头说，"这么多松塔，让大家都来采嘛。"

"傻蛋！"老绵羊教导他说，"咱守住这个秘密，这林子就成咱们自己家的菜园子了，以后年年都能来采，如果大家都知道了，哪还有咱的份？"

"这林子是大自然的，咋能当成自己家的菜园子？"石头不服气地嘟囔。

"这猴崽子咋听不明白道理呢？"老绵羊生气地说，"你问问你孙叔孙婶，我说的对不对？"

石头望向红革和春枝，红革两人向他点了点头。在林区的采山人中间确实有这样的规矩，谁若发现了盛产山货的宝地，哪怕自家采不过来任山货白白烂掉，也绝对守口如瓶不向他人泄露一句。知道问了也是白问，采山人间一般也不相互打听。

吃过饭后已近三点，四人准备踏上归程。石头抓牢袋口拼力背起麻袋，没走出两步一个趔趄差点摔倒，麻袋也扔在了地上。

红革走过来说："算了，你还小呢，把咱四个的嘟柿桶提上，麻袋我帮你背。"

说起采松塔这活儿，其实前面的爬山采摘都不算什么，真正考验人的时候就是背松塔下山。装满松塔的麻袋重逾百斤，背着它在平地上行走尚属不易，何况还要爬沟过坎走崎岖的山路。而红革却看似浑不在意，他轻轻松松背起石头的麻袋，走出一段路放在地上，又回头背自己的麻袋，如此往复，速度丝毫不比只背一捆麻袋的春枝和老绵羊缓慢。

几人中数老绵羊麻袋最轻，却走不多远便停下歇歇。他见红革倒腾两捆麻袋依旧健步如飞的模样，摇头感叹："人和人就是有差距呀，我在年轻时候也算能干的，但跟红革比……"春枝笑道："杨大哥，别吹牛了，瞧你这样子，年轻时候也能干不到哪儿去。"老绵羊听了嘿嘿地笑。

四人终于走下山，老绵羊和春枝都已累得不行，扔下麻袋便一屁股坐在地上，闭上眼睛只是喘气。

红革将四捆麻袋搬上自强的三轮车，坐在路边的土包上喝水擦汗。他忽然感到有人在给自己轻轻捶背，知道是石头，问："石头，今天累坏了吧？"

"苦累活儿你都帮我干了，不累。"

"卖松塔的钱，你打算咋花呀？"

"一半给我爸，一半给我妈。"

"你自己不留点儿啊？"

"不留。"

"好孩子！"红革由衷夸奖。

红革对这个小邻居关照有加，一半是喜他天性纯良，一半出自同情。石头的父母是盲流来林区的，没有正式工作，爸爸在学校附近支了个自行车修理摊，妈妈沿街叫卖水果。石头爸绰号叫作酒疯子，不喝酒时好人一个，一旦喝了酒便使性撒泼，对老婆又打又骂。一次石头妈被丈夫酒后扼住脖子差点掐死，终于忍无可忍与他离了婚。离婚后石头随了爸爸，一个只知修车喝酒的糙汉怎会好好照管孩子，可怜的石头经常是蓬头垢面衣衫不整，饥一顿饱一顿地过活。

今年夏天酒疯子见左邻右舍很多人采山货挣了钱，苦于自己被修车摊拴住身子，便打发儿子加入采山的队伍，让这个才十二岁的孩子像大人一样起早贪黑翻山越岭，饱尝劳动的艰辛。

红革几人等了一会儿，其他采山人陆续回来，唯独不见老金夫妇。一直到红日西斜，才见老金两口子拖拉着步子从山坡上慢慢走下来。

老绵羊不满地喊道："老金，你狗日的挖到金元宝了吗，咋这么晚才回来？"

"还金元宝呢，一天净走冤枉道儿了。"老金抖搂着手上的空麻袋说，"松塔一点儿没采着，只采了些不值钱的山果子。"

春枝说："采不着还不早点儿回来？"

"这老东西不甘心嘛，"老金媳妇抱怨说，"我早就说往回走，他偏要再找找，找来找去，还是一场空。"

众人将老金两口子拉上三轮车，自强一踩油门，车辆踏上归途。

随着日头一点点沉入西山，天色昏暗下来，众人着急回家，纷纷催促自强："快点开嘛，我肚皮都饿瘪了。"

"是呀，这么晚还不回去，家里人该担心了。"

自强依言加快了速度，三轮车如同一匹狂奔的野马，在蜿蜒起伏的运材道上疾驰向前。

前方现出一段下坡弯道，自强没有减速，操纵车辆直冲下去。就在这时车前突然跑过一只不知是野兔还是野鸡的小动物，自强下意识地一拧方向盘，坡大弯急车速又快，三轮车顿时翻倒。

三

海林在一中的围墙下慢慢踱着步，思量等会儿见到关雪梅时如何说话。

关雪梅家就在一中对面的居民楼里，领导干部晚饭后一般都要收看新闻联播，登门拜访的最佳时间段便是新闻联播结束至八点钟之间，而此时刚过七点，海林有充裕的时间酝酿情绪打打腹稿。

城区镇的老书记即将退休，明眼人都看出年富力强政绩卓著的关雪梅铁定要递进为一把手，这样一来镇长的位置便出现了空缺。几位副职谁不想更进一步，于是镇政府一时间表面风平浪静，内里却合纵连横暗流汹涌。

海林知道对于镇长的人选，上级领导和组织部门一定会征询关雪梅的意见，而且会十分尊重她的意见，因此在这个敏感的时刻抓紧拜访一下关雪梅，争取得到她的支持就成了海林当前的第一要务。

看腕上手表的指针指到七点半，海林整理了一下衬衣的领口，拎起花心思置办的两大盒营养品走进了单元楼的门洞。

敲了几下门后房门打开，开门的关雪梅见是海林，热情地把他让进屋。

关雪梅的丈夫是林业局机关的干部，他和海林寒暄几句，就带着孩子去了卧室，留下妻子和客人在客厅谈话。

听海林委婉表达了来意，关雪梅说："资历较浅，学历偏低，这是你的劣势，可你也有你的优势——年纪轻，有闯劲有干劲，尤其前一阶段主抓木耳养殖示范户的工作，成绩更是有目共睹。对了，上回来采风的郑石主席回去后写了一篇散文，就登在省报的副刊上，里面提到咱翠岭的木耳养殖，浓墨重彩好一通夸奖，咱林业局局长看了散文很高兴，还让我表扬你呢。"

海林听得心里美滋滋的，却做出一副谦逊的样子说："那还不是关镇长您领导有方？这木耳养殖从最初筹划到后面的具体实施，每一步都是在您的关怀指导下进行的，我嘛，只是冲在第一线，做了一点具体的工作而已。"

关雪梅很满意海林这种有功不居的态度，说："咱们林区要走出困境实现经济翻身，就需要你这样踏踏实实肯干事的干部。海林，你放心，该说话时我会帮你说话的。"

走出居民楼海林的心情十分放松，他没有回家，而是沿着大街信步踱去。妻子常慧今晚值夜班，他回家也是一个人，索性随便走走舒散舒散。

溜达了一会儿天渐渐黑下来，经过苗圃附近时，海林远远看见前方路灯下站着一男一女，似在争抢什么东西。女人见有人来嘶声嚷道："来人呀，抢劫了！"男人回头看看海林，对女人恶狠狠地说："你是我老婆，挣的钱就该给我，明天我去歌舞厅找你！"说完悻悻跑走了。

海林来到女人面前，问："那人刚才在抢你东西？"

女人撩开散在额前的长发抬起头来，海林望着她描眉画眼的面孔只觉似曾相识，最后才想起她是曾和自己一起唱过歌的段丽丽。此时段丽丽也认出了海林，感激地说："多亏你来了，要不我的包就被坏人抢走了。"

海林说："翠岭多少年都没听说过抢劫的事儿了，这家伙肯定是外边流窜过来的。他没伤着你吧？"

"没。"段丽丽娇媚地笑笑，"王哥，你这是在散步呀？你……要是不忙的话能不能送送我，我怕再遇上坏人。"

"行啊。"海林痛快地答应了。

两人边走边随意聊天，海林问："小段，你是哪里人呀？"

"河南的，"段丽丽说，"我们老家那儿穷，除了种地再没别的活路，年轻人差不多都出来打工了。"

"打工你不到大城市去，怎么钻到我们这山沟沟来了？"

"山沟沟也挺好的，就拿人说吧，豪爽大方，直来直去有啥说啥，特好相处。"

海林一笑，问："你们那个红……对，红玫瑰歌舞厅，生意好做吗？"

"开始去的客人少，现在慢慢多起来了。好多人都以为我们歌舞厅是啥不正经的地方，其实客人到我们那儿就是唱唱歌跳跳舞，别的什么事儿也没有。像你们这些上班人，工作一天了，晚上到歌舞厅放松放松，不挺好的吗？"

"你们那儿唱歌的条件怎么样？"

"王哥，那可不是吹牛，我们卡拉 OK 设备都是新买的，质量绝对一流，你这样的好嗓子不去唱唱实在太可惜了。"

海林笑道："听你这么一说，我还真想去见识见识。"

四

第二天是周末，海林踏踏实实睡了个懒觉，醒来时常慧已经下夜班回来了。常慧告诉他一个消息，老同学孙红革上山采山货，回来时坐的车翻了，人也受伤住进了医院。

"是吗，"海林一惊，"那我得去看看。"

他匆匆吃过早饭，出门去食杂店买了些罐头水果，蹬上自行车直奔医院。

海林拎着东西走进外科病房，见红革病床前很是热闹，孙连福坐在床头的凳子上，床沿上斜坐着延峰和玉娇，春枝站在脚地上，几个人正七嘴八舌说得高兴。

倚着被褥卷输液的红革看海林进来，笑着招呼："你咋也来了？我就受了这么点儿小伤，把大家都惊动了。"

孙连福要起身给海林让座，海林忙上前按住他："孙叔你坐着，我站着就行。"

春枝去隔壁病房找了个凳子，海林坐定，询问红革："你伤在哪儿了？厉害吗？"

红革回答："就胳膊摔骨折了，别的没事儿。"

海林又问春枝："嫂子没啥事儿吧？"

"没事儿，"春枝说，"车翻的时候我正好压在他身上，有这大肉垫子护着，一点没伤着。"

"啥正好压在他身上，"延峰笑道，"肯定是红革故意保护你。"

春枝抿嘴一笑算是默认。

众人又说笑一阵，春枝见玉娇只是笑眯眯听大家讲话，并不插言，便转向她说："玉娇妹子，结婚以后延峰欺负过你没有？他要是敢欺负你，你就来和嫂子说，看嫂子怎么收拾他！"

延峰笑道："我原来就不敢欺负她，现在人家怀孕了，我是更不敢了。"

众人听了都欢喜起来，海林说："哎呀，你俩才结婚多长时间，就开始孕育下一代了？"

红革说："海林，别光羡慕人家，你跟常慧也该抓紧了。"

春枝也说："海林，你岁数比延峰大，结婚也比延峰早，可这要孩子可比人家延峰慢了一拍呀。"

"努力，我一定努力！"海林笑嘻嘻表态。

五

红革住了两天院便出院回家静养。春枝见他已无大碍，自己还要上山去采山货，却被婆婆死命拦住："我的祖宗，你可拉倒吧！红革出这档子事，后怕得我好几个晚上都睡不着觉，依我说咱们挣干吃干，挣稀吃稀，再不能干这种因财舍命的事儿了。"

春枝说："妈，我凡事小心些。"

"小心也不行，"姚淑兰斩钉截铁毫无回旋余地，"老老实实给我在家待着！"

与妻子一样，红革也是个闲不住的人，一只手动不得，便用那只好手提了根竹竿，早出晚归放起了大鹅。他放的两只鹅是去年春天买的，如今已长得个大膘肥，红革早晨将它们赶出去，专拣水草丰茂之处让大鹅尽情戏水寻食，夕阳西下再赶着吃饱喝足的鹅们回来，一人两鹅竟是逍遥自在相得益彰。

这天红革放了一天鹅，傍晚回到家刚端起饭碗，石头妈突然慌慌张张跑进来，什么没说先扑通跪在了地上。

"这是咋的啦？"姚淑兰和春枝忙放下碗筷将她扶起。

"我……我家石头……迷山了！"石头妈泣不成声，"求……求你们家出人上山……上山帮忙找找，我来世……来世当牛做马也报答……你们！"

在石头妈悲悲切切的诉说中红革一家人终于听明白了大概，原来在上次的翻车事故中石头侥幸没有受伤，酒疯子依旧每日督促儿子上山采山货挣钱。今早石头随一伙人去了飞龙山，就在刚才那伙人来告诉石头父母，在采山时石头和大伙失散了，怎么找也找不到，眼看天黑下来，只好先回来报信。

石头妈又赶往别人家求告，把她送走后几个大人相互看看，孙连福说："明天留你妈在家看林兴，咱三个都上山找石头。那么小的孩子陷在大山里，要不抓紧找回来，一条性命可就没了。"

姚淑兰担心地说："红革的胳膊……"

"我一条胳膊照样能爬山，"红革说，"妈，你放心，我能行。"

次日十几人的搜救队伍就上了飞龙山，他们分成几个方向仔细寻觅，一边找一边大声呼喊石头的名字。

连续两天都无功而返，红革去找海林求助。海林听明白情况马上向镇政府领导做了汇报，书记和关雪梅指示海林从镇政府机关和下属单位抽调些年轻力壮的人手，由他带队上山帮忙找孩子。

几十号人找了四五天依旧一无所获。就在石头父母几近绝望的时候，邻近永青林业局的一个林场突然给镇里打来电话，说有一个采山货迷山的孩子误打误撞闯到林场作业点，问他姓名住址，他说他叫张宝强，家住翠岭林业局城区镇。张宝强正是石头的大名，关雪梅立即派车拉上喜极而泣的石头父母赶往永青。

石头回家整整睡了一天，才向父母和邻居讲述了自己这些天的遭遇。

发现与同伴失散后，石头急匆匆到处寻找同伴，但慌乱中没有辨清方向，越走反而离同伴越远。他站住脚茫然四顾，但见荒草漫漫树影森森，半点人声不闻，竟如整个世界只剩下自己一个，禁不住又惊又惧，蹲下身涕泪交流大哭了一场。

哭得够了，他的肚子也饿了，好在这时节山里可吃的东西很多，他先往嘴里塞了许多嘟柿，又吃了不少山丁子高粱果，好歹填饱了肚子。

石头指望能找到回家的路，接下来的六七天一直在林子里乱走乱闯，饿了吃野果，渴了喝溪水，倒也饮食无忧。

翻山越岭走一白天，晚上他就找一棵大树靠在上面歇息。即便在这八月天气，兴安岭密林里的夜晚也是寒气袭人，常常将他冻得浑身发抖。再就是无数或大或小的野兽，它们白天蛰伏在窝里，晚上便全都出来捕猎觅食，石头只见大树周围都是闪闪发亮的小灯笼——其实哪里是灯笼，都是一双双野兽的眼睛。

"这孩子命大呀。"听完石头的讲述众人无不感慨叹息。采山的风潮在林区经久不衰，在之后的年头里每年都有人因采山而迷失，但像石头这样侥幸生还者少之又少。

六

暑假一开始，延峰的补习班就开班了。

对假期补课延峰原本持排斥态度，孩子辛苦学了一学期，正可利用假期放纵天性放松身心，可教师要挣外快，家长望子成龙，双方合谋，硬生生将寒暑假变成了第三学期、第四学期。

但如今清高如延峰也不得不与那些补课逐利的老师同流合污了，原因是丈母娘反复地开导："玉娇已经怀孕了，孩子生下来你们家就是三口人了，现在养个孩子吃的喝的、穿的戴的，哪样都贼老贵，你那点儿工资够用吗？别人倒也想补课挣钱，可他没这本事，咱有这本事，凭啥不干？不偷不抢，凭本事上课挣钱，到哪儿也没人敢说个不字！"

延峰虽嫌她嘴碎唠叨，但明白老人也是为自己和玉娇考虑，孩子出生后吃穿用度果真处处捉襟见肘也不是事儿，现实压力之下，他开始认真考虑起办班补课的事情。

延峰教的是语文，这门学科的提高绝非朝夕之功，属于补习的冷门科目，要想招来学生只能与热门科目老师联手。延峰去找了与自己搭班的英语老师和数学老师，英语老师答应得十分爽快，数学老师却提出了条件："行倒是行，就是咱这补课场地，李老师，得麻烦你来负责……"

延峰蹬上自行车，一个单位一个单位打听可有合适的场地可以租用。他接连跑了两天，结果不是他看不上人家的地方，就是人家嫌他给的租金太低，始终没有谈拢。玉娇见状，给他说了自己的主意："把咱家屋里的家具搬出来，二三十个孩子就坐下了，何必非得费心到外面去找地方？"

延峰说："家里改教室了，咱俩去哪儿住？"

"到我妈那儿住，"玉娇说，"就是一个月的事儿，怎么也将就了。"

场地的问题解决了，一放暑假补习班就正式开始上课。开课的第一天紧张而又忙乱，最开始出现的问题是课桌椅不够用，延峰从一中后勤处借了二十二套课桌椅，结果来了二十四个学生，他只得先让两个没座位的人坐在小板凳上，自己心急火燎地赶往学校求援。接着又出现了上厕所的问题，延峰家里的厕所无法满足课间多人同时如厕的问题，延峰只得详细指示了附近公共厕所的方位，让学生们快去快回。

按照招生时的约定头三天是试听，学生觉得好交钱继续上课，觉得不好离班走人，因此试听阶段三个老师都使出浑身解数，课上得有趣有料精彩纷呈。老师们的努力没有白费，三天后所有学生都选择留了下来。

学生每人交补课费八十元，二十四人共一千九百二十元，均分后三个老师每人拿到手六百四十元。延峰故作漫不经心地将一堆钱票拍到玉娇手里："收好。"玉娇喜出望外："挣这么多呢！"

丈母娘听了女儿的汇报特意跑来勉励姑爷："这多好，不到一个月工夫就整六百多块钱，干啥能有这个挣得巧呀。延峰，你这会教课就是本事，一定要好好利用，以后不光寒暑假办班，平时也可以办嘛。"

她又指示女儿："延峰上课辛苦，你要照顾好人家，做饭多炒几个他爱吃的菜，下了课给他捶捶背揉揉腿。这可是你们家的顶梁柱，半点儿慢待不得！"延峰见玉娇唯唯答应，红着脸说："妈，不至于像你说的那样。"丈母娘说："咋不该那样？她挣钱少的就该伺候你挣钱多的，天经地义！"

七

补习班快结束的时候，高中同学朱明辉来找延峰，说他和另几个同学准备张罗搞一次同学聚会，主题是祝贺海林高升为二道弯林场的场长。

"海林这小子又升官了？"延峰惊讶海林提拔的速度。

"太正常了，海林上学那阵儿就有组织能力，天生当官的材料。听说原本是要任命海林当城区镇镇长的，后来林业局领导说他是个好苗子，应该放到更关键更复杂的岗位上去锻炼，就改派去了二道弯。"朱明辉兴致勃勃地说，"这礼拜六中午十一点，碧水餐厅，延峰，别迟到啊！"

礼拜六转眼便到，延峰到红革家叫上红革，两人结伴来到全镇档次最高的碧水餐厅。

已有一些同学先行来到，见他俩走进门纷纷握手寒暄。大堂挂钟指到十一点，除了此次聚会的主角王海林外余人均已到齐。

朱明辉等几个组织者站在餐厅门口连连看表。一直等到十一点半一辆小轿车方才缓缓驶到，海林从车里钻出来，一脸内疚地说："刚才在单位处理点儿事情，对不起对不起。"一边道歉一边和朱明辉等人亲切握手。

众人簇拥着海林坐上餐桌主位，服务员端上热菜，酒宴正式开始。朱明辉作为组织者首先致辞："同学们，光阴似箭岁月如梭，到今年咱们已经毕业四年了。这四年里咱们同学有考学分到外地的，有打工走了的，目前为止还待在翠岭的就剩在座这十几个人了。咱们十几个人各行各业都有，但要说发展最好的，还得属人家海林，前两天刚被林业局正式任命为二道弯林场的书记兼场长，成了实打实的正科级！二十四岁就当上正科级，春风得意前途无量啊。我提议，咱们大家伙一起敬海林一杯！"

众人忙都站起身，争抢着与海林碰杯。海林将杯中酒一饮而尽，含笑说："谢谢大家。人都说同学间的感情最纯洁最深厚，我王海林是最重同学情的，今天我把话撂在这儿，以后大家有事找我，实在帮不了没办法，只要有能力帮，我一定不打半点儿折扣！"

"海林，有你这句话就行啦。"

"还是海林够意思！"

众人纷纷离座走到海林身边向他敬酒，海林谈笑风生酒到杯干，不多时已喝了十几个八钱盅。海林酒量虽宏，此时也不免有些微醺，他见邻桌的红革只是低头吃菜，并不过来和自己喝酒说话，便端了一杯酒走过去，笑吟吟地说："红革，别人都有说有笑的，咋就你在这儿闷坐着？"

红革说："海林，我想起了你以前说过的一句话。"

海林一愣："什么话？"

"高考考完那天晚上，咱们班同学在操场开毕业派对，你跟大家说，将来不管谁发达了，都不能在同学面前装。"

"我……装？我……我咋装了？"

"你自己知道！"红革说完，起身大步离开了餐厅。

八

一过春节红革和春枝就开始张罗起养殖木耳的事情。去年有镇政府全力帮扶，而今年一切都只能靠自己，但好在他们已养过一茬木耳，流程路数都已明白，干起活来倒也有条不紊。

最紧张的灭菌接种工序完成后，夫妻两个终于可以暂时喘上一口气，然而就在这时红心突然寄来一封信，内容十分简单，就是让红革到她那儿去一趟。

"这丫头，信也不写得明白点，到底因为啥非得让她哥大老远地去她那儿。"姚淑兰禁不住抱怨。

"让红革去吧，"春枝通情达理地说，"红心让她哥去，肯定是遇上啥烦难事儿了，不去咱也不放心不是？"

春枝和姚淑兰为红革细心打点行装，姚淑兰嘱咐儿子见到红心一定问清楚到底出了什么事，如果在外面过得不好，就让她和大国带孩子回翠岭来，一家人在一起好歹有个照应。

在火车上颠簸了三十多个小时后，时隔一年红革再次来到了妹妹妹夫生活的城市。

按照红心信上留的地址，红革找到了廊桥水岸小区。小区洁净典雅设施奢华，绝非之前红心夫妇俩租住的老旧楼区可比，红革一边欣赏景致一边想，看来这一年大国包工程又赚了不少钱。

红革找到红心家，按响了门铃。门开了，应门的却不是红心，而是穿着睡衣睡眼惺忪的大国。大国揉了好几下眼睛才认出红革，忙招呼他进屋，让到沙发上又是敬烟又是沏茶。

"大国，红心呢？"红革点着一支烟问。

"带孩子打防疫针去了，估摸也快回来了。哥，你要来咋不先写个信或者打个电话，我好去车站接你。"

"是红心写信叫我来的，这事儿你不知道？"

"她写信叫你来？"大国脸上的笑容登时僵住，但转瞬又恢复了常态，"红心可能跟我念叨过，事儿一忙就忘了。哥，上回来信你说在家养木耳呢，怎么样，收入还成？"

"还凑合吧，刚开始养，都是摸索着干。"

就在两人说话的时候，门锁一响红心抱着孩子走了进来。她一眼看到红革，惊喜地唤了声："哥，你到了？"

按理说刚生过孩子的红心体态应丰满些，但她反比一年前更见消瘦，原本红润的面色也变得蜡黄，整个人看上去没有一点儿精神。红革只当妹妹照管孩子累的，一边逗弄初次见面的外甥女一边对大国说："看你们现在也挺宽绰的，不行就花钱请人帮带带孩子，红心一个人又干家务又整孩子，时间长了身体怕吃不消。"

大国说："我也一直这么说，可红心不干。"他转向红心说："听到哥的话没？过几天我就跑趟劳务市场，给咱家请个保姆。"

红心没搭理大国，她把孩子放到小床上，对红革说："哥，你先坐着，我给你做饭去。"

吃过午饭红革舒舒服服睡了一觉，睁开眼时已是傍晚。大国将他让到饭桌前坐下，启开一瓶价值不菲的白酒说："哥，中午吃的饭不算，晚上我正式给你接风，咱哥俩好好喝一场。"

饭桌上已摆好火锅和一应肉品菜蔬，红心将火点着，不一时汤滚油热，大国与红革一边喝酒一边大块朵颐。

见红革吃得满脸流汗，大国笑道："哥，味道不错吧？"

"人在吃上可真能琢磨，"红革擦了一把额头上的汗珠感叹，"煎炒烹炸不算，还整出这种吃法儿。"

"多整出点花样儿，才能更好地享受生活嘛。哥，以前我也稀里糊涂，直到现在才活明白了，人不能只苦巴巴地挣钱，该享受也得享受，没吃过的吃吃，没玩过的玩玩，什么都见识一遍，才不算白来这人世一回呢。"

红革酒喝得有点多，晚上睡得也沉，次日起床时大国已经去工地了。红心照料他吃过早饭，直到此时兄妹俩才得以坐在一起从容叙话。

红革问："红心，你写信让我来，究竟为啥事儿呀？"

"哥，大国他……外面有人了。"红心说着话眼圈已然红了。

红革一听登时急了："什么？这小子敢干这号事？红心，你仔细说。"

原来在红心怀孕期间大国新雇了一个管账的女会计，思想前卫的女会计爱慕大国精明能干倜傥风流，竟对他这个有妇之夫发动了疯狂的爱情攻势。大国招架不住或者根本没想招架，很快便被她俘虏，逮住空子便和女会计双宿双飞厮混在一起。

红心终日待在家里，哪晓得丈夫在外面干下的龌龊事，直到有一天给大国洗衣服，从口袋里掏出一张旅馆收据，这才起了疑心。面对红心的质问，大国一五一十全都老实交代了，最后说自己只爱红心一个，和女会计只是逢场作戏随便玩玩，新鲜劲儿过去自会一拍两散。

红心恶心大国的厚颜无耻，和他离婚吧，看着刚出世的孩子委实狠不下心，任由他在外面胡来又实在咽不下这口气，思来想去只好将哥哥从老家搬来，请他帮自己拿个主意。

红革听完，黑着脸在地上走了两步，一拳擂在茶几上："等大国回来，看我怎么收拾他！"

红心忙说："哥，你可别打他，就他那小身板，挨不了你两拳头的。"

红革说："打不打，看他态度再说。"

晚上大国拎着两大塑料袋酒肉走进门，见红革一脸严肃地坐在沙发上，心里已猜到什么，小心地赔笑说："哥，我从超市买了两条上好的鲈鱼，让红心炖了给咱哥俩下酒。"

红革指指沙发："你过来，我有话问你。"

大国不安地坐下，红革一点弯子不绕，问道："说，你和那个女会计能不能断？"

大国看了看站在一旁的红心，讪笑说："哥，红心都跟你说了？其实，我和那女的就是逢场作……"

"逢场作戏也不行！"红革厉声打断他，"你媳妇在家辛辛苦苦给你做饭带孩子，你倒好，在外面拈花惹草寻快活！今天我就要你一句话，能不能和那个女会计一刀两断，今后和红心好好过日子？"

大国抬头望向红革，立刻被他灼灼的目光逼得低下脑袋，沉默半晌，低声说："能。"

"那就好，"红革吩咐红心，"拿笔和纸来。"

红心取来纸笔，红革将它们推到大国面前："口说不算，写个保证书。"

在红革威逼之下，大国只得老老实实在白纸上写下了几行字：我保证今后和穆芳芳断绝一切来往，对媳妇孙红心一心一意。又在后面署上姓名日期。

红革拿起纸看了看，交与红心收好，对大国说："保证书是写下了，要是违反，你知道我拳头的厉害！"

九

红革在红心家住了几日，临走前一天心里记挂一件事，下了楼房走出小区。

虽然过去一年，红革仍记得彩云出租房的位置，他在城乡接合部迷宫般的街巷中绕了半天，找到了那处偏厦子。他走到房子前，发现门上挂着锁头，门框和把手上也积满黑灰，看来已有一段时间没人居住了。

彩云带着女儿搬走了？红革左右张望一下，见不远处的巷子口坐着一位晒太阳的老太太，便走过去向她打听。

"你说彩云呀，跟一个鞋匠走了。"老太太很是健谈问一答十，"鞋匠不嫌她离过婚，还带着个拖油瓶，把她娶走了。修鞋的活路多挣钱呀，彩云这下可享福了。你，是彩云啥人呀？"

"啊……我是她一个老乡。那行，婶，多谢你了。"

红革再次望了一眼那座低矮破旧的偏厦子，转身离开了。

第八章

一

世纪之交的 2000 年，这是未来讲述林区历史时多次被提及的年份，因为正是从这一时间节点起，兴安岭开始全面启动"天然林资源保护工程"。

历经三十年的过度砍伐，兴安岭林木蓄积量锐减，南部林带已北退一百多公里，东南部甚至出现了无植被覆盖的干旱区域。九十年代末嫩江流域爆发的特大洪水，更是给林区日益恶化的生态环境敲响了警钟。

面对空前的环保压力，国家推出了一系列旨在从根本上解决林区困局的举措，这就是天保工程。从 2000 年开始，兴安岭林区大幅减少了木材产量，加大了对森林资源的保护培育，与此同时，国家还每年拿出数亿元投入林区进行输血。有了这笔强大的资金支持，职工们多年拖欠的工资得以补发，今后的工资有了保障，一些基础建设如道路、桥梁的改造维修也可以慢慢搞起来。天保工程的实施，让过度消耗疲惫不堪的林区终于有了喘一口气的机会。

以天保工程为契机，翠岭林业局对下属企业进行了大刀阔斧的整顿重组，一些长期停工半死不活的企业有的被归并到别的单位，有的干脆被裁撤，这其中便包括红革所在的建工处。

早在两年前孙连福就办理了退休手续，按照当时的政策红革接了父亲的班，虽然依旧放假在家，但身份已由知青变为了正式工人。建工处被裁撤后与所有正式工一道，红革被分流到二道弯林场的管护中队，在中队下面的管护站当了一名管护员。

红革所在的清水河管护站设在清水河大桥桥头，由于距镇子较远，一个班由两人值守，六个管护三班倒，干一天休两天。与红革同班的搭档姓蒋，刚上班没有一年，活泼好动像个稚气未脱的大孩子，他不耐在挡车杆前坐禅般枯坐，一会儿钻进管护站后面的树林里看鸟，一会儿跑到大桥下面的河滩上打水漂，常常半天不见个人影。红革也不和他计较，一个人守在桥头，看着不时经过的汽车摩托车卷起滚滚沙尘从自己面前驰过。

二

四月十五日后进入春季防火紧要期，中队长、小队长对各管护站的巡查力度骤然增大，这种情况下吊儿郎当如小蒋者也收敛了许多，和红革一起认真登记通过大桥人员的姓名单位以及车辆的车牌号，告诫他们注意防火。

一天上午管护站来了辆小轿车，登记的单位是广播电视局。登记后司机没有马上上车赶路，捂着肚子向小蒋打听哪里有厕所。

小蒋说："荒山野岭的，哪有啥厕所？到林子里就地解决吧。"

司机依言钻进了站后的树林。等了一会儿不见司机出来，红革怕他出什么事，让小蒋盯着管护站，自己进林子瞧瞧。

红革拨开乱枝杂草摸进树林深处，忽听前方有人大呼小叫，循声看去，只见那个司机正发疯般在树木间乱跑乱跳，在他身后是一群如影随形穷追不舍的野蜂。红革脱下身上的迷彩服，冲上去一把将司机摁倒，抖开迷彩服蒙在两人头脸上一动不动。蜂群在附近盘旋了一会儿，寻不到目标也就散了。

司机跟着红革钻出树林兀自惊魂未定，他方便后想过过烟瘾，怕被红革两人发现故意往林子深处走了走，没想到竟遭遇野蜂袭击。

红革从管护站里找出一瓶老陈醋，帮司机涂在被野蜂蜇过的红肿处。司机又是感动又是惭愧，想了想说："两位师傅，我是广播站的记者，听说咱们一线管护员责任重压力大，工作非常辛苦，我早就想写点这方面的报道，今天正好是个机会，能不能让我采访采访你们？"

在接下来的半小时时间里，记者坐在挡车杆边的小凳子上，对小蒋和红革进行了认真的采访，从工作时间到吃饭问题如何解决问得事无巨细。临走时记者嘱咐红革两人："两天以后注意听广播。"

过了两天又是红革和小蒋当班，到了本地广播时间，小蒋拧开半导体收音机，果然听到一则有关他们的报道："听众朋友们，下面请听本站记者采写的专题报道，题目是《只为青山常在——记二道弯林场管护员孙红革、蒋春生》。在二道弯林场的清水河大桥桥头……"

三

当管护还能上广播，小蒋的工作热情陡然高涨，一时间变得比红革还要勤谨，人和车来了先抢上前，务要细细盘问登记方才放行。

这天下午一辆簇新的桑塔纳轿车来到桥头，小蒋走到车窗前对车里人说："请下车做个登记。"

车里人没理睬他，伸出胳膊向他身后的红革扬了扬手："红革，在这儿干呢！"

红革走上前一看，原来车里坐的是久未谋面的顺子，笑着招呼："是顺子呀，开上这么好的车了？"

顺子说："建工处一黄，我就辞职自己干了，这不，没多长时间车就买上了。"

红革小心地拍拍车身："还是你有本事。"

"不是有本事没本事，关键是敢不敢迈出这一步。说实话，刚扔掉铁饭碗的时候我心里也没底，等真正下了海才知道，体制外的天地大得很，挣钱的路子也多得很，只要敢想敢干，很容易就能混出名堂。"

红革说："人和人哪有一样的，你行，别人可不一定行。"

顺子一笑："我还要去林场找海林，不跟你多聊了，回见！"

桑塔纳开到二道弯林场场部大楼前，顺子下了车径直走进大楼。门卫见他西装笔挺气宇轩昂，未做任何阻拦。

顺子找到场长办公室，轻轻叩了叩房门。

屋里人说："进来。"

顺子推门而入，笑着向靠在椅背上读报纸的海林说："王场长，你好啊。"

海林抬头见是他，起身隔着桌子与他握手："今天什么风把你这大老板吹到我这小庙来啦，坐坐坐。"

顺子在沙发上落座，说："海林，你猜我过大桥时看见谁啦？"

"谁？"

"孙红革，在那儿守大桥呢。海林，你也是的，老同学好哥们到了自己手底下，咋不找个好点儿的差事给他干？"

"这次从建工处分流来不少人，全都充实到了一线管护站，我若单单拎出红革派到别的部门，其他人要有意见的。先等等，过段时间我肯定给他挪动挪动。"

说罢红革，海林说："顺子，你是无事不登三宝殿的，说吧，找我有啥事？"

"瞧你说的，没事儿就不能来看看你老弟？"顺子打着哈哈说，"你这也累了一天了，我想今晚请你出去整两盅，解解乏，怎么样，能赏老哥这个面子吧？"

"行，"海林答应得很爽快，"路过大桥的时候，把红革也叫上。"

"没问题，我也正想和红革唠扯唠扯呢。"

海林坐上顺子的车，离了场部大楼来到清水河大桥桥头。两人下了车，海林招呼红革："红革，走，跟我们一块吃晚饭去。"

红革说："不行啊，我还值班呢。"

"你们大场长都发话了，你翘会儿班怕啥？"顺子说，"让这小伙子自个盯会儿。"

小蒋忙乖觉地对红革说："孙哥，你去你的，我自己守站就行。"

红革还要再说什么，已被海林和顺子推上了车。

来到碧水餐厅，三人走进装修一新的雅间，顺子和海林为谁坐主位起了争执，顺子称海林官高位尊理应上座，海林却说顺子年纪最长，应该由他居首。两人争了半天，最后还是海林坐了主位，顺子和红革两边相陪。

三人喝酒都是海量，一口杯白酒下肚算是刚刚打底。顺子给每人杯里续上酒，放下酒瓶说："经过这段时间生意场上的摸爬滚打，我是明白了一个道理，凭你有多大本事，朝里没人还是玩不转！"他举杯敬海林："海林，哥哥祝你官儿越做越大，你就是棵大树，有你在，兄弟们就有依靠了！"

海林欣然喝了一口，说："就算我是大树，老话说一个篱笆三个桩，也得兄弟们扶持才行。咱们要互帮互助，在翠岭打出一块属于咱们自己的天地！"

"说得好，"顺子说，"咱们一定要互帮互助，精诚团结！"

讲到这里，海林想起一件事，转头对红革说："咱林场一线管护站还缺人手，嫂子不是在家闲着吗，想不想来做个临时工？临时工虽比正式工人少拿不少钱，好歹也是份收入。"

"哎呀，红革，这下你们两口子一块当管护，能拿两份工资了！"顺子笑着凑趣，"还不谢谢海林？"

红革举杯敬海林："谢了啊。"

"谢啥？"海林一笑，"咱们兄弟，应当的。"

四

近年来翠岭好老师大量外流，导致教育质量持续滑坡，家长们见此形势，纷纷将子女转往外地学校，年龄小的爷爷奶奶跟着去陪读，年龄大的便寄宿，风潮席卷之下，翠岭各中小学学生人数严重萎缩，以往一个年级怎么也得有二三百人，如今多者五六十人，少的都凑不够一个班。

学生是租书的绝对主力，学生少了，租书店的生意自然跟着清淡许多。春枝正式接到去二道弯林场上班的通知后，红革对她说："你当了管护，要我说这租书店咱就不开了，挣不了啥钱，还得总有人盯着。"

春枝同意，随即提出一个问题："不干租书店了，那一大堆书咋处理？"

红革说："别的书卖了送人都行，舅舅和薛远的书得还给人家。"

夫妇俩将周老师和薛远的书从书架上取下来，仔细捆扎妥当，第二天恰逢红革休班，便用自行车将书驮上分别给两家送去。

红革首先来到薛远家。他进门见堂屋地上放着一个大提包，桌上椅上都是叠放的衣物，问："薛哥，你这是要出门咋的？"

"是要出去一趟。"薛远说，"上回省作协的郑老师他们来，建议我搞搞八十年代中学生校园诗歌运动的研究，为了解当年诗友的近况，我试着在报刊和网上发了个寻找八十年代校园诗歌运动当事人的启事，这下可好，一下子联系上了好几十个诗友。大家得知我现在做的研究，都劝我出去走走，一来会会诗友，二来收集当年诗歌运动的第一手资料。"

红革于文学是个门外汉，对所谓的八十年代中学生校园诗歌运动更是懵懂，他想到的是非常现实的问题："你出门钱够吗？不行从我这儿拿点？"

"应该够了，我把去年养木耳挣的钱都给他带上了。"晓曼在旁说，"红革，你知道我真正担心的是啥——他一盆火地去了，他那些诗歌朋友能不能好好接待他。他们之间的交往其实就是通信打电话，连面儿都没见过，这样的朋友靠得住吗？"

红革十分惊讶："薛哥，你和那些朋友从来都没见过面？"

"我从小到大还没出过兴安岭，以前办诗刊和作者联系都是靠写信，但没事儿，"薛远像是给妻子也像是给自己打气，"我相信我们诗歌兄弟的感情，放心吧，我一定会胜利归来的！"

五

虽然在妻子面前努力做出信心满满的样子，坐上火车望着车窗外一闪而过的山岗田野，薛远的内心多少还是有一些忐忑——到了地方找不到诗友怎么办？人家事情忙没时间接待自己怎么办？最后他想，果真见不到人，就只当出来旅游一趟，没啥要紧！

薛远的第一站是省城。他随着人流从火车站出站口走出来，望着站前广场上摩肩接踵的人群一时有些茫然。出发前他给省城的诗友谷雨打过一个电话，告诉他自己要过来，可现在谷雨在哪儿？他真的会来接站吗？

正胡思乱想间，一个戴着眼镜的中年男子迎面向他走过来，试探着问："对不起，请问你是……雪原先生吗？"

雪原正是薛远的笔名，他忙回答："是我，你是谷雨兄弟？"

男子一把抓住薛远的手用力摇了几摇："我是谷雨，薛大哥，欢迎你来省城！"

谷雨打了辆出租车，将薛远带到城西的家中。谷雨贤惠的妻子早已备下一桌丰盛的接风宴，薛远原本从不喝酒的，此时与谷雨见面心里高兴，席上竟破例喝了一瓶啤酒。

饭后谷雨将薛远让进书房，两人并肩坐在沙发上倾心长谈。

谷雨感慨地说："记得我的处女作就发表在你主编的诗刊上，那是我的名字和作品第一次变成铅字，我高兴得连蹦带跳，把刊物给每个老师和同学看，狂妄地宣称自己就是下一个北岛。"

"我也是一样，对自己辛苦办起来的诗刊宝贝得不行，满心希望它一直存在下去，成为校园诗永远的阵地，可谁知只办了三期就……"

"有这三期就够了，它是所有诗刊作者和读者少年时代最美好的回忆。"谷雨动情地说。他从沙发上站起来，在书架最里侧的格子里小心地抽出三本薄薄的小册子，递到薛远手里："这三期刊物，我一直保存着。"

薛远轻轻摩挲着刊物泛黄的封面，说："这么多年了，我以为大家早把它们当废纸扔了……"

"怎么会扔呢？它就是我的青春啊！"谷雨有些激动，"就在今年春节我还把它们拿出来跟我儿子显摆，说老爸上中学就发表诗歌了，牛不牛？"

薛远问："你儿子欣赏你写的诗吗？"

"那臭小子，"谷雨苦笑，"他说我的诗情感太假，全是无病呻吟，还说刊物的主编能看上我的诗，一定也是个二把刀。"

薛远大笑。

在谷雨家歇了一晚，次日谷雨陪薛远在省城逛了一天，第三天将他送上了开往北京的火车。

六

首都是八十年代中学生校园诗人的大本营，由于有谷雨的事先联络，从北京站走出来时薛远看到了一支十几人组成的接站队伍，大家手举一条横幅，上书"欢迎诗人雪原来京"。

薛远激动地与众人逐一握手，接站者中有曾和他书信往来密切的诗友，有在《中学生校园诗刊》上发表过诗歌的作者，岁月无情，当年意气风发纵横诗坛的少男少女都已变成饱经沧桑的中年人，唯一不变的是诗友间炽热的情感。

众人分乘几辆轿车将薛远送到宾馆用餐休息。宾馆档次之高令薛远十分不安，他悄声对一个叫向东的诗友说："不用住得这么好。"

向东笑道："这是大家的心意，再说宾馆各方面条件好一点儿，也方便诗友们来看望你嘛。"

客随主便，薛远也便任由向东等人安排。接下来的几天里他的日程表可谓忙碌，每天都要接待十位以上的诗友的拜访，甚至有些人是从外地专程赶来看他的。大家彻夜长谈，恨不得一天之内把十几年的故事全部讲完。

一天薛远正在宾馆和几位河北的诗友叙话，向东突然从大堂打来电话，说是现已定居日本的诗友张曦特意乘机回国来见他，马上将到达宾馆。

　　薛远放下电话，忙坐电梯下到一楼大堂，和向东一起在门口迎候。

　　一辆出租车停在宾馆前，从车上走下一位明眸皓齿典雅端庄的女士，向东给薛远介绍这就是校园诗人中的大美女张曦。

　　张曦眨着灵动的大眼睛打量薛远："今天算是遇到真人了，薛大哥，记得我当初在你的诗刊上发表了好几首诗，好像是第二期吧，你还把我的诗发在了头条。"

　　"你写的诗很有特点，"薛远笑道，"感觉非常大气，酣畅淋漓一泻千里，我开始还以为作者是个男生，和你通信后才知道原来是位女娇娥。"

　　张曦一副恍然大悟的样子："怪不得你开始给我写信，称呼总是张曦兄。"

　　晚上为欢迎远道而来的张曦，诗友们在宾馆旁的饭店饮酒欢聚。餐后大家意犹未尽，又跑到一家歌厅唱歌。

　　诗友中有几人烟瘾极大，一边唱歌一边口不停吸，很快包房里便浓烟滚滚恍若仙境。薛远本人不抽烟，且最耐不得烟味，在包房里待了一会儿便悄悄溜了出来。

　　走廊尽头的椅子上坐着张曦，看来也是被浓烟熏出来的，她见薛远走出来，与他同病相怜地会意一笑。

　　薛远在张曦对面的椅子上坐下，问："你怎么会去了日本？"

　　"我上大学时学的是日语，毕业后去了一家日资企业，后来公司把我和我先生调到了日本总部，就在那边待住了。你呢，八七年以后怎么就音讯全无了？这些年还一直住在东北那个林区小镇吗？"

　　薛远轻轻叹了口气，目光投向窗外灯火璀璨的都市夜景：

"我上学时太偏科，没能考上大学，待业一年后顶替父亲上了班，就在这期间《中学生校园诗刊》因为经费问题也停刊了。当时我心情灰得很，觉得自己从此彻底告别了校园生活，也告别了校园诗，将所有和校园诗有关的诗稿信件都一股脑锁进了箱子，和你们这些诗友也断了联系。"

张曦深表理解地点点头："说起来挺可笑的，八七年你们兴安岭那儿不是着了场大火吗，诗友们都传说你在那场大火中因为救火牺牲了，听到这个消息我还难过了一阵子。直到不久前我在网上看到你寻找诗友的启事，才知道你不但活得好好的，还搞起了八十年代校园诗研究。"

"我是听了我们省作协几位老作家的建议，才决心搞这个研究的。越深入研究我越意识到这项工作的意义和价值，你想，在八十年代中后期，大江南北无数中学生怀着对诗歌的热爱，读诗写诗，发表作品，组织社团，创办诗刊，编印诗集，硬是在成年诗人把持的诗坛上升起了一面中学生校园诗的旗帜，在诗歌史上留下了浓墨重彩的一笔！可就是这样的成就，长期以来却被主流评论界有意无意地忽视了，作为中学生校园诗歌运动的亲历者，我觉得我有责任对这场运动进行全面系统的挖掘整理，还原它应有的历史地位和光荣！"说着说着薛远已开始了激情的讲演。

"你有这样的雄心真是太好了，我一定全力支持你！"为薛远的话所感染，张曦也激动地说，"我手里也保存着一些诗刊资料，等我回日本就找出来寄给你！"

"我们也会全力支持你！"突然旁边有人说话，两人扭头一看，原来向东和几个诗友不知什么时候也从包房出来了。

"我们当年参与的诗歌运动确实是值得大书特书的，"向东说，"老薛，我那儿也有些资料，明天就拿给你。"

其他几个诗友也说："我那儿也有。""我家也有不少呢，明天就送到宾馆来。"感激得薛远连声说："谢谢，谢谢，谢谢大家。"

正在这时一个脑袋由包房里探出来，喊道："你们怎么出去了？都回来唱歌！"

向东说："你们抽烟的人先把烟掐了，我们才敢进去。"

脑袋缩回去跟包房里的人说了几句话，又探出来说："他们都不抽了，你们进来吧。"

大家重新回到包房坐好，商量再找哪首歌唱。张曦见歌曲目录上有一首《白衣飘飘的年代》，说："这首歌不错，我们就唱它吧。"众人都说好。

旋律响起，看着荧屏上的字幕张曦深情唱道："当秋风停在了你的发梢，在红红的夕阳肩上。你注视着树叶清晰的脉搏，她翩翩的应声而落……冬等不到春，春等不到秋，等不到白首。还是走吧，甩一甩头！在这夜凉如水的路口。那唱歌的少年，已不在风里面，你还在怀念……"

众人齐唱："那一片白衣飘飘的年代，那白衣飘飘的年代，那白衣飘飘的年代……"

反复吟唱着最后一句歌词，每个人眼里都不禁泛起了泪花——那白衣飘飘的年代，那青春勃发诗情飞扬的八十年代呀……

第九章

一

时令入秋，又到了采山旺季，林区的采山人再次开始了一年一度的忙碌。只是不同于以往将四轮车当作交通工具，如今家家户户都购置了摩托车，丈夫骑车，妻子搂着后腰坐在后座，风驰电掣般来往于镇子与采山点之间。

红革和春枝也是这些采山夫妻档之一，他俩的工作都是干一天歇两天，上班时做管护，休息时便采山，虽然辛苦，但采山回来将山货送到收购站，笑着接过老板递过来的几张硬铮铮的票子，一切疲惫也便烟消云散了。

这天又赶上红革和小蒋当班，下午三点多钟的时候，突然有一辆卡车来到了清水河大桥桥头，一个脖子上挂条金链子的胖子跳下驾驶室，径直走到管护站前，未说话先给红革和小蒋各敬了一支烟。

胖子显然已不记得红革，红革却认出他是金刚，当初红革摆台球摊时他还来打过台主。

小蒋接过烟夹在耳朵上，问金刚："你有事吗？"

金刚笑眯眯地说："两位师傅，我是顺达商贸公司的金刚，我们公司和你们林场新签了个协议，今后凡是你们林场地面出产的山货都由我们统一收购，收购点就设在你们管护站这儿，请两位多多配合。"

"有这事儿？"红革有些不相信，"我得请示一下我们领导。"他拿起对讲机联系上管护中队的中队长，对讲机那头的中队长肯定地回答："是有这事儿，你们管护站要积极配合顺达公司的工作，保证收购顺利进行。"

有了领导的指示，红革和小蒋便不再说什么，任由金刚指挥手下人将台秤和桌子抬下卡车，在管护站前支起摊子。

第一辆采山归来的摩托车来到桥头，骑车的是制材厂的韩勇两口子。小蒋要抬起挡车杆，被金刚止住："先收山货，收完了再放行。"

韩勇夫妇得知顺达公司要在这里收购他们的山货，并未有何异议，卖给谁不是卖，在这儿卖还少跑一段路呢。等装满松塔的麻袋过完秤，金刚报了价钱，韩勇两口子当时就不干了——顺达公司的收购价竟比镇里收购站足足低了三分之一。韩勇嘟囔说："哪有这个价，我们不卖了！"背起麻袋准备放回到摩托车上。

金刚手下的马仔将他拦住："林场和我们公司签了协议，必须卖给我们！"

韩勇媳妇大声争辩："啥协议不协议，大自然出产的东西，我们自己花力气采下来，想卖给谁就卖给谁！"

她话音未落，脸上已挨了金刚重重一记耳光："臭娘儿们，没王法了是不？跟你们说，我们公司和林场签了盖着大红公章的协议，老子在这儿收山货合理合法，你们今天老老实实把山货卖给我们啥都好说，要是不卖，哼哼……"他眼风一扫，几个马仔撸胳膊卷袖子围住了韩勇夫妇。

韩勇生性怯懦，见此情景早已双腿发软，扯扯老婆衣角说："好汉不吃眼前亏，卖给他们算了。"

眼见对方人多势众杀气腾腾，而自己丈夫又如此脓包，韩勇媳妇只得叹息一声，点了点头。

红革在旁瞧着，脸色愈来愈阴沉，小蒋觉察到了，附在他耳边小声说："人家和林场有协议，中队长也那样说了，咱们甭管闲事。"

韩勇夫妇离开后其他采山人的摩托车又先后来到，在金刚威逼之下，人们只好忍气吞声将辛辛苦苦采的山货低价卖给顺达公司。自此以后顺达公司的收购点便在清水河大桥桥头常驻下来，除了对二道弯林场的职工网开一面，其余采山人到了桥头一律卸货卖给收购点，否则不予放行。

二

这天红革和春枝骑着摩托车早起去采山，过了清水河大桥来到一处岔路口，见十几辆摩托车停在路边，一群采山人正围在一起议论着什么。

红革和春枝不知出了什么事，也熄火下了车。只听人群里一个中年汉子朗声说道："我就不信顺达公司定的王法就真成王法了，咱们到上面告他们去！"

"拉倒吧，"周围马上有人反驳，"这事儿是顺达公司和二道弯林场一起整的，人家林场是官，咱们是民，民能告得下官？"

又有人说："干脆咱们都往别处采山去，谁也不来二道弯，看这帮龟孙收谁的山货去！"

这个意见也被大家否决："整个翠岭就属二道弯山货最厚，你舍得我们还舍不得呢。"

众人商议半天莫衷一是，最后一个老者恨恨地说："恶有恶报，我就盼着顺达公司早早破产关门，省得坑害老百姓！"

"对，最好让那个顺子家里着场大火，把挣的昧心钱统统烧光！"其他采山人也都恶狠狠地诅咒。

红革在人群外听着，心里很不是滋味。他想顺达公司的做法实在是不得人心，自己应去找找顺子，就算强买强卖也把收购价往上提提，别把采山人压榨得太狠了。

三

顺达商贸公司位于城区镇主街，是一座经过改造的二层小楼，上层办公，下层用作库房。红革来到公司的时候，顺子正指挥工人将库房里的山货装上卡车，准备第二天发往地区。

顺子见红革到来十分热情，笑容满面地将他让上二楼的经理室，吩咐手下人拿出最好的茶叶沏上。

红革未绕什么弯子，直截了当地对顺子讲了来意。顺子摆弄着手里的打火机沉默半晌，字斟句酌地说："红革，咱们是兄弟，跟你我不说假话。你看我们公司低价收购山货好像挣得盆满钵满，可你知道根据我们和二道弯林场的协议，我们挣的钱他们要分去多少？一多半的大头！剩下一点钱还要人吃马喂，维持公司的运转，其实到最后我真落不下多少。红革，我知道你为人仗义，想替采山人争取利益，可我真不能答应你，收购价多涨一点儿，我可就赔本赚吆喝了。"

听了顺子这一番入情入理的解释，红革半信半疑："真的不能把价再抬抬？"

顺子一脸真诚地说："兄弟，请你理解我的苦衷。"红革见他铁嘴钢牙毫无商量余地，知道再谈下去也无益，喝了几口茶便欲告辞。顺子说："着啥急？对了，今晚海林约我去红玫瑰歌舞厅唱歌，你也一块去吧。"

"算了，"红革说："我唱不会唱跳不会跳，去了只会出洋相，你们去吧，我就不凑热闹了。"

红革回到家，将今天找顺子的事对春枝讲了。春枝冷笑道："他那是蒙你！镇里的收购站价定得那么高都有赚头，他们顺达公司的收购价低了三分之一，稍微抬抬价就能亏了？还有，我可不信他们公司把利润大头都给了林场，给林场当官的上了不少供我倒信几分！"

红革说："现在二道弯林场主事儿的是海林，他不会那么干的。"

"你呀，"春枝点了一下丈夫脑门，"谁在你眼里都是好人！"

四

国庆节后天气一天比一天寒冷，就在这时红心突然带着女儿果果回到了翠岭。

孙连福和姚淑兰已与女儿几年未见，外孙女更是头一回登姥姥家的门，老两口欢喜得合不拢嘴。姚淑兰一边给红心娘俩收拾铺盖一边唠叨女儿嫁了人就忘了爹娘，孙连福则抱着果果不撒手，又是扮鬼脸又是讲故事，想尽办法逗外孙女高兴。

直到吃过晚饭孙连福才不经意地问了女儿一句："大国咋没和你们娘俩一块回来？工程上的事儿忙还是咋的？"

红心淡淡地说："我和他已经离婚了。"

一句话吐出满室皆惊，姚淑兰最先炸了："臭丫头，这么大的事儿咋事先不跟我们商量商量？因为啥呀？"

孙连福和红革也急着催问："到底因为啥呀？"

红心和大国离婚的原因还是那个女会计。红革上次去河北逼大国写下了与女会计一刀两断的保证书，但区区一纸保证岂能管得住大国，红革走后他背着红心继续与女会计往来不断。其间红心也逮住过他两次，大国当时都赌咒发誓保证绝不再犯，但一转身又故态复萌。

直到红心发现大国偷偷给女会计在外面租了房，堂而皇之过起了日子，才算彻底死了心，毅然决然地与他办了离婚手续，带着女儿回了娘家。

红心讲完与大国离婚的原委，说："爸，妈，哥哥，嫂子，你们放心，我有一双手，能干活儿赚钱，不会白吃白喝你们的。今冬我和果果只能住在你们这儿，等开春找着了合适的房子，我们就搬出去。"

"闺女，你说哪儿去了？别说你妈现在还当着家，就是不当家了，你离了婚凄凄惶惶回到娘家门上，你哥嫂还能把你推出去？"姚淑兰边说边撩起围裙擦拭眼泪。

春枝连忙表态："红心，你踏实在这儿住下，咱家不比从前了，我和你哥养木耳一年能挣不少，我也上班当了管护，属于拿工资的人了，别说只养你们娘俩，就是再多三口五口也养得起。"

但红心并不是安心被别人养的人，她将女儿托付给母亲照管，自己四处打听哪儿有合适的活儿可干。一天她去家附近的小超市买东西，意外发现超市女老板是自己的职高同学邱玲。两个多年未见的老同学亲亲热热聊了半天，红心听邱玲说整个超市只她一个人打理，经常忙得焦头烂额，她有心的人，试探问道："我现在待着没事儿，到你这儿打个下手怎么样？"邱玲高兴地说："太好了，咱们上学那会儿就说得来，在一起搭档干事一定珠联璧合财运亨通！"

第二天红心就正式上了岗，她工作积极主动，诸如打扫卫生、整理货架等活计不待邱玲吩咐就已干得妥妥帖帖，让邱玲着实轻省了不少。邱玲得意自己找了个好伙计，投桃报李，对红心也十分关心爱护，甚至操心起她的再婚问题。

冬至这天下起了大雪，纷纷扬扬的雪片从早晨一直飘到下午，天气不好，没有什么人来超市购物，邱玲便和红心坐在一起有一搭没一搭地闲聊。

邱玲有意将话题引到红心身上："红心，你岁数还小，总不成后半辈子就一个人过了，我帮你介绍个人怎么样？"不等红心说话，从自己钱夹里抽出一张照片推给她："看这个，比你只大两岁，纪委干部，离婚没有孩子，人长得倍儿帅，对你再合适不过了。"

照片上的男人高大挺拔面容俊朗，整个人确实帅气十足，红心瞥了一眼把照片推还给邱玲："条件是挺好的，可我刚离婚，真没心思马上再找。"

"成不成先跟人家见一面儿。"邱玲劝说，看来是真心想促成这桩姻缘。

红心坚定地摇摇头："邱玲，谢谢你的好意，我确实不想见。"

邱玲无奈，只好将照片放回钱夹，叹口气说："错过了他，再找这么好的可就难了。"

五

连着几天都下雪，这天邱玲说反正顾客不多，自己回家去洗洗衣服，让红心一个人在超市盯会儿。

红心正独自在店内枯坐，突然房门一响，一个男人披着一身雪花走了进来。

红心起身招呼："你好，请问要点什么东西？"

"我不买东西。"男人掸掉衣服上的落雪，笑眯眯地回答。

"不买东西，那你……"

"我来找你。"

"找我？"红心登时愣住。

男人说："我叫胡旭东，邱玲应该把我的情况给你介绍过。"

红心这才认出眼前的胡旭东就是那张照片上的男人，一时有些手足无措。

胡旭东倒显得落落大方毫不拘束，他从墙角搬了张凳子在红心对面坐下，说："你可能已经不记得我了，其实咱俩以前还是筷子厂的同事呢，那会儿你是闻名全厂的厂花，我是你最忠实的仰慕者。"

红心记起来了，当时她在筷子厂上班时，厂里一些小伙子为跟她接近有事没事就往她所在的车间跑，其中好像就有这个胡旭东。但那时她整颗心都在大国身上，这些仰慕者于她如风过荷塘，并没有在记忆中留下多少痕迹。

但曾经的同事关系让红心对胡旭东平添了几分亲切，她问旭东："你原先在筷子厂，怎么后来又去了纪委？"

"那时候我知道自己是再平常不过的丑小鸭，不可能得到你这只白天鹅的青睐，所以利用休息时间拼命充电提高自己。也许是皇天不负苦心人吧，努力两年我终于拿到了自学考试的大专文凭，从筷子厂调到了机关单位。就在我觉得有资格追求你的时候，却听到了你结婚的消息，唉，你不知道当时我心里有多痛苦。"讲到这里旭东自嘲地苦笑了一下，"你我是指望不上了，父母又紧着催婚，就经人介绍马马虎虎找了一个，可两个人性格实在合不来，吵吵闹闹好几年，最后还是离了。"

旭东长长叹了口气，继续讲道："就在半个月前我突然听说你离了婚，从外地回到了翠岭，我的心一下子活了，觉得老天爷又给了我一次机会，说什么也要把握住。我拐弯抹角搭上邱玲的关系，托她当个月老，给咱俩牵线搭桥，可没想到的是，你连和我见一面都不愿意。说实话，我挺受打击的，思来想去，决定来找你当面问问，到底不满意我哪一点，如果有改进的可能，我一定努力改进，直到你满意为止。"

红心没想到面前这个男人竟对自己如此一往情深，一时间心中又是温暖又是感动，说："你……其实各方面条件都挺好的，可你真了解我的情况吗？我没有正式工作，带着一个一岁多的女儿，寄住在父母哥嫂家里……"

"这些我都不嫌！"旭东说，"你放心，如果咱们真能走到一起，我一定把你的女儿当成我的女儿，你没有正式工作也不要紧，我的工资能养活你和孩子！"

红心低头沉默了一会儿，抬起头说："谢谢你，可我刚离婚不久，真没准备好马上走进下一段婚姻……"

"我能等！"旭东说，"等多长时间都可以。"

六

临近春节，翠岭家家户户都开始置办起年货。实行天保工程后工资再不拖欠，林区人的腰包比往年鼓了不少，商家对此自然敏锐异常，镇里大店小铺，乃至路边摆摊的都较前几年春节多进了不少货物，走在街上但见商家的大红广告贴得到处都是，招揽生意的叫卖声此起彼伏，购物的人们喜盈盈地走东家串西家，一派欢乐祥和之象。

有天保资金做后盾，林业局领导也决心将新世纪的第一个春节办得红红火火热热闹闹，一扫持续数年的颓败之气，于是给各大单位的工会下发通知，要求他们今年春节都要组织秧歌队，初一十五扭上一扭，让翠岭的老少爷们好好乐乐。

二道弯林场接到通知不敢怠慢，立即着手筹备秧歌队。第一步当然是招人，林场定出标准，职工一旦被招入秧歌队，训练一天补助十块，表演一天补助十五块。面对如此优厚的价码谁不踊跃，一时间报名者挤满了工会办公室，但工会主席马上又宣布，扭秧歌必须要踩高跷，而踩高跷是需要胆量和技术的，让众人先回去练练，一个礼拜后在场部大楼前公开选拔。

七

腊八这天翠岭又下了一场大雪，次日早起，但见每户人家的房子上都顶着一方暄腾腾的白馒头，院子里街道上也都盖上了一层厚厚的白棉被，满眼银装素裹，处处玉树琼枝，宛若一个童话世界。

雪后正可让孩子们尽情撒欢嬉戏，歇班在家的红革吃过早饭就带着林兴和果果来到大门口玩耍。林兴疯了一样在雪地上又是翻跟头又是打滚，捂得严严实实的果果则被舅舅领着，瞪着一双大眼睛好奇地看看这儿瞧瞧那儿。

"孙哥！"巷口突然有人叫喊，红革循声看去，原来来的是管护站的搭档小蒋。

红革招呼小蒋到屋里坐，小蒋晃晃手里拿的高跷说："不了，咱俩还是抓紧时间把这东西练练吧，再有几天就要选拔了，我现在站还站不起来呢。"

红革将两个孩子送回屋里，出来时见小蒋坐在桦子垛上正费力地把高跷往腿上捆绑。翠岭的高跷由木质结实的核桃楸木制成，足有半人长短，底部钉有尖尖的铁制马掌，可轻松"咬"住坚冰硬雪，使人不致滑倒。红革帮小蒋把高跷绑好，扶他慢慢站起来，试探着挪动脚步向前行走。小蒋练了一阵，解下高跷让给红革。踩高跷看似简单，其实十分消耗体力，一个上午练下来两人汗水都湿透了棉袄。小蒋看手表上时间已近十二点，说："算了，这玩意也不是一天能练成的，明天再说吧。"

红革送小蒋离开，正要走回院子，忽然注意到不远处的电线杆后面站着一个人，正鬼鬼祟祟地向这边张望。红革心下起疑，走过去大声喝问："你找谁？"

那人吓得浑身一抖，从电线杆后面闪出来，怯生生地答道："哥，是我。"

红革看得清楚，面前这人正是自己的前妹夫大国，他脸上青筋暴起，一个箭步冲上去揪住大国的衣领子，一记勾拳就将他撂倒在雪地里。

大国摇摇晃晃地站起来，说："哥，我错了，你想咋打就咋打吧。"

红革毫不客气，挥拳将他再次放倒，跟着又在腰眼处补了几脚，一边踢打一边骂："你写的保证都是放屁吗？狗改不了吃屎的东西！"

打完红革怒气稍平，问蜷缩在雪地里的大国："你和红心都离婚了，还来这儿干啥？"

"我……想求红心原谅我，和我……复婚。"

"复婚？"红革怒道，"你当你们是小孩过家家吗？说离就离，说合就合。"

大国哭丧着脸说："上个月穆芳芳——就是那个女会计，和她爸妈说了我俩的事儿，她爸妈嫌我是二婚，岁数又比她闺女大不少，死活也不同意，芳芳没办法，只好和我分了手。快过年了，我一个人孤孤单单，又想闺女又想红心，就回翠岭来了。"

"被人甩了才想起以前的媳妇来了？"红革冷笑道，"趁早滚蛋，别说红心，我这关你就过不去！"

大国说："哥，我以前不是人，辜负了红心，这次红心要是能原谅我，我一定好好和她过日子，再不干那些混账事儿了。"

"上回在保证书上你不也这么写的，可你照做了吗？滚，我再不想看见你！"红革走进院子，砰的一声关上了院门。

吃午饭的时候红革讲了大国来的事，姚淑兰听了叹息一声，说："如果大国真改好了，复婚其实也……"

"不行！"孙连福打断她的话，"复婚以后那小子要是本性不改，咱闺女不就要遭二茬罪了？"

姚淑兰说："我总琢磨红心和大国毕竟是打小的夫

妻……"

"打小的夫妻过不到头的有的是!"孙连福恨恨地说,"其实从一开始我就说大国是驴粪蛋子表面光,只凭一张嘴哄人,实际上一点儿也不靠谱,可你们哪一个听我的,唉!"

红革看看低头吃饭的妹妹,对父母说:"爸,妈,你们说啥都没用,大主意还得红心自己拿。"

红心放下筷子,慢慢说:"大国这个人在我心里已经死了,以后他要是再来,你们谁也别搭理他!"说完抱起果果下了饭桌。

接下来的几天里大国又到红革家门前转悠了几次,一家人与他照面儿皆不理不睬。一天红心早起去上班,一推院门正看到缩着脖子候在门口的大国。大国一见红心,扑通就跪了下去。

红心看他一双眼睛可怜巴巴地望着自己,有那么一瞬心里有些酥软。他们的爱情从菁菁校园开始,结婚时正值翠岭经济最困难的时期,迫于生计去外地打工,那时他们一个馒头分着啃,一碗稀粥分着喝,生活虽然艰苦,却因为有爱情的滋润每天都过得愉快充实。可是日子稍微好过一点儿大国怎么就变了呢?他是原来好,后来变了,还是真像父亲说的那样,本质就是如此呢?想到这里红心痛苦地闭上了眼睛。刚发现大国有外遇时她不愿意相信,可事实摆在那里,千真万确不容置疑。她哭过,劝过,试图挽救他们的小家庭,可丈夫回报给她的却是一次又一次的瞒哄和欺骗。够了,离开面前这个无耻肮脏的男人她完全可以生活下去,干干净净,简简单单,寻觅真正属于自己的幸福。

红心再也不看大国一眼,大步从他面前走了过去。

八

腊月十七这天上午，大国的爸妈上了门。大国纵有千般不是，也不能给他父母脸子，孙连福和姚淑兰礼貌地将两位老人让进屋里，静等他们有何话说。

做了一辈子小学教师的大国爸满面愧色："本来我俩是没脸来的，可大国是真心知道自己错了，请红心看在孩子面上，给他一个机会。"

大国妈也说："那臭小子一回家他爸就扇了他两巴掌，红心那是多好的媳妇，模样性情都是打着灯笼也难找的，他硬是给丢了。我跟大国说了，如果红心这次能原谅你，你要再敢和别的女人鬼混，我们老两口就不认你这个儿子了。"

孙连福闷头抽了几口烟，抬起头说："到底给不给大国机会，我们俩做不了主，等红心下班回来我们再问问她。"

第二天大国父母充满期待地来听消息，孙连福讲了女儿的最终决定："她说大国要是想孩子了，可以来看看，至于复婚，她让大国死了这条心吧。"

九

初一一早姚淑兰把饺子下到锅里，向里屋招呼："红革，出去放几枚饭前鞭炮！"

春枝应道："妈，你忘了？红革今天要扭秧歌，天没亮就走了。"

"他走了，今早这鞭炮谁放？"

"放鞭炮有啥难的？我放！"春枝主动请缨。

红心不放心地问："嫂子，你以前放过鞭炮吗？"

"当然放过，"春枝豪迈地说，"在娘家的时候我家的鞭炮都是我放的！"

春枝手持几枚小洋鞭和一支点燃的线香出了门，几分钟后屋外果然接连爆出几声脆响。孙连福笑着摇摇头："咱家这媳妇呀，活脱脱一个穆桂英。"

吃罢早饭，一家人收拾整齐一个不落出门去看秧歌——今年不比往常，秧歌队里有自己的亲人，一定要给他捧场加油。

出得门来，但见街道上人山人海热闹非常，人们都身着平日舍不得穿的过年衣裳，眉梢眼角尽是笑意，遇到熟人互道过年好。而年节最高兴的当然还是孩子们，女孩子从头到脚打扮得漂漂亮亮，左手一根糖葫芦，右手一盏红灯笼，兴奋地看看这儿瞧瞧那儿；男孩子则多是一副顽劣做派，衣兜里装满了小洋鞭，抽冷子就在路边雪地里放响一枚，引得受惊的人们一阵笑骂。

来到镇子中心的十字路口，只见几支秧歌队已经摆开阵势扭开了。在震天的锣鼓伴奏下，表演者们踩着半人高的高跷，踏着鼓点前三步后一步，左一步右一步，整齐划一进退自如。脚下的挪动丝毫不影响手上动作，一手一只扇子上下翻动，如彩虹纷飞似金蛇狂舞，引得观众大声喝彩。

正扭得热闹，忽听北边方向也传来锣鼓喇叭声，跟着有人叫喊："二道弯林场的秧歌队来了！"孙家人听说，忙从人群中挤出来，连跑带颠地向北边赶去。

为了今年的秧歌表演二道弯林场可谓下足了功夫，队员们的演出服都簇新鲜亮，队伍里不仅有踩高跷耍扇子的，还有《白蛇传》里的白娘子小青、《西游记》里的唐僧师徒等诸般角色，他们或搔首弄姿，或与观众逗趣打闹，走到哪里哪里响起一片笑声。

红革的搭档小蒋扮的是孙悟空，他的高跷比其他人低了不少，行动也更加灵活，不仅参与表演，还担当为秧歌队开道的重任。小蒋正挥舞"金箍棒"驱赶挡路的观众，忽然一眼发现了孙家人，他蹦蹦跳跳地走过去，故意抓耳挠腮张牙舞爪吓唬林兴。谁知林兴非但不害怕，还调皮地伸手去抓他的猴脸面具，吓得小蒋连忙跳开。

二道弯林场的秧歌队快走过去了，一家人还未发现红革的身影，最后还是林兴眼尖，指着队伍后面说："看，我爸在那儿呢。"几个人顺着他手指的方向望去，见路边一辆汽车的后厢板上坐着两个秧歌队员，其中一个正是红革。原来他的一个同伴扭着扭着高跷绑腿松了，此刻红革正帮他捆扎呢。

✚

春节过后林业局召开大会，对在春节文化活动中表现突出的单位和个人进行表彰。二道弯林场在会上出足了风头，不仅林场被评为先进单位，场长王海林也被评为先进个人。

散会后海林刚走出会场，口袋里的手机响了，掏出一看是顺子的号码。电话那头的顺子声音热情而恭敬："王场长，今晚要没别的活动，咱们一块坐坐？"海林心情不错，爽快地说："行啊，什么地方？"顺子说："你定，你说去哪儿咱们就去哪儿。"海林想了想说："你在饭店订好酒菜，让他们送到红玫瑰歌舞厅吧。"

晚上六点钟顺子跨进红玫瑰歌舞厅的包间，见饭店已将菜肴送来在桌上摆好，海林跷着二郎腿坐在餐桌边的沙发上，歌舞厅的伴舞小姐段丽丽正陪他说话。顺子笑道："人都是一天天见老，可你小段偏不，我每次见你都觉得比上次更显年轻漂亮，你到底是服了什么仙药呀？"

"就你张总嘴巴甜会哄人。"段丽丽嫣然一笑，张罗海林和顺子入席就座，替他们将酒杯斟满，说声："有事儿招呼我。"袅袅婷婷扭出了房间。

海林和顺子喝下半杯酒，顺子说："上回听你说开春要帮父母翻修房子，咱哥俩啥关系？你爸妈就是我爸妈，爸妈家有事我也必须出一份力。"说着从怀里掏出一个包裹得严严实实的纸包放在饭桌上，推给海林："这是四万块，你先拿去用，不够再和我说。"

海林微微点了下头，把纸包收进自己的公文包。

海林和顺子一边饮酒一边聊些官场商场的闲闻轶事，不觉一瓶白酒已见了底。顺子待要去拿第二瓶，海林面前的手机突然响了起来，海林拿起手机看了眼号码，又放回到桌子上。

顺子小心地问："是常慧？"

"不是她还是谁！"海林烦躁地说，"整天看贼似的看着我，回去稍晚点就催上了。"他将酒杯一推说："喝好了，唱几嗓子。"顺子忙站起身："我去叫小段。"

段丽丽走进屋，打开墙角的卡拉 OK，和海林一人手持一支麦克风对唱起来。海林唱得亢奋，一把搂过段丽丽，头挨着头脸挨着脸亲密无间，毫不避讳一旁的顺子。

顺子知趣地笑道："王场长，我困得眼睛都睁不开了，就先回家了，你在这儿多玩会儿。"

海林挥挥手，放他走了。

　　海林同段丽丽唱了几首歌，示意段丽丽将自己的公文包拿过来。他拉开包，拿出顺子方才送给他的纸包，撕开包装纸露出捆扎得整整齐齐的四沓人民币。海林将其中两沓扔给段丽丽："你不说你男人又来翠岭找你要钱了吗？拿去吧。"

　　段丽丽捧着钱面露喜色，随即又转凄然："给他钱也是去赌，像个无底洞总填不满。"

　　"这就是你的命。"海林倒了一杯酒递给段丽丽，"别想那些烦心事儿了，今朝有酒今朝醉，来，喝一个！"

第十章

一

由于顺子在翠岭政商两界的长袖善舞，顺达公司的生意做得顺风顺水，除了常年从事商贸物流，一到采山季便由金刚领人在清水河大桥桥头设立收购站，强行低价收购采山人辛苦采摘的山货。众采山人虽私下怨恨咒骂，却无人敢和顺达公司硬碰硬地叫板。就在顺子以为可以长久将这利润丰厚的生意做下去的时候，一个叫陈玉柱的挑战者出现了。

玉柱从小就脾气耿直爱打抱不平，初中毕业去了部队，在侦察连练就了一手好拳脚，更添了行侠仗义的胆气。他从部队复员回来正赶上林区经济困难，便去投奔了在北京经商的亲戚。在亲戚开办的公司帮了几年忙后，今年亲戚生意赔本关门大吉，他也回到了翠岭。一时觅不到合适的工作，又不愿在家闲着，玉柱的父母便掏钱给儿子买了辆二手摩托车，让他暂时做起采山的营生。

玉柱原本在东山采山，后来听说二道弯这边松塔厚实，便和几个伙伴转到二道弯来。采摘中间吃饭歇息，大家又说起顺达公司低价收购山货的霸道事，玉柱在旁听了禁不住气往上冲，说："咱们今天采的山货偏不卖给那些王八蛋，看他们能怎么着。"

一个伙伴忙劝说："玉柱，可千万别惹祸，顺达公司财大气粗，听说背后还有硬靠山，咱小老百姓斗不过他们的。"

玉柱说："顺达公司这么猖狂，就是因为你们这些人太胆小怕事，活活把他们惯的。今天我要让他们知道，采山人中间也有硬骨头！"

夕阳西下几人骑着摩托车满载而归，经过清水河大桥桥头时，一道挡车杆将他们迎头拦住。顺达公司的一个伙计在挡车杆后面喊叫道："把采的东西卸下来，排队过秤！"众人待要依言卸山货，玉柱拦住他们："慢着。"对那伙计说："我们今天不想把山货卖给你们，让开道，我们到镇里去卖。"

伙计一愣，上下打量一遍玉柱说："哥们，你是头一回来二道弯采山吧。跟你说，我们是顺达公司顺子的人，从二道弯地面上出产的山货必须由我们公司收购。"

"我不知道什么顺子，"玉柱冷脸喝道，"赶紧抬杆让道！"

伙计转头望向坐在管护站门前喝茶的金刚。金刚慢悠悠站起身，端着茶杯走过来说："兄弟，口气挺横呀。可你要知道，到了哪儿就要守哪儿的规矩，到了二道弯，就要守我们顺达的规矩。"

玉柱目光毫不畏惧地直视金刚："合理的规矩当然要守，不合理的规矩就要破，我今天就打算破破你们顺达的规矩。"

"想破规矩？好啊，"金刚嘴角露出一丝狞笑，"就看你有没有这个本事啦。"他把茶杯递给身旁的伙计，突然抢步上前，一拳捣向玉柱的面颊。

玉柱反应奇快，眼见拳来一偏头闪过，跟着飞起一脚正中金刚的小腹。金刚跟跄了几步才稳住身子，说："好小子，有两下子。"他向身后的几个伙计一挥手："愣着干啥？给我上！"

玉柱见几个伙计向自己逼过来，抓住腰上的皮带扣猛力一抽，一条长皮带已握在手中。他将皮带抡将起来，势挟劲风形如疯虎，几个伙计一时竟近身不得。

金刚见状，一眼瞥见管护站墙边竖着把铲土用的铁锹，抄起来便向玉柱劈头盖脸地砸去。铁锹质硬柄长，皮带与其对敌只能防守不能进攻，顿时落了下风，顺达公司的几个伙计瞧出便宜，也去路边树林里折了些树干，和金刚一起将玉柱团团围住，铁锹树干一起向他身上招呼。

玉柱虽然悍勇，但以一敌众，兵器上又先吃亏，很快身上挨了几铁锹，脸上也被树枝扫了几道血口子，渐渐有些支撑不住。

就在这时突然平地响起一声断喝："你们这么多人打他一个，要不要脸？"众人循声望去，见说话的是二道弯林场管护站的孙红革。

今天是红革和小蒋当班的日子，但管护站被顺达公司占据，两人无事可干，下到大桥下面的河滩闲逛，回来时正好看到金刚等人围攻玉柱。红革向围观的采山人问明情况，忍不住挺身而出。

金刚回头骂道："孙红革，你他妈算哪头的？"

红革不理金刚，提了两根树干走到玉柱身边，将其中一根交给他，朗声说道："我也是采山人，看你们顺达公司不顺眼不是一天两天了，今天痛痛快快和你们打一场，正好出出心里的闷气！"

"那好，就连你一块收拾。"金刚向手下一挥手，"往死里打！"率先抡圆铁锹向红革狠狠砍下去。

红革身高马大动作灵活，玉柱手里有了称手的兵器战斗力倍增，而顺达公司这边除了金刚有些勇力，其余人都只会喝酒赌钱，平日站站街唬唬人尚可，遇上红革玉柱这样的硬手则完全不敌。先是一个伙计被红革扫中脚踝退出战团，接着又有一人被玉柱打倒在地半天爬不起来，剩下两个见势不妙，对望一眼竟丢下金刚逃之夭夭。形势逆转，变成红革和玉柱夹攻金刚一个，金刚左支右绌招架艰难，突然将铁锹一扔："今天算老子栽了。"他瞪视红革和玉柱："可你们俩记住，从今以后你们就是顺达公司的对头，有你们没顺达，有顺达没你们！"

二

尽管金刚放了几句狠话，但二道弯大桥桥头一战大挫顺达公司威风，采山人再经过他们的收购点时都昂首挺胸驱车驶过，看都不看一眼。

就在顺达公司的收购点从桥头灰溜溜撤走那天傍晚，海林来到了红革家。海林与孙家每个成员打过招呼，对红革说："今晚要是没事，咱俩找个地方喝点儿？"

"行啊，"红革说，"我们好长时间没在一块坐坐了。"

红革随海林来到街上的一家小饭店，酒菜上来，两人对饮一口，想要说点什么一时却寻不出话题。这在他们还是第一次，两人年少相交，说话向来推心置腹无遮无掩，谁想最近几年虽同在一个单位，不仅一块喝酒的时候少了，心也似乎远了。

喝了几口闷酒，海林率先打破沉默："红革，我最近心里挺难受的。林场和顺达公司的协议是我主持签的，本意就是让林场多份收入，可谁知道会招致采山人那么大的反对。现在可好，在翠岭老百姓眼里你和陈玉柱成了英雄，我呢，和顺子一道成了被大家笑话的小丑，唉……"

红革抿了抿嘴唇终于忍耐不住，说："海林，你拍拍胸口问问自己，林场和顺达公司签的到底是啥狗屁协议？压那么低的价收山货，纯粹是变法子吸采山人的血，老百姓背后谁不骂！"

"红革，别激动。"海林摆摆手，"以前我也和你一样，看啥事情黑就是黑，白就是白，眼里揉不进一点儿沙子，可时间长了才慢慢明白，现实社会复杂得很，一些事情做了，得到利益的人说你好，没得利益的人说你坏，是是非非，哪能说得清……"

"咋说不清？你一个大场长说不清，我这个普通工人倒看得清。"红革给自己倒了一盅酒，端起来一饮而尽，说，"海林，我感觉你变了，变得我都不认识你了。你还是当初那个同欺负女同学的小痞子战斗的王海林吗？"

海林没有说话，目光慢慢转向窗外。外面不知何时下起了小雨，昏黄的路灯映照下如银丝如珠帘，淅淅沥沥连绵不绝，水雾弥漫之下，整个世界一片凄清朦胧。良久，海林收回目光，重重叹了口气说："你和陈玉柱断人财路，顺达公司上下都对你俩恨得牙根痒痒，这段时间千万小心些，晚上轻易不要出门。"说完站起身，从皮夹子里掏出饭钱拍在柜台上，开门走了出去。

三

没有顺达公司的收购点吵吵闹闹，清水河管护站清静了许多。这天上午秋雨又下个不停，一辆小轿车突然从镇子方向飞速驰来，车在管护站前停下，从车上下来的是姚淑兰和春枝。姚淑兰急慌慌地四处寻找儿子："红革呢？红革在哪儿？"红革闻声忙从值班室里出来："妈，我在这儿呢，出啥事儿了？"姚淑兰如获至宝般一把抱住儿子的胳膊，含着眼泪念叨："没事儿就好，没事儿就好。"

春枝在旁解释，婆婆刚才去市场买菜，听人说陈玉柱昨晚在家门口被人捅了一刀，家属已经连夜送地区医院了。姚淑兰想到儿子和陈玉柱惹的是同一个对头，怕他也有危险，回家拉上春枝打了辆出租车就赶过来了。

姚淑兰扯着儿子不撒手："红革，马上跟我坐车回家。"红革说："妈，光天化日的，没人敢对我咋样，再说我正当班呢。"姚淑兰坚决地说："当班怕啥？领导来了让小蒋帮你请个假。红革，你要还认我这个妈，就马上跟我走！"

红革无奈，只得嘱咐了小蒋几句，随着母亲钻进了轿车。

四

在姚淑兰严格监督之下红革蛰伏半个月没有出门，在这期间一个个消息纷至沓来：由于伤及要害，陈玉柱在地区医院不治身亡；这起性质恶劣的凶杀案引起社会广泛关注，新任林业局党委书记崔立民指示公安部门全力侦办。

母亲放红革正常走动后，休班时间红革仍和春枝早出晚归进山采摘山货。这天傍晚两人采山回来，摩托车驶到家附近的一处山货收购点，见小山似的松塔堆前聚集了许多采山人，却不忙出售山货，都围着收购点的张老板听他说话。

张老板一张胖脸在夕阳映照下焕发着红光，双手叉腰大声说道："一排查案发那几天的外来人员不要紧，嘿，警察还真发现一个可疑的家伙。藤找到了，就顺着开始摸瓜吧，从山里追到山外，前天终于在省城一家小旅店把嫌疑犯逮住了，带回来一审讯，那家伙交代就是他捅的陈玉柱，背后的主使是顺达公司。今天你们进山是没看到，上午顺达公司来了好多警察，把顺子、金刚几个公司头头都带走了。"

"太好了！"采山人个个欢呼雀跃，几个年轻人叫嚷着跑出大门："买挂鞭去，整点动静庆祝庆祝！"

人群中有人说："顺子被抓了，王海林的好日子也要到头了，顺达公司好多事儿都跟他牵着呢。"

另一人说："咱们干脆再添一把火，给林业局写信告王海林，这几年他和顺子可把咱们采山人坑苦了！"

众人纷纷附和："对，写信告他！"

"非把狗娘养的告倒不可！"

几个年轻人买回挂鞭，立时在场院里燃放起来。鞭炮噼啪作响，人人兴高采烈，几个妇女禁不住手脚发痒，在松塔堆前扭腰甩胯跳起了大秧歌，人们纷纷加入，欢笑声喝彩声响成一片。

受眼前的气氛感染，春枝也想拉着丈夫下场蹦跶几下，一转头见红革面色阴沉，知道到他心情复杂，自己也没了兴头，拉拉红革的衣角说："回家吧，明天再把山货送来。"

五

进入九月天气一天凉似一天，秋贮冬藏，林区人家开始一麻袋一麻袋地购进土豆白菜。土豆下到屋里的地窖，白菜腌进半人多高的酸菜缸，一冬天吃的菜就算有了。

红革家在清水河边有好几块菜地，出产足够过冬用了。这天赶上红革休班，下午他和父亲推上架子车，到菜地把最后一批土豆起出来，装了几麻袋推回家里。

爷俩正把土豆往屋里运，延峰串门来了。延峰将孙连福推进屋："叔，你回屋抽支烟，这点活儿我跟红革就拾掇了。"

延峰和红革一起动手，很快就将土豆归置好，里里外外收拾得利利索索。红革从屋里拿出两张小板凳，和延峰坐在院子里一边歇息一边随意聊天。

红革问延峰最近补习班办得怎样，延峰说："还行吧，手里这期是最后一期，办完就不再办了。"

红革疑惑："为啥不办，不挺挣钱的吗？"

"挣钱我也不想办了，这个补习班已经彻底变味了。"

延峰给红革讲了几天前发生的事。那天给补习班上课他发现班里多了几张新面孔，但这几人都是年级的学习尖子，根本不需要额外补课。下课后延峰留下他们询问缘由，学生们的回答让他震惊不已——数学老师为了给补习班多拉些人，竟然在学校上课只讲水货，重要内容都放在补习班讲，逼得本不该出现在补习班的孩子也来报班。

延峰说："当初我放弃留山外的机会回林区，可不是为了不择手段地从学生身上捞钱。我想好了，手头这期补习班办完就不办了。"

"你做的对！"红革称赞了一句，继而又担心地问，"你媳妇和丈母娘能同意吗？"

"不管她们同不同意我都不办了，这几年净听她们摆布，我也该自己做回主了。"

　　说着话不觉已到了吃晚饭的时候，姚淑兰从屋里走出来说："延峰，晚上别回去了，在我家吃。"延峰也不客气："行，最喜欢吃您做的菜了。"姚淑兰犹豫了一下，又吩咐红革："你给海林打个电话，让他也过来吧。"

　　"婶，别打了，"延峰说，"海林不会来的。"

　　姚淑兰轻轻叹了口气，走进屋里。延峰神色黯然地对红革说："昨天我去了趟海林家，海林说双开的处理结果下来后常慧就提出了离婚，他同意了。他还说准备到山外打工，重新开始自己的生活，后天就走。"

　　红革沉默良久，突然暴喝一声，挥拳重重地打在身旁的板障子上："海林，你呀……"

尾　声

曾几何时，人们每天操心的只是吃饱穿暖，旅游绝对是一项了不起的奢侈事。直到进入新世纪后，物质和文化生活渐渐丰富的人们开始有能力一年出去一趟两趟，满足一下纵览大千世界的愿望，于是每到旅游黄金季节，不仅著名的景点人满为患，一些地处偏远的深山大泽也出现了旅游者的踪影，这其中就包括祖国最北方的兴安岭。

2014年盛夏的一天，兴安岭地区火车站的出站口人声鼎沸熙熙攘攘，每有旅客从出站口走出来，马上有一群拉活儿司机迎上去，乱纷纷叫嚷："有去翠岭的吗？免费导游推荐食宿！""永青永青，哪位去永青？"

一对中年夫妇刚询问一句去翠岭的价格，马上被几个司机团团围住，抢着夸说自己驾驶技术如何高超车辆如何舒适，劝他们打自己的车。女客被他们纠缠得不耐烦，一眼瞥见不远处站着个高个汉子，手举一块"翠岭租车"的牌子默不作声，她想真有货色的人才不张扬，于是拉着丈夫走向那高个司机，问："去翠岭多少钱？"司机回答："单客六十，你们两位给一百就行。"女客说："那咱们走。"

汽车在公路上疾驰，两边的树木飞速倒退，男客扒着窗户贪婪地欣赏着窗外的景色，喃喃说："一眨眼二十年没回来了。"

司机听了诧异地问："你们不是来旅游的？"

男客说："我们俩生在这儿长在这儿，高中毕业以后去了南方，这些年一直没回来过。"

司机说："看咱们岁数都差不多，你俩是哪年毕业的？"

"九四年。"

"九四年？那跟我一届嘛。"司机扭头看向男客，目光对视两人几乎同时欢叫："你是孙红革！""你是肖亮！"

后座的女客也激动地说："孙红革，我是林素素啊。"红革回头一看，可不是当年的文艺委员？

三位老同学毕业二十年后再度重逢，都是感慨万千。双方互道别后情形，肖亮告诉红革，自己上学时就暗恋林素素，高考时他们两人都没考上大学，他听说林素素前往广东打工，竟也尾随而去。异乡漂泊甘苦与共，有情人终成眷属。肖亮和林素素多年辛苦打拼，手里攒下了些积蓄，听亲戚打电话说兴安岭近两年旅游市场火爆，便萌生了回乡搞生态旅游的想法，这次是专程回来考察的。

"你们要干生态旅游，那可算摸准脉了。"红革赞许地说，"现在咱林区实行天保工程，树不砍了，老百姓的环保意识也上来了，环境越来越好，游客也一年比一年多，你们做旅游生意，不愁挣不着钱！"

肖亮询问红革怎么拉起了活儿，红革说："我在林场当管护，干一天歇两天，这两天哪能真歇呀，冬春养木耳，夏秋就拉一阵活儿。我那小子今年就上高一了，接着上大学娶媳妇用钱的地方多的是，不紧着抓挠点儿能行吗？"

说话时车辆已驶进翠岭地界，眼望熟悉的山山水水，肖亮和林素素看也看不够。林素素问红革："咱们镇子变化大吗？"

"大，"红革说，"好多平房都拆了，盖起了一排排的居民楼，公园马路也都重修了，还在政府大楼前面建了个大广场，老头儿老太太在广场上扭秧歌跳广场舞，从早到晚红红火火热热闹闹。"

"是吗，"林素素一脸向往，"我也要去广场上跳跳舞，感受感受。"

明媚的阳光洒下来，照耀得满山的青松白桦精精神神亮亮堂堂，一阵清风吹过，整个车里立时充满了野花浓郁的芳香，就在这兴安岭温暖迷人的夏日里，一座秀美的林区小镇终于出现在眼前了。

（本文在《北极光》2020 年 6—12 期连载）

讲 病

一

董先生赶到马老大家时天已傍黑。马老大吵吵嚷嚷地迎出来，从骡背上搀下冻成一团的先生，边用力帮他拍雪边道："哪想到雪下得这大，兵荒马乱的又不太平，着实劳乏先生了。"接着又吆喝牵骡子的兄弟："二小，拴好牲口往东屋炕里再填几把柴火，让先生好好暖暖身子。"

先生拥着大被坐在滚烫的热炕上，一个时辰才缓过气来。马老大招呼老婆上酒上菜，自己陪着客人边吃边聊。

几盅烧锅下肚马老大出来解手，经过灶台被老婆叫住。老婆眼角斜了斜里屋："那老头儿瘦瘦小小鸡仔一样，真有那么大能耐？"男人斥道："你妇道人家懂个啥？人不可貌相，南边几个县的人都把这老爷子当神仙一般敬呢！"

女人听了依旧半信半疑。瞧瞧缸里水已见底，正待唤小叔子去井台上担些来，男人从里屋探出头来："进来，先生有话问你。"

甫一进门，女人便迎上两束直直射来的目光，不自禁打了个寒战，心道："这小老头儿，吃饱了饭眼睛竟变得这样毒！"

先生和颜悦色地问道："大嫂子，老太太一向都是你侍候的吧？"女人点头称是。接着先生便详细问起老太太的日常起居，以及这次何时患病，病状如何等等，女人一一如实作答。末了先生伸了个懒腰，道："就这样吧，明早再去见老太太。"

大雪又纷纷扬扬下了一夜，次日天明方才见晴。马老大和二小起床后挥锹扬铲一起动手，在院子里开辟出几条人畜行走的通道。

循着通道董先生由马老大引着，迈进了马老太太的西屋。马老大禀道："娘，先生来了。"歪在炕上的老人忙挣扎着起身招呼。先生抢上几步扶住："老姐姐，躺下躺下。"

马老大安顿先生坐好。先生摆摆手，马老大退了出去。

先生与老太太聊过几句家常，问道："老姐姐日子可过得痛快？"

"马马虎虎。"

"儿子儿媳可还孝顺？"

"儿子倒没什么说道。"

先生追问一句："想必儿媳有什么说道了？"老太太略顿一顿："也还过得去。"先生道："那就是既有好处又有坏处了。她都有哪些好处，您能不能给我仔细摆摆？"老太太抬手理理鬓梢，沉吟道："好处是有，只是一时还真想不周全。"先生含笑起身："我这人讲病，专喜听人的好处，您一时想不周全不要紧，只管慢慢想，下午我再来听。"

先生回到东屋，吩咐马老大将媳妇唤来。

先生望着女人道："大嫂子可愿老太太尽快康复？"女人嗔笑道："瞧先生问的，那是当然。"先生道："既然这样，你就照我吩咐的做。刚才我听老太太的话音儿，你们婆媳间似乎并不十分和睦，等会儿吃过午饭你就跟我到老太太屋里，跪下陈说自己以往做的不合孝道之处，然后诚心悔过。怎么样啊？"见女人神态扭捏，先生耐心开导道："你按我说的做了，我讲病才有效用。老太太的病若果真好了，她会从此疼你怜你，丈夫会爱你敬你，一家子和和美美，不好吗？"女人低眉想想，又抬眼望望丈夫，方点头应允了。

下午先生再次走进西屋，问道："老姐姐，说吧，您都想到了儿媳的哪些好处？"听老人慢慢讲了儿媳往日的一些孝行，先生道："您提的都是些远的，咱们只说近的。您一病这半年，梳头送饭，端屎端尿，哪一样不是儿媳操持？少干一桩您也不会像现在这样舒舒服服躺在炕上。"见老太太点头，先生道："您儿媳就在门外，有话要对她婆婆说。"向外面叫了一声："大嫂子，请进来吧！"

女人立在门外，将先生和婆婆的话一字不漏听在耳里，听他们一迭声地赞颂自己，心里又是感动又是惭愧。待闻到先生召唤，一头撞进门来，跪在炕前声泪俱下地忏悔自己的种种不是，乞求婆婆原谅。老太太也是老泪纵横，连说："好孩子，快起来快起来，以前我也有做得不到的地方。"先生一旁笑道："这就好，纵有无边罪过，一悔便消，以后婆慈媳孝，好好过日子就是了。"

女人去后，先生重新落座道："老姐姐，其实一见面我就瞧出来了，您天性是个细致人，做事讲求稳重踏实，可儿媳正与您相反，胆大泼辣，好出头露面人前显摆，这不同的脾性正是你们生隙的根源。"先生伸手指向窗外道："您看这天生万物，柳绿三春暖，梅开四九寒，各有各的风韵，各有各的秉性，怎么能强求一致？有道是家和万事兴，一切还是应以宽容为本和气为上，况且以我这双老眼看，您这儿媳绝对不是那等泼米洒面的劣货，而是和您大儿子珠联璧合，持家过日子的一把好手。您哪，该知足啊！"老太太咀嚼着先生的话意，长叹口气道："先生说的何尝不是？我以往也是太过挑剔了，对儿媳有许多不满，说出来又怕她两口子闹不和，只好闷在心里，闷来闷去，就憋屈成了病。今后我听您的话，凡事多想想她的好处，心里也就舒坦了。"

先生道："这一层且揭过，我猜老太太还有第二件忧心之事。"

"先生说来听听。"

"那便是您的两个儿子了。哥哥早已成家立业，弟弟却尚未成年。兄嫂个顶个的精能过人，弟弟却老实木讷。您必定会担心将来弟弟要在哥哥手里吃亏。"

老太太一听泪水登时涌将出来："先生真是说中了我的心事。手心手背一样是肉，哪一个我都不愿不好！"先生手拈长须道："其实这事儿不难料理。您只需找个日子，请几位族中的长辈到家中，当着两个儿子的面立下文书，写明将来分家时老大挣下的银钱归老大，老人留下的产业兄弟平分，上合天理下应人情，哥两个谁都不会有何异议，也就断了日后争执的隐患。"老太太喜不自胜合掌念佛道："先生真是给我指了条明路！"

先生又道："以上两件是我看得出想得到的，除此之外老太太还有什么别的烦恼吗？"老太太徐徐道："那就是老大与人合股在镇上开的杂货铺了。"

"您是担心他把辛辛苦苦赚的钱赔进里头？"

见老太太点头，先生道："如今小鬼子二鬼子横行乡里，也不是开买卖做生意的时候，这样吧，您儿子对我倒十分信服，我劝劝他，叫他把本金撤回来，专心营务庄稼就是。"老太太笑逐颜开地道："跟您说这会子话，我觉得这病已去了一多半了。"先生也笑了："我就是来给您讲病的，病不给您讲好，您儿子大老远地把我请来干吗？"

半个月后马老大拎着礼物到董先生家拜谢，说先生辞去后没几天母亲就能下地行走，现今身体康健更胜从前。

<h1 style="text-align:center">二</h1>

董先生成功治愈马老太太的事情传开后，前来求先生讲病的人家更是络绎不绝。先生一概来者不拒，医好病人后，穷家薄业者分文不收，富庶些的，临走只拎上几斤豆腐。有人不解，先生解释道："我家有几亩薄田，足够花用，要那么多金钱做甚？至于豆腐，因媳妇就爱这一口儿，拎回去讨她高兴。"

看看年关将近，各家各户都开始忙着张罗年货。董先生这天也和长工喜旺套上马车，去镇上大包小裹采买了许多东西回来。

大车停在门口。先生从怀中掏出一个小包，递给迎出门的媳妇淑贞："过年了，给你买点儿珠花胭脂。"淑贞含笑接过，告诉先生："马老大来了有半天了。"

先生举步进屋，见马老大正坐在炕沿上饮茶，含笑招呼道："来了？老太太、媳妇都还好？"马老大忙站起答道："都好着呢。我妈时常念叨，说等开春雪化了，她一定要亲自来看您。"

先生摆手道："别，别，大老远的，别累着老太太。老大，赶早不如赶巧，我今天出去备办年货，买回不少吃食，正好让你小婶子炒几样拿手菜，咱爷儿俩热热乎乎喝上几盅儿。”

须臾饭菜上桌，马老大伸出筷子夹了一口，不由啧啧赞叹：“不错不错！先生，小婶子年轻漂亮，厨艺又这样好，您真是有福之人啊！”先生饮下一杯酒后红光满面，笑道：“我和你小婶子，说起来也是缘分——她是我讲病讲来的。”马老大大感兴味：“是吗？”

“她爸是位教书先生，得了个心慌气短的病，看了多少大夫喝了多少汤药也未见好，后来听说我善能讲病，便把我请了去。我在他家住了三天，跟老爷子聊了三天，帮他去了心魔，病很快就好了。老爷子对我感激得不行，说像我这样通达事理的人实在少见，一定要把女儿许配给我。我发妻谢世得早，年岁渐渐大了，也确实需要人照顾，便应下了。套句乡间的粗话，我这头老牛，硬是嚼了棵嫩草哩。”

马老大道：“什么老牛嫩草，先生讲病救人，积德行善，活该有这样的福气呢。”

两人喝得高兴，谈得投机，先生已有了些醉意，抬眼看马老大突然停杯不饮，翕动着嘴唇似乎有话又不敢说，怪道：“怎么了？有事就直说嘛。”马老大道：“先生，跟您说实话吧，我今天来，一是看您，二来还受人之托，请您出外讲病。”先生笑道：“我当是什么事！行，我能去。”

“可那病人不是一般百姓……”

“是谁？”

“我们江北的……保安队长吴翰章。”

啪！先生将筷子猛掼在桌上：“是那个汉奸！”马老大低眉垂眼地道：“我知道您一定不肯去，可姓吴的财雄势大，又有日本人撑腰，在我们江北可是跺一跺脚满街乱颤，他托我来请您，我不敢不来呀。"先生冷然道："你回去告诉他，董某才疏学浅，他的病我讲不来！"

三

初一的饺子初二的面，初二一早吃过淑贞精心烹煮的面条，先生像往常一样在院中挥臂踢腿地活动身体，突听有人噼啪打门。喜旺跑去开门一看，是邻近驻马屯的徐哑巴。

哑巴哇哩哇啦一阵口说手比，先生瞧出意思是请自己前去讲病，说道："好吧，我跟你去。"

哑巴家孤零零处在屯边的一座高岗上。先生进得门来，见里面黑黢黢的，好一阵双眼才适应了，看清屋角小炕上躺着一人。走近细瞧，见那人不到三十岁年纪，一条胳膊血迹斑斑，双目紧闭呼吸粗重，触触额头热得烫手。

先生有些哭笑不得："你这傻哑巴，这样的病哪是我能讲好的！"说话间他目光一移，见那人枕旁赫然摆着一柄驳壳枪，不由大惊失色，指枪问哑巴："这是他的？"哑巴使劲点了点头。

先生暗自思量，听说最近鬼子在附近山里围剿抗联队伍，莫非这人是抗联的？他向哑巴询问病人的来历，哑巴比画半天，意思是自己上山砍柴，见这年轻人昏倒在树林里，便将他背了回来。

先生更加坐实了自己的判断，他叮嘱哑巴好生照料病人，说："我这就去请能给他看病的大夫！"

先生匆匆赶回家，吩咐喜旺立即套车，随自己去镇上的中医堂走一趟。

中医堂的沈大夫是董先生多年至交，见他心急火燎地赶来，笑着调侃："往日见你什么时候都气度雍容不慌不忙，今天怎么火上房似的？"董先生无暇与他说笑，道："老沈，不管你现在忙不忙，随我出一次诊！"大夫问："是谁病了？"先生压低声音郑重地道："抗日志士，命垂一线！"沈大夫心头一震，不再多问，收拾好药箱就随先生上了马车。

在沈大夫全力救治下，病人神志终于清醒，病情也渐趋好转。几天后沈大夫又带了药物从镇上过来，把了把脉象道："已经无大碍了，只是身子虚弱，还要再慢慢调理一段时间。"

病人从炕上抬起身诚挚谢道："几位大叔的救命之恩，我一辈子也忘不了。"

董先生道："先不用客气，我有句话问你——小伙子，你到底是什么人？"病人答道："恩人面前不敢欺瞒，我姓郑，是抗日民主联军的一个连长。我们一小股部队奉命到这一带执行任务，不幸和大队鬼子遭遇上，很多战友牺牲了，剩下的也被打散了。我一个人又冷又饿，胳膊又挂了彩，在林子里走着走着就栽在地上什么都不知道了。不是几位大叔，我这会儿一准儿在阎王殿里站班呢！"

董先生几个人都笑了。董先生道："现今日本人在咱东北这样嚣张，抗联队伍敢跟他们硬对硬地干，老百姓说起来谁不挑大拇指！哑巴兄弟房子偏僻，不易走漏风声，你就在这儿踏实养伤吧，等好利索了再走！"

从这以后，每隔两天董先生便拎上些鸡汤猪蹄的吃食，送到哑巴家给郑连长滋补身体。看着郑连长狼吞虎咽地吃完，董先生便会好奇地打问起抗联的一些人和事。听说抗联战士趴雪窝子，吃野菜啃树皮跟鬼子苦斗，先生常常感动得热泪盈眶，叹息道："有你们这些血性汉子在，中国就不会亡啊。"

在一次闲谈中，讲到汉奸二鬼子助纣为虐的可恨，先生便提说起吴翰章曾托人请他讲病的事。郑连长思谋片刻，道："先生，这可是个难得的瓦解敌人的机会啊。"先生不解："机会？"

"对，是机会。"郑连长娓娓道来，"鬼子在江北几个县没有多少驻军，全靠几支伪军武装撑持着，姓吴的保安队就是其中力量最大的一支。先生可趁着给吴翰章讲病的机会，劝说他不要跟着日本人把坏事做绝，给自己留一条后路。他若能听进去一句半句，那可对江北的抗战大大有利啊！"

先生点头道："明白了。你放心吧，冲锋陷阵的事我做不来，这劝化人心的活儿最在行不过。"

四

董先生由马老大引着，走进了吴家阴森阔大的宅院。

吴翰章已在厅前等候，见先生迈入月洞门拱手笑道："早闻先生大名，今日一见果然是仙风道骨气宇不凡！"先生沉着面孔道："哪有什么风啊骨的，不过一个糟老头子罢了。"

吴翰章吩咐下人带马老大到厢房安歇，自己将董先生让进客厅。

踏入厅堂，首先映入先生眼中的是正中壁上的一幅春江垂钓图，左右配联曰：有闲真富贵，无事小神仙。见先生抬头细赏，吴翰章道："见笑，不过附庸风雅罢了。"

宾主落座，吴翰章道："吴某幼时攻读孔孟，青年游历西洋，也并非见识浅薄之辈，知道无论西医中医，治病疗伤都需倚仗汤药针剂，而先生诊病，却只凭一张利口，不知是何医理呀？"

董先生听他话语分明有考较自己之意，呷了一口茶水正容说道："人之患病，看着似乎都是身病，但追根溯源其实很多乃是心病——暴怒伤肝，惊恐伤肾，忧思伤脾，悲郁伤肺，最终脏腑失调，气血阻滞，诸般病症便找上身了。所谓心病还须心药医，我讲病就是以天理人情抚慰之，感化之，疏导之，助病人排除万千烦恼，解开心中郁结。病源去后，脏腑气血重新振作，身病自去。这就是我讲病的医理。"

吴翰章听得专注，眯目暗思，半晌拊掌道："有道理！那就麻烦先生也给我讲讲病吧。"

"敢问吴老爷什么病状？"

"失眠多梦，严重时一晚上也难以合一合眼。"

"何时得的？"

"有两三年了吧。"

"可因事由触发？"

"事由……应该是做了保安队长之后吧。前后也看了不少大夫，西药中药吃了不少，但都无大效。"

董先生微微点头，道："吴老爷，我有句话想问你，这保安队实质上就是日本人的鹰犬，你身为中国人，却做着日本人的鹰犬，不知可有愧疚之心？"

"这……."吴翰章抬头望向先生，正遇先生刀子似的目光直直逼视过来，不由得垂下眼帘，"我倒想做张少帅的官儿，可东北军没对日本人放一枪就撤进了关内。如今咱这东北是日本人的天下，不跟着日本人干，谁给你富贵前程？"

"那是有奶便认娘了？"

吴翰章尴尬地笑道："先生不必说得那么难听嘛。"

先生指着身后对联道："吴老爷做着保安队长，富贵前程可说是有了，可真似小神仙般逍遥自在吗？"

"不敢说逍遥自在，可也算顺水行舟万事随心。"

"果真如此，就不会睡不好觉了。吴老爷，你既让我来讲病，还是推心置腹实话实说的好。"

吴翰章起身踱了几步，停住脚叹道："说实在的，在日本人手底下当差着实不易，稍有差池就被赏几个耳光，然后劈头盖脸一阵痛骂。这还算好的，去年到省里开会，因为与抗联作战不利，日本顾问当场就毙掉了皇协军的两个团长，现在想起来我这心都怦怦直跳哩。"

董先生道："给日本人当差不易，这其实还在其次。吴老爷可曾想过，日本人现在是嚣张不可一世，但难保永远如此。有朝一日他们滚回东洋老家去，顶着一个汉奸的骂名，吴老爷，你将何以自处？"

"唉……"吴翰章叹了口长气，"当汉奸为人不齿辱没祖宗，日后也难免被秋后算账，可……我是上了贼船下不来啊！"

"只要真心想下，没有下不来的道理。"

"怎么下？"

"走着前路思后路！"

"怎么讲？"

"对抗联也好，对老百姓也好，只要瞒哄住日本人，能抬手就抬手，得放过就放过。如此一来，抗联知道你不愿与他们为敌，必然不希望你这棵可歇凉的大树倒台，在你管辖的地面上活动也会讲求策略，让你在日本人面前能交代过去。放心吧，真到了秋后算账那一天，同胞们会记住你的过，也会记住你的功的。"

吴翰章默然良久，道："先生所言不失为一条明路，翰章受教了。"

先生道："你果真能照我说的实行，身家性命可保，良心得安，自然不复有失眠之苦了！"

五

四月里南方早已花红柳绿，北国才刚刚冰消雪融。

这天是董先生请客的日子。早上淑珍把他厚厚的黑棉袄收进柜子，拿出自己新缝制的夹衣帮他换上，先生顿觉体健身轻，胳膊腿儿利索了不少。吃过早饭淑贞洗菜炖肉，先生和喜旺擦桌打酒，洒扫庭除，只等贵客临门。

正午时分客人悉数到齐，便在院中央的大槐树下支了张桌子摆上酒菜，推郑连长坐了首席，以下董先生、沈大夫、哑巴依次就座。

郑连长端杯站起来说："这杯酒我敬几位大叔，你们都是我的救命恩人，多余的感谢话就不说了，如今我伤愈归队，一定与战友多杀鬼子，早日把日本人赶出中国去！"说罢一仰脖将杯中酒一饮而尽。

众人轰然喝彩，同饮了一杯。沈大夫酒量不宏，酒一入肚面皮便红涨上来，慨然道："我们几个老家伙就是岁数大了，要是再年轻几岁，也拎着杆枪跟你打鬼子去！"

饮至半酣，董先生手拍桌子吟诵起岳武穆的《满江红》："怒发冲冠，凭栏处，潇潇雨歇。抬望眼，仰天长啸，壮怀激烈。三十功名尘与土，八千里路云和月……"

"驾长车，踏破贺兰山缺。壮志饥餐胡虏肉，笑谈渴饮匈奴血……"郑连长和沈大夫也随着他高声吟诵，人人慷慨激昂热血沸腾。

六

郑连长走后，董先生依旧不辞辛劳地四处讲病救人。谷雨前后十里外李家峪有户人家将他请去，讲了几天病先生记挂着家里一堆农事等着料理，见病人病情已见好转便匆匆回转。

回到自家门首天已傍黑，先生高声叫门，过了半晌喜旺才披着衣服将门打开。黑影里看不清神情，只听他声音有些慌乱："睡下得早，开始没听见您叫门。"先生不以为意地摆摆手："没事儿，接着睡吧。"径直走进卧房。

淑贞正在灯下纳着鞋底，见先生进来，放下针线道："回来了？我给您倒盆洗脚水解解乏。"起身走向灶间。

先生疲惫地坐在炕上，无意间目光一扫，见炕边脚地上躺着一只男人的布袜，却不是自己的，仔细分辨，分明是喜旺日常所穿之物。

先生心头猛颤，面上却不动声色，见淑贞端水进来，道："先不忙洗，我去看看牲口。"径自出去。

先生自马棚转回，看脚地上的袜子已不见踪影，顿时坐实了自己的猜疑，胸口一阵酸痛，身子禁不住晃了几晃。淑贞忙上前扶住，问："怎么了？"先生绷紧了腿脚道："不碍事儿，走路累了点。"

董先生一夜没有合眼，清早起床胡乱吃了些早饭，只说还要外出讲病，出了门直奔镇上中医堂来寻沈大夫。

沈大夫见先生神色不似往常，问道："出什么事了？"先生不答，只说心里烦闷，要和他喝上几杯。沈大夫道："这大清早的……"他看看先生，不再多说，吩咐内人炒了几个下酒菜，自己提出一壶陈年老酒，和先生对饮起来。

董先生一连在沈大夫处住了三天，每天都喝得酩酊大醉，醉倒即睡，睡醒再喝。到第三天夜半，先生从昏睡中醒来，披衣来到门外，遥望满天星斗叹息一声："就这样办了。"

天亮后沈大夫来探看先生，董先生请他坐下，如实述说了妻子与长工偷情的家丑。沈大夫怒道："这样的女人还能留着吗？您何必自己烦恼成这样，回去一封休书就把那个烂货打发了。"先生道："我起初也是愤恨难平，但现在想明白了，我整日与人讲天理人情，其实自己家便有不合人情处。我一个年近六旬的糟老头子，占着一个年纪轻轻的女子，本就不相匹配，我又经常在外讲病，把她扔在家里和一个单身长工相伴，出来进去耳鬓厮磨，日久生情也是难免。我想清楚了，与其休了她三个人难堪，不如成全她两个让我一个人烦恼算了！"沈大夫听得愣住了，良久搓手嗟叹道："先生胸襟，实在非常人可比。"先生摇摇头道："这几天我实际上是一直在给自己讲病。给别人讲病都容易，轮到给自己讲病，才是最难最难的啊！"

先生回到家，举止言谈仍与平日一样。几天后他将淑贞和喜旺叫到身前，道："我素有四海云游之志，一为讲病救人，二来人活一世多些阅历见识，只是眼下世道兵荒马乱，一旦出去能不能囫囵回来还真不好说。这样吧，以三年为限，我若平安归来什么都不用说，若是回不来，你两个就搭伙过日子吧，房子田产都给你们。"

聪敏的淑贞恍惚觉出了先生话中之意，一拉喜旺衣襟，两人双双跪在了先生面前。淑贞哽咽道："先生，您这么大年纪了，外面风餐露宿的，身体怎么吃得消？您留在家里，咱们……以后好好过日子。"先生搀起他们道："我主意已定，不要再说了。"

两日后先生最后望一眼灰瓦白墙的老宅，挥别含泪相送的淑贞喜旺，拉着一头黑驴踏上了旅途。

七

此后江南江北的人再未见过先生。有去山东老家探亲的，听当地人说曾有一位瘦小精干的老者去过他们那里，只凭聊天就能为人疗病去灾，只是不知名姓。还有去平津一带做买卖的，看到一老者乘着一头黑驴从大道上驰过，仿佛就是先生，只是不敢拿准。

东北解放以后，一位姓郑的解放军师长曾来到董先生的老宅寻访先生，听说先生外出游历不知所终，站在院中的大槐树下一直怅惘了许久。

（本文 2019 年荣获第四届"文荟北京"北京市群众文学创作优秀成果奖小说类一等奖）

海　哥

一

北京人将口若悬河滔滔不绝者称为侃爷，在我认识的几位侃爷中，论"侃"的水平，开黑车的海哥绝对排在头一号。

我从小区出来，经过黑车聚集的小广场，常见海哥蹲在地上，与人唾沫星子四溅地神吹海聊。从国际到国内，从中央到地方，从公开报道到幕后消息，从大人物轶事到当红明星的花边新闻，全都说得有鼻子有眼头头是道，那架势，仿佛他刚刚开罢常委会，才同明星喝过酒。

我走过去，说："海哥，又聊上了？怎么样，走一趟？"

"走！"海哥潇洒地一挥手，领着我钻进他那辆红色捷达，油门一踩呼啸而去。

二

在众多黑车中，我独钟情海哥的捷达，是在那次丢手机事件之后。

那天我坐海哥的车去开会，和他一路神聊，中间还接了个电话。等到了会场要发个短信，一掏衣兜却掏了个空。

我挨个拍打几个衣兜裤兜，都未发现手机的踪影，不由脑门沁出细汗来。我看中的不是那部已经用了好几年的诺基亚本身，而是它里面储存的上百个电话号码，那可是我全部的社会关系，如果没有了损失实在巨大。

我静下心回想一下，十有八九手机是落在了海哥车上，熬到会议结束马上打辆出租车奔回小广场。

海哥正和别人聊得起劲，我冲到他面前劈头就问："海哥，你捡没捡到我落在车上的手机？"

"你手机落我车上了？"海哥一拍大腿，"这事儿办的，手机我是看到了，可被两个学生拿走了。"

他给我讲了事情的原委。在我之后他又拉了两个学生，学生们下车时他一眼瞥见后座有一部手机，海哥以为手机是两个学生的，好心提醒说："手机别忘了。"两个学生先是愣了一下，然后其中一个穿红夹克的伸手把手机拿走了。

"手机一定是你落下的。"海哥皱眉抱怨，"那俩孩子也够差劲的，是你手机你拿，不是你的你也拿？"

我问："你知道那俩学生是哪个学校的吗？"

"我在财会中专门口拉的他们，一定是那个学校的。"海哥说，"我这就带你去财会中专，把手机追回来。"

我们驱车到了财会中专学校，却遭门卫挡驾，说什么也不放我们进去。海哥一跺脚说："咱们在大门口守着，不信那俩人不出来！"

那天晚上我们一直守到半夜，眼见学校灯火全熄了才怏怏而归。第二天一早我俩又去蹲守，眼巴巴地盯着每个进出校门的人。

暮秋时节黄叶飘飞，我们两个立在寒风中瑟瑟发抖。我知道海哥和我守在这儿会耽误不少拉车生意，对他说："海哥，那俩人的模样你都跟我讲了，我一个人在这儿盯着就行了。"

"李老师，别再说这话，你手机落在我车上，我就该帮你找回来，一两天不拉活儿饿不死咱。"

见他这么说我也不好再讲什么，只是更加睁大了眼睛，唯恐将目标错过了。

突然我看到学校大门口走出一个穿红夹克的身影，后面还跟着一个矮个子同伴，忙一揉海哥："是他们不？"

"没错，就是这俩小子！"海哥带着我迎上前去，拦住了两个学生的去路。

"你们要干吗？"红夹克见我们来者不善，警惕地问。

"昨天你俩坐我的车，捡走了别人的一部手机，赶快拿出来！"海哥声色俱厉地开了口。

"谁说我们拿别人的手机了？"红夹克狡辩，"那手机本来就是我的。"

"兔崽子，还不承认？信不信我当街揍你们满地找牙！"海哥撸起了袖子。

红夹克毫不示弱："你们俩咋回事啊？平白无故诬赖我们！想打架？行，可你看明白了，这是在我们学校门口，招呼一声就能叫来一大帮子人，到时候看谁吃亏！"

我毕竟做了多年教师，对付这样的学生还有些经验，当下用目光制止住海哥的冲动，平心静气地对两个学生说："你们不承认没关系，咱们这就一块去见你们的校长和老师，把情况好好说说，如果还说不明白，再请你们家长来，好吗？"

我的话产生了威力，矮个子扯了扯红夹克的衣服，两人到一边小声嘀咕了几句。矮个子走回来对我们说："你们在这儿等着。"同红夹克进了校门。

大约过了十几分钟两个学生走了出来，矮个子交给我一个纸包，我打开一看，里面正是我的手机。

　　为了庆祝手机的失而复得，我把海哥拉到饭馆，要了两瓶白酒几盘热菜，哥俩且喝且聊。

　　饮下一杯酒海哥酒意上来，说："老李，那俩小子后来是屁了，不然我今天真替他们爹妈好好教训教训他们！我海哥小时候就是个胡同串子，打架打大的，收拾他们还不是个玩儿！"

　　我给海哥的酒杯满上，说："就他们两个小屁孩，不值得你动手。"

　　"老李，不是跟你吹牛，我也是有些英雄事迹的。"海哥继续神侃，"前年冬天我在街上趴活儿，来了三个小子，说是要去河北宣化。那时候已经下午五点多钟了，天黑路远，我真不愿拉这活儿，就故意出了个高价，想支走他们算了，可没想到那几个小子还真应了。车上路了，我这人不是爱瞎聊天吗，就问他们到宣化干吗，他们说是进货。车越走天越黑，进河北以后按他们的指点我把车拐上了一条小道，这时后座的人接了个电话，听他和电话那头一问一答，他说明天一早去张家口。我心里犯开了嘀咕，刚才和我说到宣化进货，怎么又去张家口了，这也对不上呀。我偷眼瞧那三个人，贼眉鼠眼透着股邪气，一下子就想起电视上歹徒劫车杀司机的报道，一股凉气'噌'就上了脑门。我定定神，心想，孙子，你想算计我，可老子也不是吃素的！

　　"我一踩刹车，说声：'我去方便一下。'就下了车。我在野地里趸摸半天找到根棍子，提着棍子来到车跟前，喊叫说：'你们几个别想打老子的主意，识相的赶紧下车走人，要不然老子豁出这条命跟你们拼了！'那仨小子没料到我会来这一手，一下子蒙住了，最后商量几句真就下车走了。老李，我跟你说，这要是换了别的司机，那回不光车被他们劫，命也一定丢在了河北的荒郊野地！"

我敬佩地说："海哥，一个字，牛！"

"还真是牛，"海哥得意地笑道，"我海哥是什么人！"

我在学校做老师，生活圈子少有海哥这样洒脱不羁的人，只觉和他相处十分轻松快意。自这之后每隔一段时间不是他请我喝酒就是我请他，很快就成了无话不谈的朋友。

三

教委给学校下来一个去外地支教的名额，我自告奋勇地去了。等一年后回来，小广场上不见了海哥，我向另一个相熟的黑车司机老赵打听，老赵说："海哥呀，人家已经发达了，再也不用起早贪黑地趴活儿了。"

原来海哥在郊区农村的老宅子一直嚷嚷要拆迁，可好多年只是干打雷不下雨，就在人们都以为没戏的时候，半年前拆迁工作突然启动了。海哥家占地大，一下子分了三套楼房外加三百万。讲完这些老赵艳羡地说："海哥现在是行了，干躺着不挣一分钱也照样吃香喝辣，人呀，难说啥时候就交上好运了。"

我掏出手机给海哥打电话，告诉他我支教回来了，为祝贺他通过拆迁跻身富人行列，晚上请他喝酒。电话那头霸气地说："啥你请？咱不比当初了，我请！"

晚上我俩在饭店见了面，海哥一连点了八九个菜，我说："就咱俩人，这些菜哪吃得了？"

"吃不了就剩下。"海哥挥挥手打发走服务员，舒服地往座椅上一靠，"老李，不瞒你说，我以前看电影电视，就羡慕有钱人不把钱当钱的牛气劲儿，今儿咱也能学一回了。"

　　我把海哥和自己的酒杯满上，问海哥："现在不趴活儿了，都忙些啥呢？"

　　"离婚，"海哥说，"吵吵闹闹好几个月，上礼拜总算弄利索了。"

　　我大为惊讶："拆迁了，你们家的好日子刚刚开始，咋就闹离婚了？"

　　"这婚其实我早就想离了，"海哥喝下一口辛辣的白酒，脸上开始显出一层红晕，"那娘儿们太能唠叨，在厂子上班时埋怨我不会巴结领导，混不上一官半职，后来厂子黄了下岗了，又说我没本事，挣不来大钱。她只挑我的毛病，也没想想自己的问题，结婚这么多年，也没给我生下一男半女。嘿，没想到老子时来运转，拆迁了，有钱了，什么年轻漂亮的女人找不到，一分钟也不想和她过了。"

　　"这婚怕是不太好离吧？"

　　"我答应给她一百万——拆迁的老宅子是我家祖产，给她这些不少了。可那娘儿们不干，争来争去，到底讹了我一套房子，这才办了手续。"

　　海哥发财即休妻正是典型的陈世美行径，我心里不以为然，面上也不好评价什么，只是举杯祝他早日觅得如意佳偶，步入人生的第二春。

四

　　没想到海哥的第二春来得还真快，两个月后的一天我在街上遇见老赵，老赵告诉我，海哥已经又找了一个媳妇。

我说："这海哥也真是的，办喜事也不通知我一声。"

"办啥喜事？"老赵笑道，"海哥可不敢轻易再婚，要是离了不又被分走一套房子？俩人就是搬一块过了，根本没办手续。你还别说，海哥这小子挺有艳福，那女人岁数比他小不少，盘儿也挺亮的，就不知道海哥的身体能不能消受……"说完就坏坏地笑。

五

海哥沉醉在温柔乡，我忙于教书育人，好长时间都没有见面。直到冬日的一天我去早市买菜，肩上突然被人拍了一记，回头一看正是海哥。他留着油光光的大背头，身上是高档皮衣，脚下是名牌皮鞋，与之前不修边幅的黑车司机简直是两个人。

"咱哥俩可有日子没聚了，"海哥热情地说，"我家就在旁边，走，到我那儿坐坐。"

盛情难却，加之我也想参观参观海哥拆迁分得的新居，便跟着他走向早市旁边的小区。

海哥家在一幢高层楼房的顶层，进屋后我立刻被其富丽堂皇的装修震慑住，刘姥姥进大观园一般东瞧西看。一个打扮得花枝招展的女人从卧室迎了出来，殷勤地请我到沙发上就座，给我沏上茶水端上水果盘。我知道这就是海哥的新妇了，连说不用客气。

海哥挨着我坐下，得意地说："老李，我家这位还可以吧？她名叫丁香，是我在棋牌室认识的，人对脾气喜好也一样，用一个词儿说……对，就是情投意合！"

"不错不错，"我逢迎说，"先拆迁又遇上红颜知己，你这福气来了挡都挡不住！"

我们随意聊了半天，眼看快到中午了，海哥说："老李，你就别走了，午饭在我这儿吃吧。"我点头答应，以为丁香要进厨房整治菜肴，哪知海哥抄起手机打起了电话："喂，是三合居饭庄吗？我是常在你们那儿订菜的海哥。马上给我弄几个菜送过来，一套烤鸭，一份大丰收……"

放下手机，海哥笑着跟我解释："丁香在跟我之前就说好了，她是仙女转世，十指不沾阳春水，从来不下厨房，我们家顿顿都是买着吃。"

"顿顿买着吃！"我咋舌说，"这花费可不小呀。"

"没事儿，"海哥说，"咱有钱，这点儿吃饭钱算啥？"

饭店的伙计很快将饭菜送过来，海哥开了一瓶五粮液，一边给我倒酒一边说："下午有几个朋友到我这儿来诈金花，老李，怎么样，和我们一块玩玩？"

我忙摇头："我可不会玩这个。"

"诈金花可简单了，就是三张牌比大小。"丁香在旁说，"您是当老师的，脑瓜子灵，肯定一学就会。"

海哥也说："是简单，我现在就教你。"他让丁香拿过来一张扑克牌，给我讲解什么是豹子，什么是金牌，它们又谁大谁小等等。

讲完了玩法，海哥接着又给我显摆起自己的辉煌战例，说自己一次拿了个小牌，碰上对手拿了个金牌，由于他始终表现得镇定自若，对手竟被唬住，以为他手里是顶大的豹子，最后弃牌投降。

我说："这是心理战术嘛。"

"是心理战术，"海哥说，"诈金花关键在一个'诈'字，以前我不懂，玩牌全凭运气，牌好就赢，牌赖就输，自从认识丁香，经她一点拨，才算真正上了道儿。"

丁香把一块红烧肉夹到海哥碗里，笑着说："我家大海悟性高，一点就通，现在我们常玩牌的一帮人里，数他玩得最好了。"

海哥得意地笑笑，继续对我进行诈金花的普及教育。由于他的喋喋不休这顿饭就吃得没有尽头，一直到外面有人敲门才终止了他的话痨。

丁香跑去开门，让进来一个妇女和两个中年男子，应该就是海哥的牌友了。我向他们三个点点头，对海哥说："那你们玩，我这就回去了。"

"别的呀，"海哥说，"我跟你讲了这么多，你好歹玩几把，兴许就喜欢上了。"

我摆手说："我真不成，玩也是个输。行了，我走了，祝你们大家今天都赢钱。"

丁香笑了："哪有都赢钱的呢？没有人输哪有人赢？"

六

得知海哥再次回归单身的消息是在半年后。我去他家看他，房子还是原来的房子，却是酒瓶烟盒遍地，四下凌乱不堪。

海哥揉着布满血丝的眼睛请我落座。我叹口气，问他："过得好好的，咋说分就分了？"

"骗子，"海哥咬着牙说，"那娘儿们是个骗子！"

海哥告诉我，丁香和他同居是整个骗局的第一步，接着将他引上赌博这条道儿，并且介绍自己的几个亲友做他的牌友。这些人合伙算计海哥一人，打牌时故意让他赢多输少，把他捧得飘飘然仿佛已成了赌神，但实际上海哥赢时不过几百块入账，输时却是几千块都进了他们的腰包。

我问海哥："你一共输给他们多少？"

"总数也说不上了，前后咋得有十多万吧。"

我张大了口："这么多！"

海哥愤愤地说："钱是要不回来了，把那婆娘赶跑前我把她狠狠揍了一顿，也算出了口恶气。"

七

一天我再去小广场打车看到了海哥，招呼说："到这儿溜达来了？"

"不是溜达，是归队，我又开始趴活儿了。"海哥说。

我不相信："你都大款级别了，还用趴什么活儿？"

"以前一天到晚诈金花，现在不玩了，心里空落落的没个抓挠，在家憋得牙疼上火，一想还是出来拉活儿，不为挣多少钱，只为有个营生干。"

我说："好啊，以后我还坐你的车。"放眼寻找他的捷达，却不见踪影，这时海哥指指旁边的一辆奔驰说："老李，我的车在这儿呢。"

我惊得合不拢嘴："你开奔驰拉活儿？"

"拿到拆迁款我就把车换了。我这奔驰和捷达一个打车价，不贵一毛钱。"

我拍拍奔驰锃亮的车身，觉得它实在是龙困浅滩虎落平阳，委屈大了。

八

这天我坐海哥的奔驰出去办事，海哥边开车边说："老李，我这儿有个发财的道儿，你有兴趣吗？"

我好奇地问："啥发财道儿？"

海哥告诉我，他有个开公司的朋友，有路子获得政府的一笔扶持资金，但需要先手里掌握一批房源。谁若把房子给他们公司借用一段时间，拿到扶持资金后公司给予十万元的酬劳。"

我问："真的假的？"

"你放心，我们多少年的老关系了，他不会骗我的。"海哥说，"我已经把一套房给了他，怎么样，你也参与一下？整整十万块呢。"

我摇摇头："我比不了你手里有两套房，真参与了，万一有个闪失，我老婆非跟我玩命不可。"我好心提醒海哥："你也小心点儿，现在骗子多着呢。"

"你们知识分子就是胆小，"海哥满不在乎地笑笑，"有句话说撑死胆大的，饿死胆小的，不冒点儿险咋能挣大钱呢？"

后来的事实证明海哥还是中招了。他所谓的朋友把海哥的房子过户到自己名下，又很快卖掉，然后连人带钱人间蒸发了。海哥的一套房子就这样稀里糊涂打了水漂。

九

海哥连着几天没有出车，后来虽然出车了，人却看起来憔悴许多，说几句话就唉声叹气。见面我劝海哥："好歹还剩一套房子，想开点儿吧。"

"我一定是犯着什么了。"海哥叹道，"这一年遇到的都是小人，接二连三地破财，得好好找人帮忙看看。"

我觉得作为朋友该给海哥点敲打了，正色说道："要我说跟神呀鬼呀没啥关系，你之所以摊上这些事，一是有人盯上了你这块唐僧肉，二是你自己没把握住，以后吸取教训注意些就是了。"

"对对，你说的都对。"海哥不住点头，马上又问，"老李，你认不认识哪个灵验的大师？"

"不认识！"我一甩袖子走了。

十

后来海哥真的找了一个大师。大师去海哥家一看就瞧出了毛病，说他所住楼房层数与他本人五行相克，又说房子布局不好，卫生间正对房门，主漏财退运，得赶紧把这套房子卖了，依照他说的标准换一套新的。

海哥立即着手卖房。但由于正处房市淡季，房子又是许多人不敢问津的大户型，一直寻找不到合适的买主，终于盼到有人买，出价又极低。急于换房转运的海哥已顾不得许多，最终以远低于市场价的价格将房子卖了出去。

海哥邀我到他的新居做客，领我楼前楼后参观，告诉我虽然新买的房子又小又旧，但所在的这座楼前面临水，后面靠山，藏风聚气，实在是个不多可得的风水宝地。海哥说大师跟他保证了，搬到这里后他一定财运亨通吉星高照，不仅能把之前的损失捞回来，还能再挣几百万。

我说："除非再来次拆迁，否则你上哪儿去挣？"海哥神秘地挤挤眼，说他有招儿。

<h1 style="text-align:center">十一</h1>

我没想到海哥说的招儿是赌博。他从银行提出全部的存款，又卖了奔驰车，携着百万巨款和新房子带给他的好运气飞向了澳门。但澳门赌场水有多深不是他能晓得的，他和他的巨款都淹没在里面，直输得血本无归。

<h1 style="text-align:center">十二</h1>

海哥从澳门回来就病倒了。病好后我和老赵等一些朋友凑钱帮他买了辆二手捷达，每天依旧在小广场趴活儿。

没活儿的时候海哥不再神侃，常常一个人安静地坐在小广场的花坛边，看着晨光中追逐嬉戏的孩子，夕阳下怡然漫步的老人，以及斑驳的树影慢慢地在砖地上移动。

我经过小广场见海哥坐在那儿，就走过去和他聊上几句。

"老李，"海哥说，"这两年我咋像做了场梦呢？"

我说："做梦就做梦，梦醒了，该干吗还干吗。"

"是这么个理儿，其实现在这样也挺好，踏实。"

（本文发表于《厦门文学》2019 年第 9 期）

我的爸爸

一

小学四年级的作文课上，语文老师出了一个题目：我的爸爸。胖胖的女老师踱着步子，走到我面前突然停下来，眼睛透过厚厚的镜片盯向我——也可能并不是我，但那时我一贯是以自我为中心的，一字一顿地开了口："大家注意，一定要写出人物的特点！"

我的爸爸有什么特点呢？我咬着铅笔琢磨了很久，终于想出来了：他太喜欢笑了！

这是真的，在我小时候的记忆里爸爸总是笑着的，从来没看见他发过脾气。

三年级的时候，我在一次数学测验中遭遇了重大失败，只得了可怜的六十分。更要命的是，老师还让大家把卷子拿回去让家长签字。我想这次签字的任务只能找爸爸完成了。

我背着书包小心翼翼地进了家门，目光扫了一圈发现妈妈没在家，顿时放下了心。我从书包里扯出卷子，大摇大摆地向靠在躺椅上打盹的爸爸走去。

"爸，我们考试了。"

"哦？"正惬意地咂着嘴的爸爸睁开了眼。他坐的那个角落实在是个好位置，一天这个时候只有那里还能照到阳光，爸爸尽量舒服地靠着椅背，看上去仿佛一只慵懒的老猫。

"考得咋样啊？"爸爸问。

"全班第六。"

爸爸的大嘴一下子咧开了："好儿子，行啊！"

"倒数的。"

这种先扬后抑的说话艺术是我刚从同学那里学来的，虽然简单但极富喜剧效果。我满意地欣赏着爸爸表情的变化。

失望的爸爸从我手里接过卷子，看到那个鲜红的"60"马上又笑了："没事儿，不管咋样还及格了呢。"

"老师说让家长签字。"

"好，签。儿子，拿笔来！"爸爸从我手里接过笔，严肃地、一丝不苟地签上了他的大名。

我举起卷子，端详着他的墨宝："爸，你写的字活像蟑螂爬的！"

爸爸听了大笑起来，笑得声振屋瓦；我也大笑起来，笑得肆无忌惮。

我俩正笑得开心，突听高跟鞋的"哒哒"响，是妈妈下班回来了。

我刚来得及把卷子塞进书包，妈妈已经站在了屋子门口。她看着躺椅上的爸爸，眉毛竖了起来："懒，就是个懒！早上我就跟你说大门门栓松了，让你修一修，怎么都这时候了还不张罗干？"

"干，马上干！"爸爸满脸堆笑，慢慢站起来伸了个懒腰。

"快点儿，别磨蹭！"妈妈吼道。

"好，好。"爸爸嘻嘻笑着钻到里屋找工具去了。

妈妈的目光又转向我："还有你，还不快去写作业，作业写不好瞧我给不给你饭吃！"

我毕恭毕敬地向妈妈打了个立正："遵命！"

妈妈的性子可以用暴烈来形容，但她遇到爸爸，就像拳头打进了棉花，从来不会擦出火花。所以，我们家永远不会有战争，有的只是快乐和爸爸的笑脸，所以，我就有了一个幸福的童年。

二

我的爸爸

我的爸爸身材不高，但是很结实，喜欢留着小平头，平时总穿一件旧的黑布衣服。

爸爸非常喜欢笑。他吃饭的时候笑，走路的时候笑，连睡着的时候也带着笑。妈妈说他的笑是傻笑，可是我挺喜欢他笑的。

爸爸喜欢助人为乐。一天邻居王大爷家房顶的烟囱堵了，请爸爸帮忙去通。爸爸正在房顶上干着活儿，突然不小心摔了下来，掉到了院子里的柴火堆上。大家吓坏了，赶忙跑过去看他摔伤了没有。爸爸被大家扶起来后，也不喊疼也不叫痒，却先哈哈大笑起来，结果我们也跟着他笑起来了。

我的爸爸真是一个爱笑的人。

评语：文章条理清楚，语句通顺，写出了人物的特点，是一篇好作文。

我写爸爸的作文被老师评了个优秀，而且还在班上宣读了。我很少出过这样的风头，乐得心快要从胸膛里蹦出来。

放学了，我飞跑回家把喜讯告诉了爸爸妈妈。

妈妈很高兴，她斜眼瞧了一眼爸爸："就你爸那点破事儿还值得你写到作文里去！"又摸了摸我的脑袋："没想到我儿子还挺会写文章的。得，咱们今天吃饺子，犒赏犒赏你！"说完系上围裙一阵风似的进了厨房。

爸爸的表现则是另外一副样子。他捧着我的作文本瞧了一遍又一遍，一边看还一边念叨："好，好，不错，不错。"接着就夹着作文本出了门。回来的时候他美滋滋地对妈妈说："咱们邻居都夸咱儿子有才气，是当作家的料儿。"妈妈一指头点在他的脑门上："就你能臭显摆！"爸爸嘿嘿地笑了。

从此以后爸爸就坚信我是一个人才，常拍着我的肩膀说："爸这辈子没啥出息，就指望你给爸争气了。"

爸爸确实出息不大，只在镇上一家单位当了个锅炉工，而且文化不高。学校有一次发下一张家庭情况调查表，有一项是填父母的文化程度，我问妈妈该怎么填，妈妈告诉我："妈妈填初中，你爸就填初小。"我问妈妈什么是初小，妈妈说就是只上到小学三年级。

我一想怪不得呢。我刚上学的时候，老师有时候给家长下任务，要求在家里考孩子的拼音生字，这时爸爸总会抢在妈妈前面担当这一重任，煞有介事地给我做起了考官。可自从我升到四年级，爸爸却主动让贤了，每当我让他考我，他的脑袋就摇成了拨浪鼓："让你妈考，她考得好。"

在妈妈考我的时候，爸爸会慢慢踱过来，歪着头看看妈妈手里的课本，又瞧瞧我写的字，在我们周围转啊转。这时妈妈就会呵斥他："没事儿瞎转悠啥？一边待着去！"爸爸就嘿嘿一笑，一步一回头恋恋不舍地走开了。

等我写完了作业，爸爸又主动凑上来，热情地问我："儿子，今天老师都讲什么啦？"我那时有着很强的表现欲，爸爸谦恭的态度极大地满足了我的虚荣心，于是就口若悬河地讲了起来。爸爸痴迷地听着，满脸都是对知识的崇敬。我们父子是如此投入，以致做好饭的妈妈连叫几遍吃饭啦也没人答应。

多年以后我看到一本教育方面的书籍，才知道我和爸爸其实是在不自觉地实践着一种非常高明的学习方法。上小学时的我贪玩而懒散，之所以学习成绩还不算太差，与这种每天必修的功课有着很大的关系。

三

一个夏天的午后，我放学后蹦蹦跳跳地回到家，却发现家里的大门挂着锁头，邻居王大爷蹲在一边抽着烟袋锅。他看到我，磕了磕烟灰站起来，说："富贵，走，到大爷家吃晚饭去。"

我问："我爸妈呢？"

"啊，你妈病了，你爸把她送医院了。"

"我妈得啥病啦？"

"没大事儿，不用你操心，有你爸盯着呢。"

第二天早上王大爷带我去医院看妈妈。妈妈躺在病床上，脸色苍白苍白的，一点儿精神都没有，这还是我那个风风火火的妈妈吗？

妈妈瞧见我并没有什么话，只是紧紧地握住我的手。爸爸显然熬了一宿，眼睛里满是血丝。王大爷问怎么样，爸爸说大夫说了，这病镇里的医院怕看不好，还是赶紧转到省城的大医院去。王大爷问什么时候走，爸爸说就明天吧，富贵就托付给大哥你了。王大爷说你只管走，有我在保证富贵冻不着饿不着。

第二天爸爸花钱雇了几个人，用担架把妈妈抬上了火车。临上车时妈妈抓着我的手不舍得松开。爸爸低头背过身去。王大爷劝妈妈："好了好了，你病治好了就赶紧回来，我带富贵还到这儿接你。"

爸爸妈妈走后王大爷把我接到了他家。王大爷一家人对我很好，王大娘更是换着花样给我做好吃的，可我还是时常一个人跑回空荡荡的自己家，望着爸爸妈妈的相片发呆。爸爸妈妈什么时候能回来啊？

两个月后我终于盼回了爸爸。那天放学回来我一眼看到了爸爸，他正坐在院子里和王大爷王大娘说话。我欢叫着"爸爸"扑向他，爸爸也高兴地紧紧抱住了我。王大娘撩起围裙擦了一下眼角："这孩子想爸妈都想坏了。"

我挣脱爸爸的怀抱，屋里屋外到处寻找，问："妈妈呢？"爸爸张张嘴，却没有说出话来。我着急地问："爸，我妈在哪儿呢？"爸爸终于慢慢地说："儿子，你妈还留在省城养病，过些日子才能回来。"我哭闹起来："不，我要妈妈！我要妈妈！"王大娘伸手搂住我，流着泪说："好孩子，你妈马上就回来，马上就回来……"

我很快就明白了，妈妈已经永远离开了我和爸爸。妈妈病得很重，省城的大夫也没能救得了她，爸爸带回的只是一个装着她骨灰的小小的盒子。

我哭得撕心裂肺，从此我在黄昏的街道上疯跑的时候不会再有人用高亢的嗓音喊我回去吃饭了，我扯破了衣服回到家再也不会有人用密密的针脚把它细心地缝好了，就这样我在十一岁那年永远失去了疼爱我的妈妈。

以前晚上睡觉的时候，我习惯搂着妈妈纤瘦光滑的胳膊进入梦乡，可是现在只能去搂爸爸那壮实粗糙的胳膊了。这时我又禁不住想起了妈妈，在被子下抽泣起来。爸爸会在黑暗里叹口气，把另一只胳膊也伸过来轻轻搂住我。哭着哭着我睡着了，梦境里亲爱的妈妈捧着课本，在认真地考我的生字，爸爸在一边绕着我们转啊转。

四

初中的语文课上，高瘦冷峻的老师讲完朱自清那篇著名的散文《背影》后，抬起头向大家说："朱自清先生的文章朴实无华，感人至深，写出了含蓄深沉的父子之情。我们每个人都有自己的父亲，我想请大家也写一篇有关父亲的作文，题目就叫《我的父亲》吧。"他的目光从每个同学身上移过，最后分明地停在了我的脸上："有的同学由于特殊的家庭环境，可能对父亲有着更加深切的体察，一定能写出一篇优秀的习作。"

由于我在业余时间读了许多杂书，文科基础比一般同学要深厚些，文笔也算不错，语文老师对我一向很器重。同时他也知道我来自单亲家庭，有一个含辛茹苦供我上学的父亲，所以以为我一定会给他交上一篇感情充沛、催人泪下的好文章。

我认认真真地在作文本上写下题目《我的父亲》，可是我该写些什么呢？

五

在我升入初中后的那年冬天，由于父亲上班的锅炉房活儿多人少，父亲中午也要值班，不能在家里给我做饭了。我只能每天放学后去他的单位，与他一道热热早晨的剩饭，简单对付一口。

一个风雪交加的中午，我披着一身雪花走进了父亲的锅炉房。

屋里炉子的火苗呼呼地蹿着，吸一口气热烘烘的，和外面简直是两个世界。父亲正忙着热饭，见我来了，招呼我在炉子边坐下，递给我几张皱巴巴的报纸。他知道我喜欢看新闻，凡是在单位见到被人随手丢掉的报纸，就忙捡起来给我留着。

屋子里还坐着六七个人，都是嫌天冷雪大不愿回家，在附近饭店吃饱喝足后到这儿扯闲篇的。

一个人瞧瞧认真看报纸的我，对父亲说："老李，你小子屉人一个，倒有个好儿子啊。"

父亲憨憨一笑："我儿子现在看还行，没事儿就爱看个书读个报的，兴许以后能有出息。"

那人说："放心吧，一定比你强。"

父亲笑道："那是，一定比我强。"

这时屋门又开了，进来一个戴眼镜的瘦子。父亲和屋里其他人忙站起来，恭敬地叫"科长"。科长傲慢地点点头，大剌剌地坐在正中央的椅子上。马上有人给他敬上一支烟，又有人殷勤地掏出打火机帮他点上。

科长惬意地吸了一口烟，跟着打了一个响亮的饱嗝，顿时一股辛辣的酒气在屋子里弥散开来。他一转头瞥见了一个留着小胡子的年轻人，似乎想起了什么，开口道："小吴子，最近单位活动室的球拍子没了两副，是不是你小子拿回家啦？"

"科长，是哪个混蛋跟您说的？"小吴子急了，"我这人您还不知道，咱小偷小摸的事儿从来不干！"

科长冷着脸："还赖什么？有人都亲眼看见了。告诉你小子，痛快把球拍子拿回来，不然有你的好看！"

小吴子不敢顶嘴，涨红了脸嘟囔："偷拿单位东西的又不止我一个。"

科长转向众人："别以为拿几个球拍子是小事儿，谁都把公家的东西往自己家搬，单位早晚不得搬空啦？"

听到科长的话，正把热好的饭菜端起来的父亲讨好地附和："那是，这么大的单位总得有个规矩。"

小吴子一听，一肚皮火气找到了发泄的地方，他瞪着眼睛向父亲吼道："老李头，你他妈的活腻歪啦？敢当面给老子下蛆！"说完冲过去挥掌就向父亲脸上扇去。父亲忙抬手一挡，手里的饭盒顿时被打翻在地，饭菜溅得到处都是。小吴子叫嚷着："告诉你，老子不是好惹的！"一摔门扬长而去。

众人都有些吃惊，屋子里一时静悄悄的。父亲呆立了一会儿，脸上终于挤出一丝笑容，轻轻说了句："年轻人火气就是大。"

大家都跟着父亲释然地笑了，接着再没人理睬父亲，纷纷聊起了最近酒桌上流行的段子。

父亲慢慢走到墙角拿起笤帚，俯下身收拾起了地上洒落的饭菜。

我呆呆地看着默默扫地的父亲，举起报纸遮住了脸。

六

我的父亲

读了朱自清先生的散文《背影》，我深深为文中父亲的形象所感动，同时也想起了我的父亲。

我的父亲经常教育我做人要正直善良，实际上他自己也是这样做的。

记得有一天我和父亲去百货商店买东西，出来时看到一个小女孩正站在商店不远处哭泣。父亲马上向那个小女孩走了过去。我不情愿地跟在后面，心想："街上来来往往那么多人都不管，咱们凭什么要管？"

父亲走到小女孩面前，亲切地问她："小姑娘，你为什么在这里哭啊？"小姑娘擦着眼泪说："我和妈妈出来逛街，不小心走散了，我找不着妈妈了。"父亲说："别着急，我们帮你找妈妈。"

我们领着小女孩左打听右打听，费了好大周折终于找到了她的妈妈。小女孩的妈妈含泪拉着父亲的手说："师傅，真太谢谢你们了。"父亲摇摇头说："不用谢，这是我们应该做的。"

我望着父亲，觉得父亲的形象比以前更高大了。父亲真是一个正直善良的人啊！

评语：文章文笔流畅，层次清楚，但内容过于程式化，流于一般俗套，没有写出人物的个性特点。

经验丰富的语文老师一眼就看出了我作文中的情节纯属编造，显然这次的作文我令他失望了。

七

初三那年我决定改名了。

小时候我并没有觉得自己的名字"李富贵"有什么不好，

可是自从升入初中，对照班上同学那些又帅气又好听的名字，我越来越感觉到自己名字的土气和俗气，这种感觉越来越强烈，以致老师在班上点我的名字时我都羞于答应。

不叫李富贵，那该叫什么呢？

我常常在没事时取出一张纸，在上面写满自认为漂亮的字眼，进行分化组合优中选优。在反复斟酌后，我终于敲定了"超凡"这两个字。超凡，与富贵一样体现着某种野心，但比之富贵要含蓄雅致得多，并且叫起来响亮悦耳，相信每个听到这名字的人都会立刻肃然起敬！

我几次想把要改名的事告诉父亲，却都欲言又止。我知道不管我改名字的动机多么堂皇，都意味着是对父亲的一种背叛。小时候听妈妈讲，父亲当初为了给我起一个满意的名字也费了一番脑筋，最后从"有福、得贵、大富"等一大堆候选的名字中选定了"富贵"这两个字——既富且贵，在父亲看来已是人生的极致了。

几番踌躇后，最终我还是跟父亲说了想改名的事。父亲一点儿没有思想准备，他惊愕地盯着我，好久才吐出一句话："富贵……这名字不是挺好的吗？"

我不忍看父亲的眼睛，低着头说："都什么年代了，谁还叫这种名字？"

父亲沉默了，好一会儿才艰难地笑了笑，慢慢说："这名字确实是土了点儿，那……你要改就改了吧。"

八

即使妈妈在的时候也是由父亲每次来开我的家长会。这对父亲是一件大事，他会很认真地准备好纸和笔，计算好时间及时赶到学校。开会时他一定一丝不苟地把老师的话记录下来，会后总是最后一个离开，好有充足的时间向老师打听我的情况。

我升入高中的第一次期中考试后，学校照例召开了家长会。第二天课间的时候我的女同桌问我："喂，你爸爸是干什么的？"

"你为啥问这个？"我敏感地反问。

"昨天我妈开完家长会回来，跟我说你爸真土老帽儿，胡子拉碴也不刮刮，浑身邋邋遢遢活像从山沟里出来逃荒的。老师让家长发言，你爸还挺积极，结果说的话那叫土，一点儿没水平，惹得家长们都笑他。"

女同桌的话深深刺痛了我，我永远不会忘记她说话时那种不屑的表情。

此后学校开家长会我再也不告诉父亲了，对老师只谎称父亲有病或工作忙没时间来。

有时父亲会疑惑地问我："你们学校该开家长会了吧？"我垂着眼帘回答："我怎么知道学校为什么不开？"父亲看了看我不说话了。

九

不记得从什么时候起我和父亲之间很少有交流了。我在学校和同学们天上地下、古今中外地高谈阔论，回到家却越来越沉默寡言，经常是我一个人在屋里学习，父亲在另一间屋里看着家里那台破旧的电视。

父亲不时会到我这屋送一杯开水或一个洗干净的苹果，他有时想跟我说点儿什么，但看到我露出烦躁的表情就知趣地闭上嘴，悄悄退出了屋子。

✝

长大一些后我就开始明白，我的父亲只是一个无权无势身份卑微的锅炉工，在我实现"超凡"的道路上并不能给予我太多帮助，一切只能靠自己。所幸我的脑瓜并不笨，又十分刻苦，成绩一直还不错。高三那一年我更是拼命苦学，晚上一直学习到午夜，凌晨四五点钟又爬起来看书。我的努力没有白费，最终如愿考上了省城的一所大学。

接到录取通知书的时候我很平静，高考前的几次摸底考试我的成绩都在年级名列前茅，高考只是正常发挥出了水平而已。

父亲却高兴得满面红光，他举着大红的通知书站在家门口，向路过的每个熟人打着招呼："喂，知道吗？我儿子考上省城的大学啦！"人们都凑趣地恭维："老李，你养个好儿子啊！""那是，那是。"父亲笑得嘴都合不拢了。

我要离开小镇去省城上大学了，出发那天平时要好的同学都到火车站送我。

我和同学们在站台上说笑话别，父亲挤在票房的人群里给我买车票。父亲终于高举着车票从人堆里挤了出来，他气喘吁吁地跑上站台把票递给我，擦着脸上的热汗笑着说："票可真不好买，小心拿着。"

之后我一直被同学们簇拥着，临上车也没顾得上和父亲说一句话。火车徐徐开动了，我把身子探出车窗向送行的人们招手，这时我注意到在我那群衣着光鲜、青春健美的同学背后，一个穿戴又旧又脏的矮小身影在努力地向我挥着胳膊，努力地挥啊挥。

十一

四年大学生活很快过去了，毕业后我没有回到偏僻的家乡小镇，而是在省城找了一份工作，虽然没有实现"超凡"和"富贵"，但也算是一个体面的城里人了。与其他所有人一样，我工作几年后开始恋爱、结婚，然后又有了自己的孩子。

这期间我回过家乡几次，眼见着父亲越来越衰老了。这时我已没有了少年时的轻狂和任性，很想和父亲多亲近亲近，但我们谈了一些各自的近况后似乎也就再没有什么话了。我的一些老同学听说我回来了，常常邀我出去聚会叙旧，一早出去，晚上喝得烂醉回来，我每次回家真正陪父亲的时间其实并不多。

我努力打拼，终于在省城有了一套属于自己的房子，当时恰逢父亲刚刚退休，我回到老家准备把父亲接到省城去同住。父亲说什么也不肯去，他说人老了喜欢清静，城市闹哄哄的怕住不惯，再说这镇子待久了，还真舍不得离开呢。

我去隔壁看望王大爷时，王大爷向我道出了真情："人岁数大了就怕寂寞，你爸咋不愿意跟你住一块？可他知道儿媳妇爱干净，自己邋里邋遢惯了，住在一起时间长了要讨人嫌，最后惹得你们小两口闹矛盾，这才不愿意跟你去城里住哩。"

我听了一时无语。

就这样我住在省城，父亲一个人住在小镇。我所能做的只是不时给他邮去一点儿钱，逢上年节打个问候的电话而已。

时光在不觉间一点点流逝，转眼我的儿子也到了上学的年龄，开学那天我牵着他的手去学校报到。

儿子蹦蹦跳跳地在我身旁走着，他突然拽了一下我的手，指着前方漂亮的学校楼房问："爸，你小时候也是在这里上的学吗？"

我愣了一下，回答："不是，爸爸是在老家上的小学。"

儿子的话顿时让我想起了自己遥远的童年和已在两年前去世的父亲。父亲当年也是这样牵着我的手，把我送进了小学的校门，接着又是初中、高中、大学。多少平常的日子过去了，我渐渐地长大，而他自己却默默老去，直至最终归于黄土。

我的眼眶湿润了，恍惚中突然觉得此刻向前走的并不是我和儿子，而是另一个年轻的、爱笑的父亲带着寄予了他无限期望的儿子，欢快地向着家乡的小学校走去……

（本文发表于《少年文艺》2013 年第 9 期）

刀光闪处

一

那年我刚刚高中毕业，既没有考上大学，也没有别的出路，只好推上家里的板车，早出晚归做起了卖菜的营生。好歹也算自食其力，不用家里养活了。

顶着火辣辣的日头，一柄破蒲扇在我手里摇得有气无力：

六角钱一斤的茄子咧……

豆角便宜了，都来买哎……

我慵懒乏味的叫卖声把自己也催眠得昏昏欲睡。

难道这辈子就卖菜了？没有买主时我仰望悠远的天空浮想联翩。当初也做过许多漂亮的梦——成为企业家啦，政治家啦，诗人啦，豪情万丈地挥洒青春指点江山，做出一番轰轰烈烈的事业。然而好梦醒来，自己不仅再平凡不过，甚至连个正式工作都没混上，只能每天守着一车茄子豆角挣点儿蝇头小利。想到这里我从心底发出一声长长的叹息。

二

对比我的意气消沉自怜自伤，对面肉铺年近五十的王师傅却表现出了少年人般的朝气蓬勃。

他是个卖肉的，一大早起来杀一口猪，天方大亮就洗剥干净摆上摊位。牌匾家什擦拭得干干净净，案板上的一块块鲜肉摆放得整整齐齐。对大人小孩都笑脸相迎热情服务，遇有顾客短上一两角钱，他会慷慨地一挥手：块儿八毛的，算了算了。熟客上门他往往多割下一条肉塞进提兜，说，以后常来。肉好人又活络，他的肉铺生意是一条街上最兴旺的。

天天面对面地做生意，我们很快就熟识了。王师傅告诉我他原在乡下卖肉，前年女儿考上了县城的重点中学，他也随着进了城，租下这个店面既做生意又方便就近照料女儿。

王师傅的女儿平时都住校，我一直没有机会见到，直到一个燥热的午后我趴在板车上打了个盹，醒来一眼看到对面肉铺里一个少女盈盈而立笑语嫣然，一身校服素净清爽，白皙的肌肤光亮如银，俊眉俊眼不输电影明星。

少女略带羞涩地站在铺子里帮忙收钱找钱，王师傅向每个买肉的人介绍，这是我闺女有志，在重点中学读书，学习棒着呢！

人们都说，多好的孩子，老王，你好福气啊！

王师傅一脸得意，嘴上却说，哪的话，闺女大了铁让大人操心呢。

收摊后王师傅领着有志走过街道，指着我说，闺女，这是你李哥，正牌子高中毕业，以后学习上有什么整不明白的，多请教请教人家。

有志甜甜地叫了声李哥。

我连说别别别，咱学了半天连大学的门儿都没挨上，再说卖了一阵菜早先会的一点儿东西也快还给老师了，怎么敢辅导人家重点中学的高材生？

王师傅说你李哥就爱谦虚，小李，别着急回家，晚上和我爷俩一块吃饭。

在肉铺后面老鼠洞般阴暗狭小的偏厦子里，王师傅父女俩一起动手，不大工夫几盘热气腾腾的饭菜就摆上了桌。

那天晚上我和王师傅都没少喝，我说，王叔，好好供，让我妹考大学，上大学，好啊。

王师傅舌头也有些大了，他说，可不，小李，我跟你说，叔活的就是这个心气啊。有志她妈走得早，孩子从小到大跟着我没少遭罪，可这丫头懂事，学习上知道用功。叔这辈子就这么着了，可卖了骨头也要把有志供出来，让她出息！

三

几个男人斜叼着烟卷走进市场，从一个摊位走向另一个摊位，每个摊主在他们经过面前时都毕恭毕敬地递上一个纸包。

几个人来到王师傅的肉铺，为首的黑脸壮汉一口浓烟喷在了王师傅脸上：老王，生意好啊？

王师傅被呛得连抽了几下鼻子，但赶紧又堆起笑脸：托龙哥您的福，还算凑合。说着递出一个纸包。

龙哥掂了掂纸包并不走开，翻拣了几把案板上的鲜肉说，今儿个这肉成色不错，给我割两斤！

王师傅割了肉，却只见龙哥的手下拎肉却不见他们掏钱。

我瞪着眼望着龙哥走近我的菜摊。龙哥问，小子，新来的？

我点了点头。

知道规矩吗？

我摇了摇头。

龙哥转向对面：老王，你待会儿告诉他！

王师傅连忙答应：哎！

龙哥笑眯眯地说，明早我们来收，一定准备好啊！然后带人晃晃悠悠地去了。

王师傅走到我的菜摊前，告诉我龙哥大名叫陈龙，领着的一伙人都是社会人，不好惹的。这街上凡做买卖的每月都要向他们孝敬份子钱，不然就要被砸摊子。

我有些愤愤不平：咱们日晒雨淋地挣点儿钱多不容易，凭什么白给他们？

王师傅说，咱们做小买卖的抗不过人家的。老话讲吃亏是福，乖乖把钱交上他就不找咱的麻烦了。

我没有听王师傅的话，第二天陈龙几个人来到我面前时，我告诉他们我没有钱。

陈龙冷冷盯了我几秒钟，一扬手喊声，砸！

一帮凶神恶煞掀车的掀车，撅秤的撅秤，眨眼间把我的菜摊砸个稀巴烂。

我收拾残局推车回家，走过一个街角突然被一条破麻袋蒙住头，紧接着头上身上挨了无数拳脚。等我从麻袋里费劲地钻出来，打手们早已不知去向。

鼻青脸肿的我走进派出所。值班的警察说，是陈龙他们？好，你先回去，我们调查调查。

好几天过去也未听说陈龙受到了什么处理，我几次去派出所催问，他们只说正在调查。就在这期间我又被人堵在一条胡同里狠狠揍了一顿。

王师傅劝我，算了，派出所的人都跟陈龙他们联着的，前天我还看见派出所的所长和陈龙勾肩搭背地从一个饭店出来。咱斗不赢人家，听叔的话，花钱买个平安吧。

我在一家发廊找到陈龙，把份子钱交到他手里。陈龙得意地笑了：要是早这样儿，咱们何必弄得那么生分？

四

有志真来请教我问题了，我推托不得只好勉为其难。

一次我们讨论起一篇《庖丁解牛》的课文，有志说，我爸就是庖丁。

我说，人家庖丁解起牛来出神入化，简直成了艺术，王师傅——我看不行吧。

有志说，李哥，你不知道我爸的外号，我爸在乡下时人都叫他王一刀。他是公认的手艺最好的杀猪匠，杀猪时干脆利落，一刀下去，猪还没觉出什么就送了命。还有他褪毛后的猪身干干净净，找不到一根毛刺，灌的血肠又嫩又滑，能香倒一村子人。有志说话时一双大眼睛里满是崇拜的神采。

我说是吗。

五

市场的另一端突然一阵吵嚷，众人都拥过去瞧热闹。

走近一看原来是陈龙在殴打一个拾荒的老人，从陈龙的怒骂中听出是老人的垃圾袋蹭脏了他的裤子。

看头发花白的老人被陈龙的漏风巴掌扇得一个趔趄接一个趔趄，我心里不忍，刚要拔脚上前，却被王师傅拽住了，他说别管闲事。

我说，老人家太可怜了。

王师傅说你看大家都不管，咱出什么头？

我环顾周围，果然人们都在有滋有味地欣赏，如同面对一场不要门票的精彩演出。

我没有怡然欣赏的兴致，可也不再上前了。

六

一个消息传遍了整个市场，说陈龙和人打架受伤住进了医院。

我觉得解气，心说咋不把这小子直接打死了呢。就在我这样想的时候，王师傅却和另外几个人张罗每人出点儿钱，到医院看望陈龙。有些摊主不理解，王师傅便开导他们：人心都是肉长的，这时候咱们表示表示，他怎么也得感点恩，以后对咱们能客气些。

王师傅几个人带着大家的心意去了医院，回来说陈龙很高兴，夸众人晓事。

七

陈龙出院不久又带人来收份子钱了。他显然刚喝了酒，满嘴喷着酒气，一双眼睛通红通红的。

他们收过我的钱，转身走向王师傅的肉铺。此时王师傅刚好有事出去，店里只有周末休息的有志一个人守摊。我突然预感到有些不妙。

果然，办事归来的王师傅吃惊地看到瘦弱的女儿被陈龙一伙架着走在街道上。

有志看到父亲，哀声呼喊，爸，爸！

王师傅脸都紫了，他跌跌撞撞奔过来，拦住陈龙：龙哥，这……咋回事儿？

陈龙一脸不在乎：没事儿，爷瞧着你闺女长得可人疼，又赶上爷今儿个高兴，带她去跳跳舞，唱唱歌。

王师傅扑通跪下了：龙哥，别，我闺女还是个学生，您，放过她吧。

陈龙说，看把你老小子吓的，就是随便玩玩，能有啥事儿？你忙你的！

王师傅嘴里只说别别别。

陈龙的两个手下上前将王师傅推到一边。王师傅愣怔了一下，望向围观的众人：大家伙帮我说说，拦拦！

人们你看我，我看你，没人说一句话。

王师傅无奈，又返身追上陈龙一伙，人往地上一扑抱住陈龙的大腿：龙哥，我就这一个闺女啊。她正上重点高中，准备考大学的，您饶过她吧！

在那个阴云密布的下午，王师傅悲怆的哭号久久缭绕在街市的上空。

陈龙不耐烦地喝声，滚开！一脚把王师傅踢翻在尘土里。王师傅爬起来，呆了呆又转向众人：求求大伙了，帮我拦拦！

没有人应声。

王师傅抬眼望了望灰暗的天空，一扭头走回他的肉铺。我看见他似乎从案板上抄起了什么东西掖进腰里，然后慢慢走了回来。这时他的目光已没有了最初的惊慌失措，而是直勾勾的可怕。

他望向众人，众人也望向他，这时王师傅吼了声，你们是真的不管啊!

众人静静地立着,仿佛一群雕像。

王师傅突然奔跑起来,以后发生的一切伴着一片鲜红的血雾永远弥漫在我的记忆中——王师傅追上陈龙几人,一道白光由他手中突然飞起,陈龙的一个手下惨叫着向后跌翻。接着白光准确地插入另外一人的心口,当它退出时一柱血箭狂喷着射向空中。白光下一个笼罩的对象就是陈龙。陈龙脸色煞白,他大张着嘴,刚喊出:别……就眼看着白光在自己的脖颈上划出一道长长的口子。

等人们从惊骇中缓过神来,看见王师傅一手揽着女儿,一手提着一把仍不断滴血的杀猪刀静静立在那里。他似乎也为自己方才的行为惊呆了,满脸愕然。

有志搂住他的腰,叫爸爸。王师傅手中刀"咣当"掉落在地上,他垂下头,紧紧抱住了女儿。

八

我的菜摊对面空空荡荡,如同我的心情。

有志回过一次肉铺,来收拾王师傅遗留的东西。她没有走过街道和我说话,我也没有过去和她说话。不久以后我听说有志从学校退了学,有人说她离开学校后回到了乡下老家,也有人说看见她在另一个市场帮人贩卖服装,但我再也没有见过她。

(本文发表于《东方剑》2013 年第 3 期)

火车上的朋友

一

"小竹板，打起来，各位旅客发大财。您吃肉，我喝汤，把咱瞎子帮一帮。谢谢各位，谢谢各位了！"

一阵抑扬顿挫的声音冲进春来的耳朵，将他从酣眠中惊醒。举头一望，见火车厢的车门处站着一高一矮两个人，高的双目紧闭，一边打着快板一边口中念念有词，矮的一只手搀着同伴，另一只手伸向座位上的旅客。

睡前刚过去一伙，怎么又来两个？春来烦躁地搓了几下脸，感到小腹憋胀，起身要去上卫生间。

"哥，你这座儿能让我坐一会儿吗？"说话的是站在他身边的一个小伙子。

春来点点头："坐吧。"

"谢谢哥，你回来我就还你。"小伙子一屁股坐下来，使劲甩了甩站得酸疼的双腿。

春来从卫生间回来，小伙子忙站起身。春来伸手将他按回座位："我坐累了，站一会儿。"

小伙子感激地笑笑，问："哥，你这是要去哪儿呀？"

"省城。"

"是去……"

"上学。"

"哦，你是大学生吧。我最羡慕你们大学生了，都是人尖子，国家的人才！"

春来矜持地一笑："啥人尖子？就是比一般人多读几年书吧。"

他们说话时那俩要饭的已走了过来，随着一声："把咱瞎子帮一帮！"一只脏兮兮的手掌伸到了面前。

春来把头扭到一边，冷冷地说："没零的。"小伙子却慷慨地掏出五块钱放到脏手上面："拿去吧。"

两个要饭的称谢而去。春来对小伙子说："你真没必要给，谁知道那瞎子是真瞎假瞎？"

"你说他是装的？"

"真说不准，现在装残疾要饭的多着呢。"

"还有这样的事儿……"小伙子望望那两人的背影，脸上似信非信。

春来笑道："看你是不常出门吧，多坐几趟火车这些江湖伎俩就都知道了。兄弟，往哪儿去呀？"

"到北京打工。哥，我跟你没法比，脑瓜子不好使，初中毕业就不念了，跟着我爸在家种地。前两天收到堂哥的信，说他在北京的生意要人帮忙，招呼我过去。"

春来说："北京好啊，那是咱们国家的首都，你去了得好好转转。"

"那当然了！"小伙子兴奋地说，"一想到马上就能看见天安门和英雄纪念碑，昨晚上我觉都没睡好。"

小伙子问一答十朴拙天真，长路漫漫，有这样一个说话对象也不错，于是春来和他一个座位两人轮着坐，兴致勃勃地聊起天来。

小伙子告诉春来自己名叫张旺，张飞的张，兴旺的旺，从父亲往上数几辈子受穷，指望到他这代能家业兴旺。但窝在农村土里刨食又能挣几个钱，只是混个饿不着罢了。现在好了，到北京跟着堂哥好好干，几年就发达了。

春来问张旺他堂哥在北京做什么生意。张旺回答说是倒腾皮鞋，赚头可大呢。去年春节堂哥回了一趟老家，穿着貂夹个包，去谁家拜年都拎着一嘟噜好烟好酒，还给孩子不少压岁钱。堂哥说了，北京遍地是钱，只要敢闯敢干随便去捡。

"随便去捡？"春来笑了，"也没那么容易吧。"

说着话不觉已到吃午饭的时间。卖盒饭的乘务员推着小车走过来，春来问他一盒多少钱，乘务员回答是十块。

"这么贵！"嘴里说贵钞票已递了过去。

春来捧着饭盒虚让了一下张旺："你来点儿？"

张旺摇摇脑袋："哥，我自己带着呢。"举手从行李架上把提包够下来，拉开拉链，把里面的吃食一样样拿出来："哥，你看，黄瓜、小葱、咸鸭蛋，还有烙饼——临出门的时候我妈给我烙的。来，哥，你拿两张烙饼尝尝，香着呢。"

春来接过烙饼咬了一口，果觉外焦里嫩酥软可口，比之餐车做的盒饭好下咽多了。他吃了两张烙饼，又吃了一个咸鸭蛋，张旺还要塞给他一根黄瓜，他却撑得说啥也吃不下了。

张旺不只把东西给春来，旁边的几个旅客也被他让到了，盛情难却，有人拿了黄瓜，有人取了小葱。看众人吃得香甜，张旺开心地啃着烙饼说："都是我们自己家菜园出产的东西，不上化肥不打农药，吃起来最放心了！"

傍晚车到省城，春来和张旺在月台握手话别。张旺有些不舍："哥，不知道咱俩还能不能再见面。"

"有缘就能再见。"春来拍拍张旺的肩头，"祝你在北京一切顺利，早日家业兴旺！"

二

茫茫人海，两个人生道路迥异的人哪那么容易再见。只说春来这头，读完本科接着又念了研究生，毕业后留校任教，工作有成绩处事也练达，三十出头就评上了副教授。

这年寒假春来携妻儿回老家过年，火车到一大站要停靠十几分钟，在车里憋得心烦气躁的他信步踱出车厢，到月台上透透气。

春来在寒风里慢慢溜达，一个同样出来活动的旅客连着看了他好几眼，走过来试探问道："师傅，问你个事儿，你是不是以前在省城上过大学？"

春来看着面前这张肥嘟嘟的面孔，一时想不起是谁："是上过。你是……"

"哥，我是张旺呀，张飞的张，兴旺的旺，九八年夏天咱们一块坐过火车！"

春来想起来了："对对，张旺，你可比那时胖多了，真一点儿也认不出来了。你这是往哪儿去呀？"

"回老家迁户口。咱哥俩还真是有缘呀，隔了这么多年又见着了，必须再好好唠唠！"

春来掏出手机和媳妇说了一声，就跟着张旺上了他所在的车厢。

此时的火车车厢再不像九十年代末那般喧嚣杂乱，不仅人人都有座位，还有个别闲座。恰好张旺旁边就是个空位，春来和他并肩坐在一起，互道别后情形。

春来问张旺是否还在北京卖鞋，张旺说："卖，不干这个还能干啥？好歹不风吹日晒摆地摊了，和我媳妇租了个门脸开了家小店。"

当初张旺到北京投奔堂哥，原以为堂哥做着多大的买卖，去了才知道这家伙原来就是个摆地摊的小贩。为了躲避京城的城管，他跟着堂哥打一枪换一个地方，南城北城到处跑。干了几年有了点儿积蓄，张旺就自立门户开了家鞋店，一个人忙不过来，又从劳务市场聘了个女服务员。一对青年男女日日厮混在一起，女服务员很快就升级成了鞋店的老板娘。

春来笑道："你这家伙混得不赖嘛，爱情事业双丰收！"

"丰收啥呀？说是开了个店，可大城市租金太高，起早贪黑干一年，挣的钱大头都被人家房主拿走了，落到自己手里的真没多少。家里花销也大，就说我儿子吧，今年五岁了，教育上咱不敢跟当地人的孩子比，可也得差不离吧，随便报个班就得花个千儿八百的。"

"别光跟我诉苦，"春来说，"刚才我听你讲要回老家迁户口，没点儿实力能把户口落到北京？"

张旺苦笑："哥，把户口落北京，有钱也不一定找到庙门，我是准备把户口落到燕郊去。这燕郊虽说归河北管，可和北京紧挨着，一直有小道消息说上边准备把它划到北京，我想先把我们一家三口的户口落到燕郊，等哪天它真归北京了，我们也就跟着成北京人了。"

"聪明！"春来向张旺竖起大拇指，"你这是下了步远棋呀。"

"聪明啥呀，周围好多人都这么干，我们也是有样学样，也不知道最后能不能弄得成。"

两人说了一会儿话，春来低头看了下表说："该吃饭了，上次是你请客，这次我回请，咱们到餐车吃去。"

"餐车的东西多贵呀，咱可不当那个冤大头。"张旺从身旁的提兜里掏出两盒方便面，"咱吃这个吧。"

春来一瞥之下，见提兜内满满的都是方便面，诧异地问："你咋带这么多方便面？"

张旺说："道上吃呗。"

"一天三顿都吃这个？"

"方便面嘛，吃起来方便，关键还便宜。"

"你呀，对自己太抠门儿了。"

"花钱容易挣钱难，不省点儿不行啊。"

"你这话错了。"春来好为人师的脾气上来，正色说道，"钱是挣出来的，不是省出来的，你就是不吃不喝，一年满打满算能省多少钱？节流不如开源，你不要只满足于开个小店，要想办法扩大经营，创出品牌，开分店，开连锁店！"

"开分店，还开连锁店？"张旺笑着摆手，"哥，我可没那本事，能把我现在的小鞋店整明白就不赖了。"

张旺没注意到春来怒其不争的表情，拿起方便面要去倒开水。春来止住他："泡你自己的一份就行了，我也带着吃的，这就回卧铺去吃。"

张旺坚持："就在我这儿吃吧，一盒方便面才几块钱？不用跟我客气。"

春来站起身："兄弟，跟你说实话，这方便面我是真吃不下去。都待这么长时间了，我该回去了。"

"哥，等会儿，我记下你的手机号。"

两人交换了手机号码，春来扬手告别："以后多联系。"张旺也说："多联系！"

三

有了联系方式，每逢年节春来和张旺必会互相发个问候的短信。后来微信这一新事物出现，张旺又主动加了春来的微信。

春来无事翻看手机，常能在朋友圈里看到张旺发的搞笑视频和段子。虽然这些东西和他这个副教授的欣赏口味不在同一层次上，但看过后也会会心一笑，并且想起这个在火车上相识的朋友，感慨时光的流逝——和他又有好些年不见了。

四

一个规格很高的学术会议在北京召开，春来也受邀参会。报到那天他特意在会场门口拍照留念，然后把照片发上了朋友圈。

晚上刷微信时他见张旺发来了一条语音信息："哥，我看到你开会的照片了，你那地方离我鞋店不远，有工夫来我这儿坐坐？"后面跟着发了个定位。

春来高兴地回复："行啊，有时间一定去。"

一天下午会务组没有安排活动，春来决定去见见张旺。睡过午觉后他信步出了宾馆，按着手机导航的指示一边欣赏街景一边不紧不慢地走着，半小时后到了临街的一家鞋店门口。

春来推门走进去，看店的小伙子立即迎上来招呼："来了？您想要什么样的鞋？"

春来说："啊，我找个人，有个叫张旺的，是在这里吗？"

"您等一下，"小伙子冲里间喊："爸，有人找你！"

　　一个扎着围裙的中年男人走了出来，肚子较上次见面更大了，脑门秃了，眼角也有了鱼尾纹——也难怪，大家都是四十往上的人了。张旺一见春来马上认了出来，上去一把握住他的手："哥，你来了！"

　　两人寒暄了几句，张旺给春来介绍看店的小伙子："这是我儿子张京。"又吩咐儿子："叫大爷。"张京响亮地叫了一声。春来答应了，笑着说："好哇，可以帮你爸做生意了，比我那儿子强！"

　　张旺将春来让到里间，挪开沙发上的杂物，收拾出可塞进一个人的空间，招呼春来坐下。

　　春来见张旺拿出茶叶要沏茶水，说："别忙活了，我坐一会儿就走。弟妹呢？"

　　"进货去了。"张旺将茶杯放在春来面前的桌子上，"正好我儿子今天学校放假，就让他在前面盯一会儿。"

　　"小伙子瞅着就不赖，在哪儿念书呢？"

　　"郊区的一所职高。"

　　"咋上职高了？"春来诧异地问，"为啥不上高中将来考大学？"

　　"没有本地户口，人家不让在北京考大学。"

　　春来问："你那燕郊户口还没变成北京的？"

　　张旺摇摇头："这些年就盼着燕郊能划到北京，可直到现在也没个信儿。去年张京初中毕业，眼瞅户口的事没指望，听说职高不限户口，就让他上了职高。哎，其实这孩子学习还可以……"

　　"念职高毕业有出路吗？"

　　"走一步说一步吧，毕业能找着工作就干，找不着就回来干我这鞋店。不然又能咋办呢？"

春来安慰张旺："干鞋店也不错，长江后浪推前浪，店面到了人家张京手里，兴许能发展成个大买卖呢。"

"我可不指望这个，"张旺笑道，"他不把我这小鞋店干黄了就知足了。"

春来问："兄弟，你来北京这么多年了，想有一天叶落归根回东北吗？"

"回不去了，家里没人了，房子也卖了，亲戚们也全出来天南地北地打工做买卖，回去连个投奔的人都没了。"

两人聊到饭点，张旺要留春来吃饭，春来说他们有会务餐，就不打扰了。

张旺爷俩把春来送到店门口，张旺握着春来的手感慨地说："下次又不知道什么时候再见面，见面了又是个什么样儿。"

春来说："咱俩变得更老那是肯定的，可孩子们都成长起来了，人家张京同志可能已经是个成功人士了。到那时你们再请我吃饭我可就不客气了，而且要挑全北京最好的饭店。怎么样，张京？"

"行，全国最好的都行！"张京笑着答应。

张旺白了儿子一眼："这小子就能吹牛。"

"不是吹牛，是有志气。"春来拍了拍张京的肩膀，"小伙子，大爷等着！"

（本文发表于《中华文学》2020 年第 5 期）

表　情　包

　　午后慵懒的阳光透过落地窗洒进老赵的新居，同样慵懒的老赵铺纸磨墨，准备为客厅的背景墙写一张条幅。词已经想好了——乾坤容我静，名利任人忙，遗世独立，清雅绝尘，显示出居室主人不凡的气度与心胸。词是好词，写出与之相配的好字也不容易，老赵端着架子写了几个字，左右看看不满意，换了纸又写，还是不满意。

　　老赵放下笔，准备歇会儿调整调整状态。他在沙发上坐下，拿起手机随意翻看起来。点开同事群，见南馆长又新发了首小诗。这位馆长大人公务之余喜欢吟诗弄词，不时在同事群里发些作品，收取点赞无数。老赵和大多数同事一样，根本不理会诗作水平怎样，而是以点赞为第一要务，他见南馆长诗歌下面空空如也，自己正可抢个沙发，于是打开之前下载的表情包，左挑右拣选中了一个：一小人高高竖起大拇指，旁边配字"真棒"。他正要把表情包发上去，屋外突然响起拍门声，同时有人大叫："快递！"老赵匆匆在屏幕上点了一指头，起身赶去开门。

　　快递员送来的是老赵新购的蚊帐，他忙活了一个小时才将蚊帐支好，又坐回沙发重新点开手机。

　　老赵看馆长的小诗下面就是自己发的表情包，但那表情包不是点赞，而是个一脸鄙夷表情的小人，旁边配字"搞笑"。

　　一定是自己匆忙中点错了表情包，老赵立马就慌了。他拼命点表情包想要撤回，可时间已过去这么久，哪里还撤得了？随即一想即便撤了又能怎么着，馆长和众多单位同人估计早已经看到了。

自己众目睽睽之下发这样的表情包，让馆长的面子往哪儿搁？得罪了领导，以后在单位还怎么混？尤其要命的是下周自己就要参加职称评审，馆长一言九鼎，随便挑点毛病自己就没戏了。老赵越想越是惶恐，真恨不得一刀将自己点手机的指头剁掉。

老婆在公园跳完广场舞回来，见老赵蔫头巴脑愁眉紧锁，忙问他怎么了，听罢原委禁不住埋怨："你也真笨的可以，连个表情包都会发错！"埋怨之后又宽慰丈夫："其实也没啥大不了，你也不是故意的，明天上班找南馆长当面解释解释，把话说开不就完了？"

老赵琢磨来琢磨去，觉得老婆的话有理，明天就去找趟南馆长！可转念一想：为个表情包特意跑去解释，是不是显得太那个了？

第二天老赵去文化馆上班，生恐碰见南馆长，可怕什么来什么，他去开水间打水，刚巧南馆长也在那里。

老赵掩饰住内心的慌乱，挤出比以往更灿烂的笑容招呼："馆长，打水呢。"

南馆长面上不见任何异样，点点头应道："嗯，打水。"

回到办公室老赵心里一阵轻松——也许是自己多虑了，人家馆长大人大量，对那表情包一笑了之，根本不放在心上！于是专心忙起手头的工作，再不想表情包的事情。

人一忙时间过得就快，转眼一上午就过去了。中午去食堂吃饭前老赵去了趟卫生间，正好培训部的小丁也在里面解小手。两人并排站着，小丁左右望望，小声说："南馆长写的诗那叫诗？净是大白话不说，里面还总有错别字，我瞧着都想呕吐。可那帮马屁精不管这些，馆长写什么都一窝蜂地上去点赞。全馆这么多人，要说有风骨，赵老师，您是头一份儿！"老赵想说什么，张了张嘴却什么也没有说。

老赵到食堂打好饭菜，见与自己关系亲厚的老吴坐在墙角的桌子边，便也过去挨着他坐下。老吴环顾一下周围，悄声说："你小子是吃错药了？咋发那样的表情包？"

老赵说："不小心发错了。一个表情包嘛，应该没啥的。"

"没啥？你真以为没啥？"老吴瞪大了眼睛，"听我的话，赶紧想办法补救！"

上级要求下属各单位负责人给干部职工做一次业务培训，南馆长的培训就安排在今天下午。他显然认真准备了，内容翔实语言精到，博得阵阵掌声。培训后分小组讨论，恰好老赵和南馆长分在了同一组。每个发言的人都盛赞馆长讲得精彩，老赵不甘落后，轮到他发言时也搜索枯肠想出一些辞藻对馆长的培训一阵猛夸。馆长笑眯眯地听完，来了一句："不搞笑了？"老赵当场就闹了大红脸，他明白了，馆长对那个表情包还是在意的。

几天后文化馆组织员工去参观一个展览，老赵上了大巴，看南馆长旁边座位空着，忙不迭地过去坐下。南馆长看了他一眼没有说话。老赵主动搭讪："馆长，路上得走好一会儿吧？"

"嗯。"

"您吃早饭了吗？"

"嗯。"

一连遭遇两个"嗯"，老赵有些尴尬，为了掩饰拿出手机假装看起来。后座的小丁见了问："赵老师，你眼睛咋离手机这么近呀？"

终于逮住机会了！老赵干咳一声，徐徐说道："花不花四十八，我今年正好四十八，眼睛不成了，不细看要犯错误。就说上回，南馆长不是在群里发个诗歌吗，题目好像叫《感悟春天》，目光独到，情景交融，写的那叫真好！我想给点个赞，可老眼昏花，一不小心就把表情包发错了。"他讲这番话时特意提高了嗓门，保证全车人都听得清清楚楚。说完他转向身旁的南馆长："馆长，您可千万别见怪呀。"

"没事儿，没事儿。"南馆长满脸笑容，"老赵，以后我再发作品，你可一定要批评指正啊。"

老赵长长吁出一口气，说："批评指正不敢当，一定好好学习。"

晚上回到家，心情重归闲适的老赵拿起毛笔又准备题写条幅。本来还要写"乾坤容我静，名利任人忙"，想了想，改成了"一粒米中藏世界，半边锅内煮乾坤"。

（本文发表于《小小说月刊》2022年第10期）

顺　口　溜

一

"公园处处舞翩跹，搂搂抱抱笑开颜。乐极难免生祸患，夫妻不和在眼前。"

何大师一首顺口溜念完，围观众人反应不一，有人赞他编得好，也有人提出质疑："如果人家跳舞的是两口子，咋会夫妻不和？"

何大师说："据我观察，咱这街心公园一起跳舞的，没一对是两口子！"

跳舞的大爷大妈互相望望，还真是这样。

"何大师，您别净往歪处想。"一位大妈不服气地说，"我们跳舞就是为锻炼身体，没那些乌七八糟的事儿。"

何大师眯眼一笑："那咱们骑驴看唱本，走着瞧吧。"

何大师说出这段顺口溜不久，公园跳舞的人中真的出了点事儿。大爷大妈们原只跳些简单的三步四步，后来来了位新迁居到这片楼区的老先生，开始教大家跳探戈。老先生身形高瘦衣冠楚楚，举手投足风度翩翩，帅气也就罢了，脾气还出奇的好，教舞时遇上笨手笨脚几天学不会一个动作的，他从不显出半点不耐烦，手把手一遍遍示范纠正。这样的优质男人大妈们谁不喜欢，一个个争抢着请他教自己，跳舞时排队给他当舞伴。

这天上午小广场又照例放起舞曲，众人正跳得起劲，突然队伍中一阵喧闹，两位大妈厮打起来，一个揪住对方的头发，一个抓牢对方的衣领，你不让我我不让你。众人好容易将她们拉开，两人兀自嘴里不干不净地对骂不休。不明白怎么回事的人打听内情，原来跳舞前老先生一直在教张大妈舞蹈动作，李大妈中间插进来，非让老先生先教自己，张大妈不满，和李大妈口角了几句。等到跳舞时李大妈故意拿身子去撞张大妈，两人便闹将起来。

何大师的顺口溜马上编出来了："舞蹈队中起风波，两位老太大撒泼。冲冠一怒因何故，不为红颜为帅哥。"

二

何大师每天准时到街心公园报到，锻炼身体之余随口编些顺口溜嘲弄可笑之事，调侃可笑之人，倒也潇洒快意。

这天他信步溜达到月季园边的树荫下，见几位老人在弹奏古筝二胡，许是初学乍练，鼓捣出来的声响着实不敢恭维。见此情景何大师念出一段顺口溜："公园树下曲声传，宫商角徵纵情弹。嘎吱嘎吱如锯木，诸君还需苦钻研。"

几个演奏者听了都觉尴尬，一位白须白眉的老者放下二胡，笑吟吟地对何大师道："您这段顺口溜合辙押韵挺不错，只是第二句还有待商榷。"

何大师一怔，说："请赐教。"

"宫商角徵羽是古乐中的五音，五字本为一体，您只说宫商角徵，似觉不妥。依我浅见，不妨将宫商角徵改为高山流水，您觉得呢？"

"高山流水纵情弹……"何大师仔细品味，"哦，不错。您是高人，我班门弄斧了。"

老者摆摆手："什么高人？不过杂七杂八的闲书多瞧了几本。"

昔时俞伯牙和钟子期高山流水遇知音，何大师与这姓杨的老者一谈之下竟也是知音相遇十分相投，从此便常在一起谈诗论文，情谊日笃。

一天下雨无法散步，何大师和老杨坐在公园亭子里随意闲聊。谈了一阵李杜苏黄，老杨问何大师既有工夫和才情，为何不写些阳春白雪的正经诗词，却热衷于编下里巴人的顺口溜。

"虽是下里巴人，抒发情感更痛快些。"何大师眼望亭子外的绵绵细雨，对老杨讲了自己的故事。

何大师老家在县城边的农村，本人在村小学教了一辈子书。他刚退休那年为宅基地边界和邻居起了纠纷，两家闹到村委会，村主任和邻居是甥舅关系，调节时故意偏袒自己舅舅。何大师一气之下身体出了状况，到县城的一家中医堂就诊。老中医问明病情，搭了他的脉息，问："您有什么爱好没有？比如唱歌跳舞。"

"想唱五音不全，想跳听不出鼓点。"

"打太极拳，写毛笔字呢？"

"这些不合我的脾性，来不了。"

"那就没一件自己喜欢干的事儿？

"偶尔编编顺口溜。"

"别偶尔了，您就经常编吧。您这病全是因有气憋在心里，不管通过什么渠道，把它发泄出来就好。"

听了老中医的话，何大师回去将村主任处事不公，以及他另外的庸政懒政编成顺口溜，专到人多处念叨。村主任虽然气恼，却也拿他没有办法。后来何大师被女儿接到县城养老，积习难改，在公园看到什么把什么编成顺口溜，众人赞他有才，起了个"何大师"的雅号奉送给他。

三

一天下午何大师和老杨相约在公园的棋牌区下棋，何大师到得早一些，一边在石桌间转悠一边等候老杨。

有张石桌人聚得特别多，吆五喝六十分热闹。何大师好奇地凑过去，见石桌前坐着个二十出头的年轻人，脖子上挂了条手指粗的金链子，攥着一把扑克牌连声叫喊："押，押，快押！"待周围人将钞票放上石桌，他便给大家依次发牌。牌面亮出，有人喜滋滋地搂钱，有人哭丧着脸唉声叹气。

何大师想，这不是赌博吗？

金链子一眼瞅见何大师，招呼道："大叔，别光拿眼睛看，下场玩几手，一会儿工夫就能弄几百块！"

何大师笑道："小伙子，我身上没带钱，不能陪你们玩，但有几句顺口溜想念给你们听。"

"顺口溜？什么顺口溜？"

"各位听好了！"何大师轻咳一声，念道，"赌博是个害人坑，万贯家财往里扔。让你妻离子又散，蹉跎岁月误一生。"

金链子恼了："老头儿，你不玩就不玩，念叨什么屁玩意！是不是想找不自在？"

老杨恰好这时到了，见此情景忙过来向金链子赔笑道："我这老哥中午喝了几盅，对不住对不住。"伸手往外推何大师："老何，人家玩人家的，跟咱们没关系。"

何大师却站立不动，大声说："诸位，赌博害人害己，你们一定要洁身自好！再说十赌九诈，你们被人家蒙了还不知道咋回事儿呢。"

金链子"腾"地跳起身，骂道："老东西，你他妈活腻歪了！"一把推开老杨，飞起一脚踹在何大师的小腹上。

何大师六十多岁的人，哪受得了他这一脚，立时跌翻在地，右腿重重磕在砖地上。

众人齐声惊呼，旁边下棋打牌的人也都围拢过来。金链子眼见事闹大了，叫声："不玩了！"抓起石桌上的扑克牌一溜烟逃走了。

四

何大师再次出现在街心公园是在半年后，右腿显然还没有好利索，走路有些微跛。

何大师来到小广场，跳舞的观舞的都上前问候。有人说："何大师，这么久没见您，还真挺想的。"有人说："听不见您的顺口溜，我跳舞都没劲头了。"

何大师向众人连连拱手："劳烦各位惦记着。"

老杨走到何大师面前，握住他的手说："老何，以后您顺口溜该说还要说，我们老哥们老姐们随您怎么编排，可那些坏蛋，您就别招惹了。"

"在我养伤期间，中央出台了八项规定，从严治党，我们村那个一身毛病的村主任下台了，我心里高兴，也想通了许多事。"何大师握着老杨的手有些动情，"说起我这顺口溜，因初衷是为发泄怨气，所以看什么都是一副挑剔刻薄的眼光，可说是正能量不多，负能量不少。就拿跳舞来说，我在顺口溜里说什么'夫妻不和在眼前'，可咱跳舞这些人里哪对夫妻都过得好好的。再说那位教探戈的老先生，虽然惹出点小风波，但错不在他，可听了我的顺口溜后就舍弃了爱好，再也不来公园跳舞了，现在想起来我都觉得对不住他。"

"何大师，您别这么讲。"一位大妈说，"您那首让您受伤的劝赌顺口溜，在咱公园都传遍了，绝对是满满的正能量！"

何大师说："编了这么多顺口溜，我真正编得好的就是这一首，要是那坏小子再敢到公园聚众赌博，我还去给他念一遍！"

五

上级准备将街心公园打造成法治主题公园，需要制作一批普及法律知识的展板。公园管理处的主任希望这回能做一下创新，宣传形式新颖一点活泼一点，让老百姓更喜闻乐见，有人便提议可以将宣传内容编成顺口溜，并向主任推荐了何大师。

不久展板在公园各处竖起来了，一块展板一首顺口溜，不仅把法律知识讲得清楚明白，而且幽默风趣朗朗上口。到公园跳舞遛弯儿的大爷大妈看了展板，都说何大师的本事真正有了用武之地。

（本文在《首都公共文化》2022年征文评选中荣获一等奖）

好吃不过饺子

一

桂英是家里的老大。

爹娘忙罢生产队又忙自留地，没工夫照管孩子，弟弟妹妹们便由桂英统领，打谷场上跳格子，庄稼地里捉迷藏，寒冬腊月出不去，便在炕上抓嘎拉哈翻花绳。玩的规则由桂英定，胜负由桂英裁决，弟妹间有了争执，也总是说："大姐讲了，就得这么办！"

当老大有权威，但也必须多干活儿。小到跑腿学舌，大到去供销社卖鸡蛋，去生产队领粮食，爹都打发桂英去；赶集串亲戚需有个帮忙拎包提篮的，娘也叫上桂英。见的人稠经的事儿多，桂英看起来比同龄的孩子老成不少。

当老大关键时刻还要冲得上去。爹娘和邻人骂仗，口拙落败，桂英便披挂上阵，小小的人儿肚里装了那么多骂人词，被骂的又是好气又是好笑。

二

九岁时桂英上学了。第一天上课老师问她叫什么，她说叫大丫。老师说这是小名，吩咐她回家让父母给起个学名。

桂英回家跟爹说了，爹说："就叫胡大丫。"只比大丫多了个姓。桂英不满爹的马虎，却没有办法，见同学中有个人叫张桂英，觉得挺好听的，便移花接木自作主张给自己起名叫胡桂英。

以后弟妹们上学都是她给起的名，桂兰、桂芹、桂梅，小弟弟是男孩，中间字得依家谱，叫作胡德强。

三

二年级时上语文课，老师给大家讲要树立远大理想，然后挨个询问每个人的理想。会叠纸飞机的长福说长大要当飞行员，会画两笔大树小草的国强立志要做画家，问到桂英，桂英说天天吃饺子。

坐着不如倒着，好吃不过饺子，桂英最喜欢吃的就是饺子。

她曾听娘讲过一个有关饺子的故事：从前有个财主，特别喜欢吃一家饭馆做的饺子，每天都要去一饱口福，可他吃饺子只吃最美味的饺子肚，饺子边全剩下了。后来财主做生意赔本败了家，沦落到上街要饭，一天走到从前吃饺子的饭馆，店主可怜他，端给他一碗热乎乎的面片汤。财主狼吞虎咽吃完，问店主这面片汤是咋做的，味道这么好。店主回答："这是饺子边汤。当初您吃饺子只吃饺子肚，不吃饺子边，我觉得饺子边扔掉怪可惜的，就把它们晒干收好，这么些年下来，已经足足攒了几麻袋了。"

这个故事当然是教人节约惜福，但桂英听后却有另外的感受——天天吃饺子，那是多好的生活呀，即使最后成了乞丐，这辈子也值了。

四

桂英最喜欢吃饺子，可是能吃上饺子的时候太少了。

五十年代的大老鸹村，村民们主食是窝头大碴粥，菜是咸菜酱，平时见不到一点荤腥。好容易到了年底，圈里的年猪养肥了，生产队便把两户人家编为一组，一户养的猪交售国家，另一户养的猪宰杀后两家分肉。拿回来的肉哪能全自己吃呀，绝大部分要卖掉，换回供一年花销的现钱，只留一点儿过年包饺子。

桂英和弟妹们盼呀盼，终于盼到了大年三十晚上，他们聚拢到外屋地，看娘和面剁馅包饺子。

生产队一年分给各家的麦子很少，到碾子上磨成面粉后就变得更少了。这一小袋面平时被娘珍而重之地锁在炕柜里，此时她把面袋子拎出来，舀出散发着麦香味的面粉，加入温水用力和好。

在户外冻得硬邦邦的猪肉昨晚已拿回屋，娘一刀刀把肉剁成馅，再从酸菜缸里捞出腌了一冬的金黄脆爽的大酸菜，一样剁碎了和肉馅搅拌在一起。

面和好馅拌好，就开始包饺子了。桂英很小就被娘传授了擀饺子皮的手艺，此时洗了手骄傲地站到了面板前，她擀，娘包，一帮弟弟妹妹瞪大眼睛在旁边助威，看一个个小元宝似的饺子摆上盖帘，再被倒入翻滚着开水的大柴锅。

热气腾腾的饺子端上桌了，夹起一个咬上一口，哇，满嘴流油，香气四溢，世间美食无过于饺子！

饺子是好吃，可面少肉少，包的饺子也不多，大年三十晚上吃一顿，初一早晨吃一顿，剩下的二十几个饺子娘就不让吃了，拿到外面冻上。之后的十多天里，每天中午娘都给小弟弟煎两个饺子吃。一张炕桌上吃饭，小弟弟在这头有滋有味地吃煎饺，四个姐姐在那头啃窝头，都是小孩子，不馋那是假的，可馋也得忍着——小弟弟最小，又是男孩，胡家以后全指望他哩。

五

桂英上小学四年级时，爹眼睛突然出了毛病。开始他只是瞅东西有点模糊，庄稼人皮实，以为过几天就能好，也没想着找大夫看看，可谁知病情越来越严重，到最后一双眼睛完全瞅不见了。生产队套辆马车把爹送到哈尔滨的医院，大夫检查后说早来俩月还能治，现在彻底没招了。

爹眼盲了，所有担子甩给了娘。生产队的活儿还好办，混在众人堆里吃大锅饭，干好干赖一个样，主要是家里的活儿，有些真不是女人家能干的。

别的不说，冬天担水这关就难过。全村只有一口井，天寒地冻时节你洒一点水我泼一点水，井台周围就冻成了冰山，稍不留神脚一滑就可能掉进黑咕隆咚的深井。老爷们不怕，踩着冰山照旧摇辘轳提吊桶，小脚女人和孩子就不行了，眼望冰山如望刀山。

可每天的生计离不开水呀。一大早娘就带着桂英哈着凉气蹚着积雪拎水桶去了井台，两人在冰山下站着，见有挑着扁担的男人走来便迎上去，堆满笑容大哥大伯亲热地叫，求他们帮忙灌一桶水。有人装作没听见，也有好心的捎带手帮他们把水桶灌满。娘两个对帮忙者千恩万谢，跪地磕头的心都有。

一根木棍穿过水桶把手，娘和桂英小心翼翼地把水抬回家。水来得不易，便格外珍惜，一盆水先淘米，淘罢米洗菜，洗过菜刷碗，刷完碗喂猪，真是一滴都不敢糟践。这时娘就眼泪汪汪地对小儿子说："儿呀，快点长大吧，你长大了，娘和大姐就不用这么低三下四求人了。"

六

本来就清贫，爹不能到生产队挣工分，家里的经济更是捉襟见肘。

娘想尽办法开源节流，母鸡下的鸡蛋、过年分的猪肉全部卖掉，吃穿用度能省就省。桂英上学用的作业本写过一遍，用橡皮擦了再写一遍，纸张擦出一个个窟窿也舍不得扔。

过年不能不吃饺子，没有猪肉，娘就用豆腐代替，改吃豆腐酸菜饺子。即便这样，本来的两顿饺子也缩减为大年三十晚上一顿。

小弟弟不干了，嚷着说："我要吃肉馅饺子！"娘哄他："好儿子，今年先不吃，明年咱一定吃！"小弟弟不依不饶继续闹，坐在炕头抽旱烟的爹扔掉烟袋锅："吃肉？小祖宗，你把我身上的肉啃一口吧！"

七

桂英连做梦都在想，什么时候能愿意吃多少吃多少，痛痛快快吃上一顿肉馅饺子呢？没想到她的梦想在大跃进那一年真的实现了。

大跃进给桂英留下最深印象的是两样东西，一样是漫山遍野的红旗，另一样是广播喇叭里声嘶力竭喊出的口号和喜讯："三年超英，五年赶美！""人有多大胆，地有多大产！""本县前进公社小麦亩产超四千斤！""凉水河生产队又放卫星，玉米亩产达一万三千斤！"

就在这一片激昂亢奋的氛围中，大老鸹生产队的公共食堂开张了。队长双手叉腰豪迈地对村民们说："好日子到了，大伙敞开肚皮吃吧！"

村里每户人家都不再开伙了，到了饭点都端着老海碗奔向食堂。稠稠的大碴粥可劲吃，雪白的馒头随便拿，人们真好像从穷窝一步迈进了天堂。

天堂里的人吃顿饺子应该不是啥过分的要求，桂英串联了一帮孩子找到队长，郑重建议："大叔，咱食堂能不能做顿饺子吃？"

"有啥不能的？"队长一挥手，"今儿晚上咱就吃！"

当天下午所有妇女都提前收了工，欢天喜地拥到公共食堂帮忙包饺子。饺子包了一盖帘又一盖帘，开水烧了一锅又一锅，庄稼人把一个个薄皮大馅的饺子塞进嘴里，直吃得满脸流汗气喘吁吁，仿佛是在做梦。

可这做梦般的好日子并没有持续多久。亩产千斤万斤只是人们吹出来的神话，生产队的家底其实并不厚实，一阵奢侈的大吃大喝后便难以为继，蒸出的馒头开始一天天变小，熬的大碴粥越来越稀，到后来公共食堂虽然名义上没有解散，但村民们都已回家吃饭了。

八

桂英脑子活记性好，成绩一直在班里拔尖儿。小学毕业爹准备让她回生产队挣工分，老师特意到家做工作："这孩子是个念书的材料，不让往上念，可惜了。"

爹眨眨空洞的双眼吧嗒着旱烟："一个女孩家……"

老师说："现在不比解放前了，男女平等，女孩家一样当工人当干部。"

爹依然犹豫："家里实在没钱供呀。"

"你放心，"老师说，"像你家这种情况，可以向学校申请助学金。在学校住宿不花钱，小姑娘吃饭又省，助学金够用了。"

老师走了，桂英问爹："爹，当工人当干部有什么好？"

"每月领商品粮。"

"能经常吃上饺子吗？"

"能。"

桂英高兴地说："爹，我要上中学！"

九

桂英到县城上学了。

县城于她是个崭新的天地，大老鸹村连家供销社都没有，卖个鸡蛋买个针头线脑还得去邻村，而县城的主街两边全是商铺，百货商店、国营饭店、新华书店、理发店，一家挨一家。街上人也多，步行的、骑自行车的、赶马车的，你来我往川流不息。

晚饭后距晚自习有一个小时的时间，桂英常一个人出了校门到街上瞎逛。她最喜欢去的地方是百货商店，更准确地说是百货商店里的副食品柜台，望着货架上自己叫不出名字的琳琅满目的食品，她想什么时候能把这些好吃的挨个尝一遍呢？

十

在村里上学时桂英当着班长，学习又最好，是十足的风云人物，现在上了初中，风云人物泯然众人矣。

班里同学泾渭分明地分为两个阶层——农村的和县城的，穿着打扮风度谈吐，属于哪一类人一望便知。县城学生胆子大能力强，班干部的职位基本都由他们占据，不仅如此，在学习上县城学生也压农村学生一头，桂英学习比小学用功得多，努力半天最后也就考个中等。桂英在班里不显山不露水，渐渐也就习惯了这种状态，每天按部就班地跟着大家上课下课，吃饭睡觉，日子过得倒也紧张充实。就在她以为自己的初中生涯就这样过下去的时候，一场席卷全国的饥荒来到了。

先是国营商店副食品柜台的货架空了，接着上面下来通知，每个学生的口粮减为每月三十一斤，不久大家又响应上面的号召自愿节约两斤，实际落到嘴里的只有二十九斤。

二十九斤分到每天不足一斤，再分到每顿才三两多一点儿，对于正在长身体又没有其他副食补充的初中生来说实在太少了。

桂英吃了早饭想午饭，吃了午饭惦记晚饭，好容易下课铃响飞奔到食堂，师傅扣到饭盒里的那点儿饭菜刚好盖住盒底，三口两口便吃得精光。吃完了直发怔，后悔自己咋没慢点吃，连个饭菜滋味都没品出来。

吃完饭肚子还是空，便到水缸前拼命喝凉水，饭不饱闹个水饱。但水饱的结果就是多上几趟厕所，并不能真正解决问题。

在学校饿肚子，桂英盼着周末回家找补找补。吃饭时母亲把大碴粥端上来，看着是一大碗，但稀得能照出人影子——灾荒年景，家里也一样缺粮呀。

十一

肚里没食让桂英全身没有半分力气，往教室里一坐脑子晕乎乎的，老师讲的东西根本听不进去。多走几步路都觉得累，只想躺倒在床上一觉睡过去忘记饥饿。

几年前桂英带弟妹在村子里四处疯跑，有一回来到生产队的牲口棚，见饲养员老孟头正往槽子里倒高粱，桂英奇怪地问："孟大爷，马不是吃草吗，你咋给它们喂高粱？"

"平时是喂草，"老孟头亲切地拍着一匹枣红马的脑门说，"可现在是农忙，这些伙计干活儿太累，粮食能让它们的身体长劲儿。"

直到此时桂英才真正理解了老孟头当年说的话——粮食能让牲口的身体长劲儿，也能让人的身体长劲儿。人是铁，饭是钢，这话真不假呀。

十二

饥饿逼迫之下，人有时不得不动起了歪心思。

一天桂英去食堂吃晚饭，见几个师傅正把几筐萝卜搬进饭厅，堆在墙角预备明天使用。她心念一动，把同班几个住宿女生叫到一个角落里，压低了声音说："等上完晚自习，咱们悄悄来食堂，一人拿一个萝卜回去吃，怎么样？"

"不行吧，"一个女生面露惊惧之色，"要是被发现怎么得了！"

桂英说："不会被发现的，那么一大堆萝卜，少几个根本看不出来。"

几个女生均来自农村，一向胆小怕事，但饥肠辘辘的肠胃终究敌不过水灵灵脆生生大萝卜的诱惑，再加上桂英的一再鼓动，都点头同意了。

上完晚自习，桂英等人谎称去喝水，摸进食堂成功偷到了萝卜。她们把萝卜塞进衣服里，出了食堂飞奔到学校围墙下面，用袖子简单擦了下萝卜上的泥土，便大口大口啃起来。有一个大萝卜垫底，睡觉时肚子暂时不会咕咕叫了。

十三

自从一起偷萝卜，桂英和几个住宿女生的关系愈加亲密，没事就在一起交流社会上流传的或真或假的对抗饥饿的法子。

一天一个女生神秘兮兮地对几个伙伴说："我堂姐在咱们学校上初三，她教给我一个多打饭的秘诀，你们想知道不？"

"别卖关子了，快讲！"伙伴们催促。

女生说她的堂姐发现了一个秘密，食堂的杨师傅没文化不识字，在他的售饭窗口给他二两粮票，嘴里说打四两饭，他就真给你打四两饭。

"真的？"听的人都不相信。

"真不真，明天试试就知道了。"

第二天去食堂打饭，女生们大着胆子试了一下，果真在杨师傅那儿二两粮票能打出四两饭来。

以后女生们打饭必去杨师傅的售饭窗口，每日摄取的能量比以前增加不少，极大减轻了饥饿对她们的折磨。

不管是偷萝卜还是玩二两变四两的把戏，都与女生们长期所受的教育相悖，她们没有为此得意，反而生出一种深深的负罪感。因为有这样的负罪感，以后不管是学校组织劳动还是在教室宿舍做值日，她们都格外卖力气，仿佛这样就能抵偿自己犯的错误似的。

十四

食堂的杨师傅被学校辞退了。

原因是他一次酒后向别人泄露了自己的秘密："你以为那些孩子拿二两粮票欺哄我，我真不知道？我虽然不识字，可在食堂干了这么多年，二两粮票和四两粮票还是分得开的。可我瞧那些孩子可怜呀，一个个瘦得脱了相，走路都打飘，也是饿得没办法……我实在是心疼他们呀。"

十五

就在桂英上初三那年春节，一种说法在大老鸹村一带流传开来——如果今年过年家家户户都吃白糖馅饺子，就能把持续两年多的灾荒"搪"过去。

人们宁可信其有，不可信其无，供销社货架上的白糖很快一扫而光。

桂英家也不例外。大年三十晚上娘和好面后，取出年前买好的白糖开始包饺子。如今干活儿的人不再只有娘和桂英两个，老二桂兰已经小学毕业在生产队劳动，桂芹桂梅和小弟弟德强也上了小学，都能上手擀皮包饺子了。

在桂英倡议下今年多了个新节目，将一枚硬币包进一个饺子里，谁吃到就预示谁明年最有福气。

饺子煮好端上炕桌，一家人高高兴兴地围着桌子吃起来。爹夹起一个饺子，轻轻一咬立时觉出里面的硬币，他不动声色，摸索着把饺子又夹回到盘子里。

娘和四个闺女看到了爹的动作，桂英夹起那个饺子放进德强的碗里，说："老弟，吃这个，这个馅足。"

德强夹起饺子放进嘴里，咬了两口从嘴里掏出一枚硬币，欢叫道："我吃到了，我吃到了！"

娘和四个姐姐都拍手鼓掌，爹笑着说："还是我老儿子最有福气！"

十六

也许真是白糖馅饺子的作用吧，转过年来饥荒终于慢慢过去，庄稼人的日子虽然依旧紧紧巴巴，但好歹能填饱肚子了。

也是在这一年桂英初中毕业了。选择考高中和中专的都是各班的学习尖子，像她这样成绩平平的学生毕业试一考完就卷铺盖回了家。在六十年代初的东北农村，初中已经是非常高的学历了，他们中的大多数人都能到村小学当个民办教师，或者在生产队谋个会计的职位，也算这三年书没有白读。

但桂英却未有幸成为这大多数人，大老鸹村的会计干得好好的，村小学也人手充足，根本没有她的位置，只能扛起锄头加入面朝黄土背朝天的行列。

十七

从桂英毕业回家就开始有媒人上门提亲，男方有本村的，也有邻近各屯子的，有家境富庶些的，也有贫寒的。对这些提亲者桂英一概回绝。

娘问她到底想找什么样的，桂英说她心里有标准。

爹在一旁说："什么猫准狗准，你就是多念了几年书，烧包得不知道自己几斤几两了！"

十八

国庆节后生产队开始收割黄豆。黄豆秧子生得矮，干活儿必须大弯腰，时候长了腰身如同折断一般。再就是黄豆荚上布满小刺，桂英一双握惯笔杆的手被扎得鲜血淋漓，收工回到家饭碗都端不住。娘看了她的手心疼得直掉眼泪："明天咱不下地了，在家歇歇。"

"明天不去，后天不也得去？"爹低头思谋，"前儿他大姑来，说她大闺女又生了，招呼老二去伺候月子，老二不愿去。依我说干脆让咱大丫去应这活儿吧，在外面待上一个月，正好把这阵大秋躲过去。"

十九

　　表姐家在哈尔滨近郊的吕家油坊，到了这儿桂英才知道，一样是农村，生活水平竟如此天差地别，吕家油坊生产队专门种菜供应市区，村民一年有半年可以到粮店领粮，大米白面根本不是啥稀罕物儿。

　　桂英在表姐家吃得好喝得好，干活儿便格外卖力气，表姐心里喜欢，伺候完月子也不放她走，硬留她在吕家油坊多住些日子。

　　天凉该烧炕了，表姐家的炕却一烧就倒烟，弄得满屋子乌烟瘴气。表姐夫要动手收拾，表姐说："上次就是你收拾的，才一年又成了这样子，还是请吕长江来吧。"

　　吕长江来了，这是个个子高挑的小伙子，话不太多，手脚麻利得很，工夫不大就把活儿干利索了。桂英欣赏他收拾好的火炕，炕面刮得平平整整，炕墙砌得方方正正，炕沿抹得有棱有角，这活儿到哪里都没挑儿！

　　表姐和表姐夫留长江吃饭，席上两口子不住口地对桂英夸赞长江如何聪明能干，不仅盘炕垒灶样样精通，还跟人学会了理发的手艺，村里老老少少剃头刮脸都找他。

　　正夸得起劲，长江来了一句："我把记工员脑袋剃成秃瓢的事儿你俩咋不提？"

　　桂英好奇地问是怎么回事。表姐夫乐呵呵地讲了，原来生产队年轻的记工员喜欢赶时髦，前些时进城看有些城里男青年的发型不错，回来就求长江给他理。长江理完了他说不太对，让长江这儿去一块那儿去一点，东去西去，一颗脑袋便如同狗啃似的。没办法，长江只好给他剃了个秃瓢。

桂英听了憋不住笑，心想，敢于自揭疮疤，这个吕长江有点意思。

长江走后，桂英向表姐打听他家的情况，表姐说长江上面有个老爹，身下有个弟弟，父子三个壮劳力在生产队挣工分，家境颇为殷实。说完表姐笑着问："大丫，你是不是对这吕长江……"桂英含笑不语。表姐说："放心吧，包在姐身上！"

在表姐的极力撮合下，桂英和长江的关系很快确定下来。该走的一套程序走完，双方老人议定明年五一让俩孩子完婚。

二十

临近元旦时长江突然骑着自行车来到了大老鸹村。

准姑爷上门搞得一家人手忙脚乱，桂英去东邻借油，桂兰往西舍借面，桂芹刷锅，桂梅烧火，娘洗碗筷，只有德强闲着没事，一趟趟跑到里屋看自己的大姐夫。

桂英爹陪着长江坐在炕头上抽烟拉话。唠过几句家常，长江对老丈人讲了此行的来意——今年部队招兵，吕家油坊不少小伙子报了名，他也凑热闹一块报上了，没想到接下来的体检政审一切顺利，一个礼拜后就要去人武部报到。依他爹的意思，若等他几年后复员回来再与桂英成婚，双方年龄都大了，想在他报到前就把两人的事儿办了。

桂英爹一听就急了："你要去当兵咋不和我们说一声？这都马上报到了才来告诉！"

长江连连道歉，说自己当初报名也就是想试一试，没想到还真成了。

桂英爹冷静下来，吧嗒着烟袋锅犯起了合计——最近几年国家在农村极少招工，除了考大学，当兵就是农村青年进入公家门的唯一出路，自己绝不能阻挡人家的前程。可是现在就让女儿和他结婚，他当兵一走，女儿就成了戏里的王宝钏，要苦等夫君几年哩。

这时桂英娘把做好的烙饼端上来，招呼长江吃饭。桂英爹陪长江吃了几口，就假借解手拄着拐棍走到院子里，把在外屋地忙碌的桂英叫了出来。

爹将长江的话转述给女儿，询问她的主意。桂英倒没太多踌躇，说："爹，我早晚是他的人，现在嫁将来嫁都一样。再说人家是去当解放军保卫国家，他光荣，我也光荣哩。"

爹把拐棍往地下一顿："既然这样，那就赶紧张罗办事儿吧。"

时间仓促一切从简，桂英和长江婚后第三天，长江便背着背包离开了家。

二十一

桂英一进门公爹就和她讲好，她不用下地劳动，只负责洗衣做饭一应家务，等年终分红给她一百块钱。

一百块钱可以买不少好东西呢。自此桂英便安心在家操持家务，桌子擦得一尘不染，院子扫得干干净净，公爹和小叔子长海收工回来，一进家门就能吃上热乎乎的饭菜，两人的脏衣服一脱下立马就被桂英拿去洗了。长海对桂英说："嫂子，自打你来了，我觉得这家更像个家了。"

二十二

生产队年终分红，公爹履行诺言给了桂英一百块钱。桂英兴冲冲地坐公交车去了市区，中央大街靖宇大街奋斗路逛了个遍，在百货商店给自己挑了件花格子上衣，从副食品商店买回不少曾经想买却买不起的吃食。

回到吕家油坊桂英先到了表姐家。她给表姐的几个孩子抓了一大把糖果，然后将几塑料袋吃食交给表姐，让她先帮忙收着，等自己啥时候回娘家再来取。

桂英拎着三袋蛋糕回了家，一袋孝敬公爹，一袋给长海，一袋自己留着吃。

长海对蛋糕喜欢得很，说还是小时候已经去世的爷爷给他买过一回，没想到今天又能吃上了。

公爹把蛋糕放在炕桌上，瞧了瞧，捏了捏，又扫了眼儿媳身上的花格子上衣，说："东西是好东西，可我这老农民的肠胃怕是消受不了。"

桂英心想，不吃拉倒，省下来我自己吃！将那袋蛋糕收了回去。

二十三

半个月后桂英收到了长江的一封信。她高兴地把信拆开，看了几行字眉头皱起来——信中非但没有什么暖心的话，反而指责自己不体谅爹和长海在生产队辛辛苦苦挣工分的不易，大手大脚胡乱花钱，一点儿不会过日子。

桂英一想就明白了，一定是公爹背后给儿子写信告自己的黑状，她立马提笔给长江写了封回信，历数自己在家洗衣做饭喂鸡喂猪的辛苦，说那一百块钱是自己应得的，自己的钱想咋花就咋花，谁也管不着。

二十四

北风吹过雪花飘，接着春节就到了。桂英陪公爹和长海过罢除夕和初一，初二就准备回娘家了。长海要送她，桂英说青天白日没偷没抢的，就不麻烦他了。

其实桂英不让长海送的真实原因是她还要去表姐家取些私货，这些私货有她在市区买的副食品，有她在掌管吕家伙食大权时偷偷截留的大米白面、鸡蛋豆油，甚至还有一块冻猪肉。

表姐将装满私货的大包裹交给桂英，笑着说："我也往娘家偷拿过东西，可从没像你这样，一次整这么多！"

"谁让他老吕家富我家穷了？"桂英得意地说，"我这叫劫富济贫！"

披着一身雪花回到大老鸹村，桂英将大包裹往炕上一撂，一家人都围了上来，眼望着这些好吃食，不啻于发了一笔横财。

爹抚摸着猪肉鸡蛋担心地问："大丫，你拿回这些东西，你老公公知道吗？"

桂英说："当然知道，他还要我再多拿点儿，我说雪大路滑不好走，他这才算了。"

"这样啊，"爹放心了，"他们菜农的日子过得可真好呀。"

爹又问长江在部队上咋样，桂英说："上礼拜来的信，说刚提了班长，想再好好表现表现，争取从两个兜熬成四个兜。牛皮是吹出去了，也不知道能不能成。"

"一定能成，"爹满脸含笑，"我闺女瞅下的姑爷错不了。"

娘张罗要做晚饭，桂英问娘吃什么，娘说是高粱米饭和酸菜炖豆腐。桂英说："我不拿回这么多面粉猪肉吗，我宣布，咱家今年改规矩了，不光除夕初一吃饺子，初二照样吃！"

"好呀！"弟弟妹妹们无不欢呼雀跃。大家热火朝天齐上阵，和面的和面，剁馅的剁馅，足足包了两盖帘饺子。

香喷喷的饺子吃下肚，一家人围坐在烧得滚烫的炕上唠嗑消食。这时德强煞有介事地在炕桌上摊开笔记本，说放寒假前老师布置了一篇作文，题目叫《谈理想》，趁全家人都在，他要每人都说说自己的理想，帮他积累作文素材。

德强首先问的是娘："娘，你的理想是什么？"

娘问："啥是理想？"

"就是最希望实现的事儿。"

"哦，我的理想……那就是你们几个孩子都顺顺当当成家立业，日子过得红红火火。"

德强夸奖娘说得好，又以同样的问题问爹，爹说跟你娘一样。

德强扭头问身旁的桂兰："二姐，你呢？"桂梅大声插嘴："嫁大奎！"大奎是邻村的一个小伙子，已经和桂兰定了亲，桂兰羞红了脸，拿起扫炕笤帚要打妹妹："就你能胡咧咧！"桂梅忙跳起逃开。

德强不高兴了："正经点儿，你们说的我都要写进作文里呢。"他转向坐在对面的桂英："大姐，你的理想是啥？"

　　"我的理想嘛……"桂英想起许多年前小学老师也问过自己这个问题，当时的回答好像是天天吃饺子，但这个理想今天看来依旧遥不可及。她想了想，说，"其实全家人高高兴兴在一起，每顿饭能吃饱吃好，就不赖……"

初为人师

一

我所有婚恋知识的启蒙，都源于大学时代的卧谈会。

学校规定十点半熄灯就寝，到点儿门卫大爷把电闸一拉，整间宿舍立时陷入一片黑暗之中，哥几个在床上躺倒，卧谈会便开始了。我们今天给班上的女生打分，评出高低座次，明天研究为何女生每月都会有几日"身体不适"，后天分析某女生是否对寝室哪个兄弟"有点意思"，没错，尽管话题五花八门，但都聚焦于一个对象，那就是班上的女同胞。

会议的主讲人当然是老大，他历经四次高考方进入这所师范学院，经历和见识是我们这些生瓜蛋子远远不及的。据老大讲，他的恋爱史最早可追溯至五岁时暗恋幼儿园阿姨，但正式交往的第一个女朋友是高三时的女同桌。女同桌家境优渥，本人又生得貌美如花，在一众男生面前十分倨傲，却唯独对老大青眼有加，她上午向老大请教问题，下午同老大探讨人生，想尽办法撩拨老大。俗话说男想女隔层山，女想男隔层纸，一天晚自习前老大把女同桌约到操场散步，便把这层纸捅破了，然后两人便幸福地在一起了，再然后老大的学业便荒废了。高三毕业老大名落孙山，女同桌倒上了所不错的大学。一个大学生一个落榜生，两人的地位不再相同，为不耽误女同桌在大学校园寻觅更出色的如意郎君，老大毅然决然地与她分了手，转身进了复读班。已经尝到爱情甜蜜的老大再也不甘寂寞，复读三年女朋友换了三茬，这些女生有高有矮，有胖有瘦，老大可谓阅尽人间春色。

有理论有实践的老大教导我们，歌词有云："山中只见藤缠树，世上哪见树缠藤，青藤要是不缠树，枉过一春又一春。"意思就是兄弟们若有心仪的对象，一定要主动出击，厚皮老脸死缠烂打，不追到手决不罢休。其次要肯花小心思，女生的生日是必须要探听到并且牢记的，生日那天的礼物是必须要有的，女生的闺蜜是必须要团结的。其实还有更重要的两条——形象和出身，因宿舍兄弟颜值普遍偏低，又均为寒门子弟，老大便略过不提。

说来惭愧，尽管有老大春风化雨般的谆谆教诲，却没有一个女生被我们勾搭到手，入学时宿舍里是一帮光棍，大学上到一半依然是光棍一帮。只是让我们纳闷的是，我们不中用也就罢了，老大自己咋也没动静呢？

老大给我们的解释是，全校女生没一个对他胃口，他这股肥水决定流向外人田了。

二

虽一样出身寒门，因老爸农闲时节常做些小生意，有钱又尽着我这独养儿子花用，我手头要比同寝其他兄弟宽绰不少。可是这样的好日子在我大三那年到头了，老爸给我来了封信，说他做生意被人骗了，不仅家里的所有积蓄都搭进去，还欠了不少债，可能今后很长一段时间再无力供我，要把书继续读下去得靠我自力更生了。

自力更生就自力更生吧，可到底做啥行当更生呢？同寝的兄弟们纷纷给我出主意，有的说去工地做小工，有的说到饭店端盘子，还有人一脸坏笑地建议我寻个富婆傍上。

"听我的，"老大说，"咱是师范生，利用咱的专业优势，找个家教干啥。我也正琢磨着挣点钱，咱俩搭伴一块找活儿吧。"

九十年代初在我们这座东北城市尚无中介机构一说，大学生找家教活儿和农民工揽工别无二致，举个写着"家教"两字的牌子，往人多的地方一戳任人挑选。只要一没课我和老大就跑到十字路口站街，可连着站了一个礼拜都无人问津。原因不是我们模样多丑怪邋遢，而是我们的性别——一位前辈师兄前年给一女高中生做家教，教了一段时间女生成绩未见起色，肚子却先起来了。事发后那个败类受到了应有的惩罚，也让家长们看到了男家教老师的潜在风险，于是宁可高价聘请非师范的女生，也不愿花白菜价找一个正宗师范的男生。可让我们想不明白的是，女生家长持这种思维也就罢了，男生家长跟着起什么哄呢？

在透骨的寒风中一直站到第八天终于有人搭理我了，只是那人不是家长，而是一个肥头大耳的初中生。

初中生上来就问："多少钱？"

"两小时五十，当然，可以商量。"

"五十就五十，这就去吧。"

这家伙居然没砍价，我心中窃喜，问："这就去你家吗？"

"不，是去我们学校。"

"去学校？"我糊涂了。

初中生讲了原委，原来他们学校今天要开家长会，他考试虽考了第一，却是倒数的，怕爸妈知道恼羞成怒施以家法，想花钱雇我冒充他叔叔去开家长会。

我演技自来拙劣，果真接下这活儿穿帮的几率极大，那时必有一场难堪，可是，到学校转上一圈就能挣五十块呢……我一时踌躇不决，招招手把不远处的老大叫了过来。

老大弄清楚情况皱了皱眉头："你冒充他叔叔去开家长会，那是助纣为虐，跟他一起欺骗父母和老师。"

初中生在一边不耐烦了："愿去就马上跟我走，不愿去我再找别人。"

"不义之财不可取，"老大坚决地说，"老六，这活儿咱不接！"

推掉了可以轻松挣五十块钱的买卖，我心里不痛快，跟老大说脚冻木了想回学校。老大让我先走，说他再待会儿。没想到就在他"再待会儿"的时间里，接到了一单大买卖。

老大后来跟我讲，一个衣着考究的中年男人在远处观察了他一会儿，走过来问他是哪所大学的，今年大几，学什么专业，然后问他是否愿意接一个非传统意义上的家教。老大反问何为非传统意义上的家教，中年男人摘下鼻梁上的金丝眼镜擦了擦，给老大讲了他女儿珊珊的故事。珊珊从小就是那种传说中别人家的孩子，聪明伶俐且成绩优异，可上了高三却开始思考一个问题："我学习的目的是什么？我到底为什么学习？"她向家长和老师询问，都没能得到一个满意的答案，女孩说："学习的目的都没搞明白，我还学个什么劲！"从此开始上课瞧闲书，回家看电视，成绩一落千丈。珊珊父亲一脸苦相地对老大说："我和她妈劝，班主任和各科老师劝，动员所有的亲戚朋友劝，可都不行，她说搞不明白为什么学习就不再学习了。你比我闺女大不了几岁，同龄人可能更容易交流，所以想请你去给她做做思想工作，如果做通了可以给你……嗯，一千块报酬，你看可以吗？"

一千块！老大心里一颤，这笔钱够他舒舒服服过一学期的了。又想不过是小姑娘思想一时拐进了死胡同，讲几个励志故事，再凭自己的三寸不烂之舌忽悠忽悠大概就可以了，于是一口答应接了这活儿。

老大连着去拜访了珊珊几次，每次都坐在她家富丽堂皇温暖如春的客厅里，像《一千零一夜》里那个聪明的宰相女儿一样，一个挨一个给珊珊讲故事。宰相的女儿最终用故事打动了残暴的国王，老大却没能用故事打动高三生珊珊，让她得到"我为什么学习"这个问题的答案。老大第四次去的时候珊珊说："哥哥，劳你费心了，你讲的故事其实也不比我爸妈高明多少，都是些陈词滥调。"然后请老大开路。

老大以为自己肯定白忙活了，没想到珊珊父亲办事还真敞亮，给了他五百块辛苦钱。五百块老大留下一百，剩下的四百塞给了我。我推辞不受，老大说："拿着吧，天天馒头就菜汤，瞧你脸色都成啥了。"

三

大学四年说长也不长，我们这茬学生很快就迎来了毕业。寝室八个人各奔东西，有的留校，有的读研，剩下的被分到了省内的各个县市。我和老大缘分未尽，一起来到了河源县。

我供职的单位是河源二中，全县唯一的省重点。学校对我倒重视，一上来就给了个班主任，每天又要带班又要教课，忙得焦头烂额。十一放假终于得以喘上一口气，想想和老大已一个月未见，正好利用假期时间去看看他。这天一早我骑上刚买的二手自行车，顺着往马栏镇的大道杀奔老大所在的马栏中学。

马栏中学是一所乡中学，档次要比河源二中差许多。同一大学的毕业生分配去向如此悬殊，背后没有原因是不可能的。当初我和老大结伴来到河源县教委报到，手续办完老大就回家了，我在河源有个远房叔叔，多逗留一天去叔叔家拜望。叔叔热情接待了我，听说我来河源当老师，问在哪所学校。我说刚报到还没定，教委分哪儿是哪儿吧。"那咋成？"叔叔给我倒茶的手顿住，"任由人家摆布，谁知道把你扔到哪个兔子不拉屎的地方呢。我正好在教委有熟人，帮你运作运作。"我只当他随口一说并未在意，等开学前再回到河源，发现叔叔还真办事，自己被分到了全县最好的河源二中。这内幕我曾想跟老大坦白，想想又没有说。

秋高气爽快马轻骑，不到一小时我就到了马栏中学。校门口没有门卫，我径直推车进去，边走边感慨这学校和河源二中差距实在不是一星半点儿，道路和操场是一踩直冒烟的黄土地，教室是墙皮剥落门窗糟朽的老旧平房，一大片地方用铁皮围挡圈起来，应该是个半拉子工程的工地。

问了一个在操场活动的老师，我找到了老大的居处——一排家属院边上的一座小院。推开虚掩的院门进去，见老大不在家，屋里屋外转了一圈，感觉还是他当初大学住宿时的风格——一屋不扫却要扫天下。不知老大什么时候回来，我想找本闲书打发时间，在桌上的书堆里翻了半天，见不是《中学语文教学》《语文建设》这样的学术刊物，就是《班主任工作漫谈》《怎样做班主任》这样的正经书，好不容易才在最底下找出一本金庸的《天龙八部》。

我捧着书歪在床上正看得入迷，忽听院子里有人叫："田鹏！田鹏！"我放下书走出屋，见一个梳着马尾辫脸蛋红扑扑的姑娘站在院子里。姑娘狐疑地上下打量我："你是谁？干啥的？"我忙解释："我是田鹏的同学，来看看他，偏巧他不在。"

姑娘不再理我，进屋把手里提着的大塑料袋放在桌子上，环顾四周皱眉嘀咕："到处皮儿片儿的，简直是个猪窝。"撸起袖子便抹桌子扫地收拾起来。我的存在影响了姑娘干活儿，她呵斥我："不帮忙就别戳在这儿，到院子去！"

我在院子里四处溜达，发现墙角吊着个灌满沙土的化肥袋子，这小子，上学时就爱练这个，工作了也没丢下。我挽起袖子打了一阵沙袋，送走了姑娘，等来了老大。

老大见我很高兴，说他刚才家访去了，问我几时来的，又看屋子收拾得井井有条，说士别三日当刮目相看，我这懒蛋眼里有活儿了。

"我可不敢贪天之功，活儿是你的田螺姑娘干的。"我把红脸蛋姑娘来的事讲了，又指着桌上的大塑料袋说，"那是她送来的，我看了，有生有熟全是好吃喝。大哥就是大哥，这才上班几天呀，就把人家姑娘勾搭上了。"

"别瞎说，她是我们学校管食堂的，可怜我光棍一个家又在外地，时不常给我送点东西，你可不能把我们的革命友谊庸俗化。"

"还革命友谊……哥哥，你就认了吧，我早盼着有个大嫂了。"我看看腕上的手表，"都十二点了，街上哪家馆子好，我昨天刚发的工资，今儿中午请你吃饭。"

"到我这儿你请客？寒碜你大哥呢。今天让你尝尝我的手艺，到马栏这些日子别的没啥进步，厨艺倒是练出来了。"

老大把红脸蛋姑娘送来的吃食拎进厨房，煎炒烹炸忙活起来。没多大工夫几盘香喷喷的热菜上了桌，老大又启开两瓶啤酒，我们便落座开席。

灌下半瓶酒，我问老大怎么想着要去家访，我在河源二中听说过这词，却没见哪个老师真的实践过。老大正色说："老师，尤其是班主任必须了解学生，这其中就包括学生的成长环境，而了解成长环境只能通过家访。就说今天我去的这家吧，孩子名叫陈家乐，学习用功，闷葫芦一样不爱说话，别的看不出有什么特别，可去这一趟我才知道，他爸爸都六十多岁了，典型的老来得子，妈妈倒年轻，可是腿有残疾，家里穷得叮当响，连个板凳都是缺腿的，这些情况不家访根本不会知道。我想好了，回头帮陈家乐向学校申请补助，每月再从自己的工资里挤出点儿给他，这孩子太不容易了！"

"还真是，"我被老大的话打动，举起酒瓶喝了一口，"向你学习，赶明儿我也去学生家访访。"

四

上大学时兄弟们天天一起打扑克、下象棋、踢足球，玩什么都有伴，去哪儿都是呼啦啦一小帮，虽然我有时也会对走过身边的美女想入非非，卧谈会上被老大鼓动得热血沸腾，但并不觉得女朋友特别要紧，有的话固然好，没有身无挂碍来去自由也不错。等来到河源后，尤其马栏之行看到已有人帮老大铺床叠被，下班后再于宿舍枯灯独坐形影相吊，也开始向往"红袖添香夜读书"的美妙了。

若一个单身男老师到工作单位之外寻觅对象，一个恰当的比喻就是守着西瓜田找芝麻。中国绝大部分学校的女老师人数都远远多于男老师，男老师完全可以全面培养，重点选拔，再择最中意的集中火力进攻。我在河源二中选中的进攻目标是计算机老师丁晓慧。

晓慧和我同一年上班，个子不高，走路像孩子一样蹦蹦跳跳，听我讲什么都瞪大眼睛露出恍然大悟的表情："原来是这样！""太不可思议了！""张老师，你知道的真多！"

如果妻子对丈夫如此盲目崇拜，作为丈夫的人应该感觉不错，何况大眼睛小尖鼻的晓慧非常符合我的审美期待，于是我便开始"藤缠树"的行动了。我假意向晓慧讨教电脑方面的问题，缠了她两个小时终于"弄明白"了，然后顺理成章提出请她吃顿便饭以示谢意。

天真的计算机老师哪晓得我心怀鬼胎，爽快地答应了。吃饭中间我饭没吃两口，嘴巴几乎全用来说话了，从外太空讲到地球，从地球说到中国，纵横数万里，上下五千年，口若悬河唾沫四溅，不把对面的年轻女老师侃晕绝不住嘴。

后来我又以各种借口请晓慧吃饭，利用这些机会充分展示了自己渊博的学识卓越的口才。此外我还拐弯抹角打听到晓慧的生日，在生日那天送上自己精心挑选的礼物；晓慧同我们语文组的一位大姐走得很近，我时不常就找大姐套套近乎，求她在晓慧面前帮我美言。瞧火候已到，在又一次请晓慧吃饭时，我郑重地向她提出可否将我们之间的关系推进到一个新的层次。晓慧像往常一样瞪大了眼睛："你要和我谈恋爱？"我回答说是的。晓慧低头捻了捻垂在胸前的一缕长发："我得回去问问我爸妈。"真是个乖乖女，我笑着说："在你爸妈跟前把我夸得好一点儿。"晓慧这时表现出了少有的固执："不，得实事求是。"

晓慧很快带回了她父母的指示，同意女儿同我交往，但两人间不允许发生过于亲密的行为。"过于亲密的行为"，这话边界不清概念模糊，实在不好把握，所以在我们之后的交往中该发生的不该发生的一样不落都发生了。就在我和晓慧的爱情渐入佳境时，一个周末我接到了老大打来的电话："老六吗？老二来河源了，现在就在我这儿，晚上你过来，咱哥仨聚聚！"

上次来马栏中学我还得问几次道，这回却是二进宫熟门熟路。老大已候在校门口，见我来了笑着迎上来帮我推车，说："今晚咱们在我们学校的食堂聚，雪梅已经带老二去了，咱俩这就过去。"我一愣："雪梅？"老大说："你上回来见过，就是那个帮我收拾屋子的姑娘。"我说："关系又有新进展了？"老大笑而不答。

到食堂见了老二，我竟有些认不出了，白衬衫红领带，西装笔挺皮鞋锃亮，这还是我那个俩月不洗一回澡趿拉着拖鞋四处逛的二哥吗？不仅行头，举止做派也变了，见我进屋含笑伸出手："老六，你好。"我没客气，打开他的手当胸给了一拳："别跟我装大尾巴狼，我可不喜欢被你接见。"老二有些不自然地一笑："还是那么粗俗。"

扎着件碎花围裙的雪梅已在招呼大家入席："快上桌吧，等会儿菜凉了。"

我凑到大圆桌边一看，菜品的花样档次比老大上回做的绝不可同日而语，笑着对雪梅说："大嫂辛苦。"雪梅一嗔："瞎叫啥呢？"嘴上似不乐意脸上表情却很高兴。大家落座，老大启开白酒给每人倒上："原本还要在我那小院招待你们，雪梅知道我大学同学从外地来，说她管着学校食堂，什么都是现成的，干脆做和吃都在她这儿得了。"

老二说："我提议，咱们第一杯先敬雪梅女士。"三个男人一起举杯敬雪梅，雪梅毫不扭捏一口干了。

老二毕业时走亲戚的路子去了一家大型国企，我问他混得可还得意，老二抹抹嘴说还行，领导很赏识他，来年就可能升成副科。

"副科，这么年轻就当副科！"雪梅张大了嘴巴，"我们校长才是副科，田鹏要当校长，得先当年级组长，再当副主任，再当主任，再当副校长，每个职位干上三五年，熬到校长都快五十了。"

老大笑道："你倒替我一步步规划得挺好，可咱学校这么多人，哪就轮上我当校长了？"

"咋当不上？"雪梅说，"田鹏，咱们马栏中学正经本科毕业的就你一个，罗校长透出过风儿要好好培养你，你可不能自甘堕落。"

"熬到校长才是副科，不堕落也没啥意思。跟你们说，我们老总是正厅级干部，跟在他屁股后头拎包提鞋的都是副处！"老二说，"老大，老六，抓紧改行吧，有道是家有隔夜粮，不当孩子王，老师工资低待遇差，上升空间还这么小，真没啥干头！"

我调侃道："二哥，你在单位好好巴结，早日位高权重，把我俩都调过去！"

老二酒量不如我和老大，四两酒下肚就趴在桌上醉得跟死狗一样。我和老大把他搀回小院安顿好，听着他一长一短的鼾声我们两个都没有睡意，老大说："走，到院里坐坐。"

马栏中学孤悬镇外，围墙外是大片的庄稼地，清风徐徐，稻香阵阵，周围一片静谧安详。我抱着膝盖坐在台阶上，问身旁的老大："大嫂就是雪梅了？"

"没啥意外应该是。"

"好赖你也是大学毕业，找个食堂管理员，不觉得委屈？"

"有啥委屈，人家本乡本土的姑娘能看上我这个外来户，是我的造化。"

"卧谈会上听你恋爱经验那么丰富，又有那么多手段，还以为你得娶个什么天仙似的人物呢。"

老大嘿嘿一笑："实话告诉你吧，我讲的那些东西只有改编权没有著作权，在雪梅之前我跟女生连手都没拉过。从初中开始我就住宿，待过的每个宿舍都有卧谈会，会上正经东西没学到，少儿不宜的故事和知识倒是听了一大堆。"

"你小子……我全都当真了！"我笑着给了老大一拳，换了个话题，"其实静下心想想，老二刚才在饭桌上说的也不是没有道理，老大，你想没想过改行？"

"没有，"老大的语气斩钉截铁，"高考我考了四回，志愿也报了四回，每回志愿表上填的全是师范。"

"是吗，你咋就那么愿意当老师？"

"这个嘛……那就得讲个故事了。"

老大说，从前有个小孩叫小鹏，嘟噜着一张胖脸，甩着两条短腿，大书包啪啪打着屁股，傻呵呵地挥霍着自己无忧无虑的童年时光。

可是有一天小鹏和同班同学小辉打起来了。原因是一次数学测验小辉想抄小鹏的卷子，小鹏怕挨老师批评没有给他抄，小辉怀恨在心，下课故意找茬动手打小鹏。小鹏虽然老实力气却不亏，当即和小辉扭成一团，直到班主任刘老师赶来两人才分开。这事本来不大，可中午小辉回到家，他妈妈发现了儿子手上的淤青，问小辉是怎么回事。听了小辉的一面之词，这个护犊子的女人暴跳如雷，下午拉着儿子找到刘老师，要求务必严惩小鹏为儿子讨回公道。

打架的是非曲直刘老师本已调查清楚，但小辉的爸爸是公社干部，刘老师正因宅基地的事有求于他，而小鹏的农民父母除了秋天给老师孝敬点儿自留地的出产，再没别的用处。刘老师想也没想就知道该怎么做了，他把小鹏叫到办公室，当着小辉妈妈的面狠狠训斥了一顿，然后赶到走廊罚站。

小鹏示众般站在走廊里，来来往往的同学都盯着他看。小辉站在不远处颠倒黑白给大家讲小鹏干了什么坏事，两个外班女生听了义愤填膺，走到小鹏面前一人吐了他一口唾沫。

上课铃响了，同学们一窝蜂拥进教室，只把小鹏一个人丢在了走廊里。小鹏抬起一直低垂的大脑袋，看到了空荡荡的走廊，走廊窗外阴沉沉的天空，以及被凛冽的秋风硬生生扯离枝头的漫天黄叶，两行委屈的泪水顺着他的胖脸蛋流下来。

老大慢慢说："从那以后小鹏就立志要当老师，当个公平公正对所有学生一视同仁的老师。"

五

老二走后没多长时间，老大又给我打来电话，说他们学校的罗校长神通广大，不知怎的打探到了我是他闺女的语文老师，而老大又是我的大学同学，让老大求我帮忙组织个饭局，把他闺女的所有任课老师都叫上。老大说："罗校长待我不错，一来就分给我个小院住，雪梅到学校管食堂也是走他的关系，不管咋说这个忙你一定得帮。"

家长请老师吃饭在九十年代的河源蔚然成风，同事们也都给我面子，吃饭那天除英语老师临时有事其他人都到了。罗校长大腹便便笑容可掬，他逐个给老师们把酒杯斟满，谦恭地说孩子让各位操心了。

众人边吃边喝边聊，吃的是菜喝的是酒，聊的当然是罗校长千金的学习。实际情况是千金的心思根本没放在学习上，上课溜号，作业瞎糊弄，最近还交了个男朋友，但这些事不好在饭桌上讲，老师们只敷衍说："孩子还好，就是基础差些，后面我们再抓抓。"

说完这些便再没什么可聊，眼看就要冷场，罗校长便开始聊自己，出于活跃气氛的目的，他采取的是一种自嘲加调侃的方式。他说自己上学时赶上文革，学历勉强算是高中毕业。在生产队当了两年车把式，马栏中学缺老师，附近几个屯子的小青年数他学历高，就把他喊来教书，带数学和体育两科。可他哪会教呀，数学课数啥都是"一匹、两匹"，体育课上让学生走就喊"驾"，让停就喊"吁"，还是生产队赶大车那一套。当时的校领导也真是瞎了眼，就他这水平，还把他塞进了领导班子，直至当上一把手。他今年已经过五张了，没别的想法，就是想给工作了一辈子的学校盖座教学楼。

罗校长说："看你们二中，教学楼、实验楼、宿舍楼，连食堂都是楼，我们马栏呢，我刚上班时就是那么几排破平房，现在还是。赶上刮风下雨，不是这儿漏就是那儿漏，到冬天因为墙体太薄，烧多少煤屋子也烧不热，看孩子们一边听课一边冻得跺脚，我这当校长的心……"不知不觉罗校长已不再戏谑，此时更是真情流露眼圈发红，"我在心里发誓，一定让我们马栏的孩子告别破平房，像县城里的学生一样坐进宽敞明亮的教学楼。我连着打了几回报告，上头总算同意了，可批下来的钱只够盖半截楼，不够的还得自己再想办法。电影里瓦西里同志咋说的——面包会有的，牛奶会有的，一切都会有的，我相信我们马栏中学的教学楼也会有的！各位老师，等我们学校的教学楼竣工了，你们都去参观呀。"

罗校长讲的前半截大家只当听笑话，后半截见他说得诚挚，都捧场说一定去一定去。

酒足饭饱把老师们送走，罗校长握着我的手说："张老师，今天实在感谢呀。听田鹏说你俩不光是同学，还是一个寝室的？"

"是，罗校长，我俩一屋住了四年，我是老六，田鹏是老大。"

"老大？"罗校长笑了，"他这个老大有威信吗？"

"太有了，辅导员的话我们有时听有时不听，田鹏说什么我们不打折扣坚决执行！"

老大在旁边摆手："没那么夸张。"

"田鹏是不错，"罗校长笑眯眯地看了眼老大，"教学有成绩，班带的也好，学校准备下学年给他个年级组长干，当一个年级的'老大'。你们年轻，又有学历，咱河源的教育以后要靠你们挑大梁哩。"

六

每天在各自的单位穷忙，有点儿闲工夫还要花前月下陪陪女朋友，自从在罗校长的饭局上一别，直到监考职称外语考试我和老大才又见面。

今年考试的考点照例设在河源二中，因为考场多，用到的监考老师也多，本校人手不够，外校的一些老师也被抽调过来增援，其中就包括老大。

考试那天所有监考老师早早就来到学校，监考前的准备工作紧张而繁琐，我和老大没顾得上说句话就捧着试卷袋走向各自负责的考场。

我这一场的考生都是我的同行，来自全县各中小学的老师。考试开始了，我和搭档蒋老师发下卷子，一个站前一个站后注视着考场。考了约有二十分钟，负责楼道巡视的校工卢师傅在门外探了探头，我以为有什么事，快步走出去。卢师傅招招手，把我叫到离门远一点儿的地方，压低声音说："十五号。"然后把一张纸条塞到我手里。我一时有些蒙，随即明白过来他让我做什么，忙丢火炭似的把纸条还给他，皱眉摇了摇头，转身返回教室。

谁知卢师傅的脑袋又锲而不舍地在教室门口出现了。蒋老师看了看我，走出了教室。她很快转回来，装模作样地在过道上巡查，当走过十五号的课桌前，顺手帮考生把露在桌子外的卷子往里推了推。

这只是个开始，随着卢师傅的脑袋一次次出现在教室门口，一张张纸条被蒋老师送到了考生手里，考试进行到一半的时候，整个考场有三分之一的人收到了纸条。之后的时间考场秩序越来越混乱，这些平日非礼勿言非礼勿动道貌岸然的园丁们挤眉弄眼，踹椅子假咳嗽，把纸条传得满天飞。一个花白头发的老教师没人给他传纸条，竟回头一把将后桌的卷子扯过来，直接压在自己的卷子下面开抄。我抬头望着天花板佯装不知，已经传进来那么多纸条，现在管又有什么意义呢？

一场考试，不，一场闹剧结束，我和老大出了学校，前往附近一家饺子馆，老大难得来我这儿一趟，中午我请他尝尝这里享誉全县城的虾仁饺子。路上聊起今天的监考，老大的考场情形与我的大同小异，两人禁不住慨叹了一回。

饺子馆门庭若市座无虚席，我俩好一会儿才等到座位，刚刚坐定，身后传来一声招呼："田老师，你也来了！"我回头一看，邻桌坐着几个穿戴花哨流里流气的少年，说话的那个头发染得跟秋风扫过的杂草一样。杂草热情地对老大说："田老师，既然这么巧，咱们就两桌并一桌吧，我请客！"老大摆摆手："不用了，你们吃你们的。"

一伙少年吆五喝六打打闹闹，很快就吃完走人，临走杂草还照老大的肩膀来了一记："田头儿，回见！"

我往老大的碗里加了点蒜泥，笑道："这是你的学生？够社会的。"老大苦笑："不知道我上辈子干了什么缺德事，当了他的老师。"

老大告诉我，这少年名叫李丰，是这学期新转到他班的，十分的自由散漫，无故旷课是家常便饭，迟到早退更属稀松平常。老大找他谈话，他左耳听右耳冒，请他家长来学校，家长

说上班忙没时间，老大便想让学校给这小子个处分，镇唬镇唬他，方便自己后面再做工作。他将李丰的材料报给政教处，谁知过了两个礼拜也不见回音，上门去催问，主任请他坐下，给他倒了一杯水，说出了学校的苦衷——新竣工的教学楼是县一建公司垫资盖的，一建公司在三楼楼梯口安了个大铁门，断绝了前往三四楼的通道，声称学校什么时候把欠款还上什么时候拆门。三四楼用不上教学楼足足少了一半教室，罗校长急得满嘴起泡，正积极同一建公司协商，看能不能把大铁门先拆了，欠款容工夫慢慢还。李丰的叔叔正是一建公司的总经理，在这节骨眼上若把人家侄子处分了，罗校长所有的努力就白费了。

我问事情最后怎么着了，老大说："主任话都讲到这个份上，我还有啥说的？李丰见学校不敢处分他，更加嚣张，现在是想来学校就来学校，不想来几天都不照面。就算待在学校他也不安分，抽烟早恋打架斗殴，什么坏事都能找到他。"

"咱不过是一个小小的老师，做好自己的分内事，管不了的就别管了。比如今天这职称考试，咱自己不帮考生作弊，挡得住别人吗？"

"不说这些事了，一说我头就大。"老大给我夹了一个饺子，"多吃点儿，这虾仁馅的味道还真不错。"

七

我和晓慧交往一年后，晓慧说她爸妈想见我一面，亲自验下货色。我好好洗了个澡，换上最体面的衣服，拎上精心挑选的两盒上品茶叶前去拜会老泰山。

我在两位老人面前竭力表现，两位老人也十分的和蔼可亲，全过程欢声笑语其乐融融。事后晓慧跟我反馈："我爸说你自视甚高夸夸其谈，但好在胆子小，不会出什么大格儿，基本上还属于凡事随大流苟且偷安的人。"我承认，这位在机关单位干了一辈子的老科员看人还是很准的。

验货后不久一次去晓慧家吃饭，老头跟我说："你俩也老大不小了，就别渗着了，明年五一把事儿办了吧。"我说自己还没攒够买房的钱呢，老头说："不用买，我家有两套房子，我们老两口住一套，另一套就给你们吧。我们早想开了，就一个闺女，房子东西早晚都是你们的。"

老夫妇将一套房子作为女儿的嫁妆，我真是赚大发了。一放暑假就开始忙装修的事，先选定包工队，又去市场购买杂七杂八的建材，因没有经验，生恐被包工头和卖建材的黑心老板骗了。到九月份开学装修工程终于接近尾声，就在这时我听说了老大出事的消息。

河源教育口的圈子本来就不大，有个风吹草动很快就传得尽人皆知。我听到的老大出事的经过是这样的——老大班上有个叫陈家乐的男生，家境贫寒，人又老实懦弱，常被同班一个叫李丰的小霸王欺负。一天陈家乐和班上一个女生说了几句话，李丰就说他招惹自己的女朋友，要整死他。大课间李丰将瘦小单薄的陈家乐强行拖进男厕所，抓住头发狂扇耳光。耳光一个个抽在男孩的脸上，开始他只是咬牙硬挨，后来突然从裤兜里掏出一把小刀刺了出去。

小刀是削铅笔的小刀，刀身短小，李丰又闪躲得及时，只把他的衣服划出个口子。李丰夺下小刀，把陈家乐拽到老师办公室，控告他蓄意谋杀。罗校长等一众领导闻讯赶来，询问两个当事人是怎么回事。当问到陈家乐小刀是哪儿来的，陈家乐说他听李丰扬言要整死自己，心里害怕，揣在裤兜里防身，开始也没打算掏出来，后来见李丰打得没完没了，这才掏刀自卫。校领导又问了几个当时在场围观的同学，基本弄清了情况。罗校长当场宣布，陈家乐打架斗殴，伤害同学，给予记过处分。

当晚罗校长接到了李丰叔叔，也就是一建公司总经理的电话，总经理说，那个学生光天化日之下公然持刀行凶，只给个记过处分，是不是太轻描淡写了？次日上班罗校长和几个校领导一番磋商，中午在公示栏贴出了对陈家乐新的处理决定：勒令退学。

老大看了公示立马来到罗校长的办公室，怒不可遏地指责学校处理不公。罗校长喝令他滚蛋。老大一脚踹开门走出去，到校门口的公示栏旁一把将处分陈家乐的公示扯下来，当着许多老师和学生的面撕得粉碎。学校跟着又做出一项决定，因为工作需要，调老大去收发室收发报刊邮件。

八

又到周末了，我去马栏中学看老大。老大面色如常，请我在他的小院吃饭喝酒，席间我俩只聊些不着边际的风花雪月，没提一句这段时间发生的事。我临走时老大告诉我，他还想当老师，可不想在河源当了，目前能想到的离开这个地方的办法就是考研。雪梅知道他的想法后已经和他分了手。

老大托留在师范学院当辅导员的老四买了一大堆考研资料，拿出当年高考的劲头埋头苦读。他的考研之路比高考顺利，只用了两年就如愿以偿。

九

我们毕业十周年的时候，已混成个小头目的老四组织大家回母校聚会。

我们漫步于旧貌换新颜的校园，邀请曾经的老师聚餐，回首自己或放浪形骸或青涩懵懂的峥嵘岁月，感慨青春易逝，叹息韶华不再，就差吟上几句"师范学院桃千树，尽是刘郎去后栽"的歪诗了。

老四使用了一下自己的小权力，趁着学生放暑假，晚上把大家安排进当年住过的寝室重温旧梦。这次聚会我们寝室除了老大之外其余人都到了，等兄弟们躺好，老四拉灭了灯，老二嚷："开会了，开会了！"于是休会了十年的卧谈会再次开幕。

因为少了主讲人，大家怎么也找不到当年的感觉，便有些索然，话题也转移到老大身上。老四说："老大这小子不知道是吃错了药还是咋的，揣着研究生的文凭什么好地方去不了，非钻到西南的大山里！"

老二说："我猜他一定是听说川妹子漂亮，想去勾搭一个。"

好几个人都说有可能。

"各位，"我说话了，"上礼拜我和老大通了电话，他告诉我个事儿，说他在支教的学校遇到了一位故人，你们猜是谁？"

"故人？谁呀？"

"他上学时候带过的那个家教。还没想起来？就是非要搞明白'我为什么学习'那位。"

"哦，她呀。这么多年了，那个问题她搞明白没有？"

"老大说那姑娘现在自己当了老师，不再琢磨'我为什么学习'，开始琢磨'我的学生为什么不学习'了。"

众人大笑。

老四问："老大说过那女孩挺漂亮的，他俩现在在一个学校，又有之前那段缘分，没发展发展呀？"

我说："听老大的话音儿，好像发展了。"

"哎呀，"老二惊呼，"跑到四川还找个东北妹子，那他干啥去了！"

漫天飞雪

留根蹲在门槛上吸烟，看瑶瑶身着米黄色的束腰大衣，脚蹬黑色长筒皮靴，风姿绰约踏雪而来，心里赞了声：美！又想，还是年轻好啊。

留根心里的话瑶瑶当然听不到，她向留根甜甜一笑："陈哥，吃早点了吗？我路上买了包子，你来两个？"扬了扬手里的小塑料袋。

"哦，我吃过了。"留根站起身给瑶瑶让路。

这家底商被房东隔成里外两间，里间是留根的文印店，外间瑶瑶租下来出售各色花卉。瑶瑶见里外间的瓷砖地都新拖了，自己沾满雪水的皮靴踩上去立时现出两片污渍，忙踮起脚绕到柜台后面找出双棉拖鞋换上，说："陈哥，总麻烦你帮我打扫卫生，真不好意思。"留根摆摆手："这有啥，捎带手的事儿。"

没有顾客，留根在里外间百无聊赖地来回溜达，看瑶瑶一边吃包子一边摆弄手机，说："吃东西也不忘玩手机。"

"刚才拍了两张雪景发到朋友圈，好多人点赞呢。"瑶瑶放下手机，望望窗外飞舞的雪花，说："陈哥，咱们出去堆雪人吧。"

"算了，我都多大岁数了。"

"谁规定岁数大就不能堆雪人了？走吧走吧。"瑶瑶不由分说，换了鞋推着留根就往外走。外面的雪已下了有半尺厚，两人先堆起一个雪人身子，又滚了一个圆圆的脑袋安在身子上面，瑶瑶再从自己的货架上找了两颗塑料球做雪人的眼睛，寻了根竹筷子当鼻子，最后将留根夏天戴的遮阳帽扣在了圆脑袋上，一个大腹便便憨态可掬的雪人便大功告成了。

路过的行人见了雪人都眉开眼笑，一些姑娘特意跑到跟前同雪人合影，孩子们更是惊喜异常大呼小叫。留根和瑶瑶相视而笑，都有一丝小小的成就感。

九点钟后文印店的顾客渐渐多起来，主要是附近两所大学的学生来复印和打印学习资料。留根刚送走一拨学生，一个衣着考究的中年男人跨进店来，问："老陈，我的书稿印出来没有？"

"印好了。"留根将一本装订好的册子递给男人。

男人翻看了一遍，满意地说："不错，明天我就把它寄给出版社。"

留根说："这本书出版了，你副教授的职称一准评上了吧？"

"应该差不多。"

"当了副教授别忘请我吃饭。"

"放心，少不了你的！"

中年男人告辞走了，瑶瑶说："陈哥，你和这个大学老师关系这么熟。"

"那是，"留根抻了抻酸麻的腰身，"我们认识都有二十年了。"

二十年前留根带着新婚的妻子初闯北京，在大学图书馆租间屋子开了个文印店。一天他的店里来了名大一新生，留根听他说话是家乡口音，一攀谈这个叫彭晓刚的新生果然是自己老乡。留根佩服晓刚能从老家那样穷乡僻壤的地方考进京城的大学，又从穿着打扮上看出他家境一般，每次他来印东西便只收个成本价或者干脆免费。逢上周末过节媳妇做点好饭菜，留根必要叫上晓刚，边吃边聊度过一个愉快的晚上。晓刚成绩优异，上完本科被保送读研，接着又念了博士，毕业后留在母校任教。

讲完自己和晓刚的交往，留根感慨地说："我俩岁数差不了多少，这些年人家本科、硕士、博士、助教、讲师、副教授，一路往上走，我呢，从前在图书馆开文印店，现在搬到校外还是开文印店。"

"我姥姥在的时候常说一句话，人比人得死，货比货得扔。"瑶瑶劝说，"过好自己的日子就行了，没必要那么比。"

留根把一沓纸塞进打印机的纸盒："话是这么讲，可是……"

到了中午吃饭时间，瑶瑶点了外卖，留根让她帮自己盯下店，到隔壁山西面馆要了碗炸酱面。热气腾腾的面条端上桌，留根拿起筷子正要吃，口袋里的手机响了，掏出来一看，是老婆发来的视频邀请。视频接通小儿子胖嘟嘟的脸蛋出现在屏幕上，他兴奋地告诉爸爸，今天上午老师把之前数学竞赛的奖状发下来，自己得了一等奖！留根脸上的每条皱纹都舒展开来："好儿子，真棒！"

接着老婆的面孔出现在屏幕上，嗔怪他又是吃面条，要两个炒菜也花不了多少钱。留根笑道："听你的，今晚吃点像样的，庆贺咱儿子得了一等奖！"他又问老婆上高中的大儿子的情况，老婆说好着呢，让他放心。

和老婆儿子视频完一碗面条也见了底，留根心满意足地打着饱嗝返回文印店。他迈进店门，一眼看见外甥二强来了，坐在瑶瑶身边正比比画画说着什么，见了他满面春风地打招呼："小舅！"

留根冷着脸："不好好上班，又跑到我这儿干什么？"

"小舅，我想你了。"

留根当然知道自己这个宝贝外甥真正的兴趣所在，鼻子里"哼"了一声走进里间。二强从小到大学习一直吊儿郎当，在老家读了个有分就能上的大专，毕业后跑到北京投奔留根，慷慨激昂地表示要努力奋斗，在京城打出一片天地。可惜他说的好听，做的却不靠谱，先在房产公司当中介，没过两天辞职去网吧做网管，最近又跳槽到一家保险公司卖起了保险，干啥行当都是三天热乎没个常性。二强常到小舅这儿蹭吃蹭喝，见开花店的瑶瑶生得漂亮，心里便惦记上了，文印店跑得更勤，来了就没话找话缠着瑶瑶说这说那。留根曾私下劝过二强，瑶瑶要学历有学历，要长相有长相，家又是北京本地的，绝不会看上他这种档次的癞蛤蟆，甭瞎费工夫。二强却说他要用真情感动瑶瑶，誓要抱得美人归，留根只得由他。

雪下个不停，下午顾客较上午少了许多，留根便忙乎之前积压的活儿。冬天日头短，五点外面就黑了，瑶瑶提议："今晚我不叫外卖了，你俩也别去饭馆了，咱们三个一起吃火锅怎么样？"二强双手高举："同意！"留根也说好。

三人分头行动，二强出门采购食材，瑶瑶到墙角的杂物堆里翻找许久不用的电磁炉，留根负责把一张堆满纸张墨盒的桌子清理出来。

电磁炉找出来桌子清理好，二强也披着一身雪花回来了，不仅买了羊肉蔬菜底料蘸料，还拎回了一大塑料袋啤酒。水和底料下到锅里，二强给每人倒了一杯啤酒，说："下雪天浪漫，下雪天吃火锅就更浪漫，我提议咱们为浪漫干一杯！"

"反对！"瑶瑶说，"下雪天不是浪漫，是有诗意。白居易曾写过一首小诗，绿蚁新醅酒，红泥小火炉。晚来天欲雪，能饮一杯无？正合咱们现在的情景，所以应该为诗意干一杯。"

留根说："瑶瑶，这首诗什么意思，给我们讲讲。"

瑶瑶把诗句意思详细解说了，留根拍手称妙："这首诗确实应景，还是瑶瑶有水平。来，咱们为诗……对，诗意干一杯！"

外面夜阑人静雪花纷飞，屋内觥筹交错温暖如春，没多大工夫五瓶啤酒已见了底。留根正准备开第六瓶，放在桌子上的手机突然响了，低头一看，是老婆打来的。

一改中午时的体贴温存，老婆的声音简直要震破留根的耳膜："陈留根，你是不是要把文印店转给别人，回老家开养鸡场？"

"啊……没有呀。"

"你少跟我装蒜，大哥什么都跟我说了！当初咱俩白手起家挑起这个店，起早贪黑吃了多少苦挨了多少累，好容易积攒了点稳定的客户，每月有了固定的收入，算是在北京站住了脚，你咋又想着回老家改行干别的？吃错药了还是咋的？"

"老婆，你听我说……"

"姓陈的，我啥也不听，只告诉你一句话，你要敢把文印店转出去，我就跟你离婚！"

老婆挂断了电话，留根把手机扔在桌子上，满脸阴沉。声音大屋子静，二强和瑶瑶把他们两口子的对答听得清清楚楚，二强小心地问："小舅，你真打算不干这文印店了？"

留根端起杯将残酒一口喝掉，从兜里掏出烟盒，却不取烟来抽，只是拿手揉搓着："开文印店是能养家糊口，但也只是能养家糊口，没多大干头，趁着自己的岁数还能折腾折腾，我想干点自己真正喜欢干的事儿。"

瑶瑶问："陈哥，养鸡这事儿，靠谱吗？"

"像二强这么大的时候，我跟着我爸开过养鸡场，当时本钱少，铺的摊子也小，干两年不挣钱就没再接着干，可我心里一直憋着一股劲，想什么时候再试巴一把。去年春节回老家，我看村里青壮年都进城打工，好多山坡地撂荒了，这些地正好可以利用起来搞土鸡养殖。鸡在山坡上捡草籽逮虫子，原生态纯天然，鸡和鸡蛋都是现在正时髦的绿色食品，销路绝对没问题。我算过账，趁现在文印店买卖不错转出去收笔转让费，再加上这些年的积蓄，正好能把养鸡场办起来！"

"你这是打破舒适区，回乡再创业，有勇气，有魄力，小舅，我支持你！"二强激动地表态。

"咋支持？出人还是出钱？"留根笑得揶揄外甥一句，说，"我知道你小舅妈一准反对，想先不告诉她，谁知你大舅的嘴太不严实。"

瑶瑶说："陈哥，我觉得你不该瞒着嫂子，应该做通她的工作，争取她的支持。"

"你不知道我家那口子的脾气，她的工作可不好做。"留根苦笑着摇摇头，"慢慢来吧。"

吃饱喝足已过九点，把东西归置利索瑶瑶穿上大衣准备回家。留根对二强说："天黑又下雪，你送送瑶瑶吧。"

此言正合二强心意，他"啪"地打个立正："保证完成任务！"

瑶瑶笑道："我这么金贵的人，一个护花使者怎么够？必须得两个。陈哥，你也送我吧。"留根说："二强一个人就行了。"瑶瑶却撒起娇来，晃动着留根的胳膊说："陈哥，送我嘛。"留根只好答应："行行，我送。"

二强拉开门往外走，差点与一个匆匆而来的小伙子迎面撞上。大冷天小伙子却一头热汗，说："我要买花！"

二强摆摆手："关门了，明天再来吧。"

"老板，你听我说，这几年我女朋友过生日我都要给她送束花，今天又赶上她生日，可单位下班晚，雪大路滑班车又不敢快开，我直到这个点才回城里。老板，求你了，能不能晚关两分钟门，卖我一束花！"

"那您进来吧。"瑶瑶推开二强，把小伙子让进店，给他介绍不同数目的玫瑰花代表的不同寓意，帮他参谋送几朵合适，又精心挑选搭配玫瑰花的花草，一丝不苟地将花束用玻璃纸包扎起来。小伙子要付账时瑶瑶说给他打八折，为他这么晚依然要给女友送花的执着，小伙子连声称谢，瑶瑶笑着说："记住，就算以后结婚了，每年生日也要给她送花，一次都不能少！"小伙子满口答应，捧着花束美滋滋地去了。

留根和二强拉下卷帘门，护送瑶瑶回家。踩着厚雪嘎吱嘎吱走了半个小时，到一个路口瑶瑶停下来："就送到这儿吧，我家就在区政府后面的家属院，没多远了。"

区政府的家属院？留根心中一动，小丫头背景不简单哩。他脚下不停，说："还是送到地方吧。"

"瑶瑶，你爸是区上的领导？"二强揉揉鼻子，小心地问。

瑶瑶嘻嘻一笑："在外面他领导别人，在家我和我妈领导他。"

留根说："瑶瑶，你家庭条件不错，又是名牌大学毕业，咋不考个公务员或者进家大公司，非要开个小花店？"

"谁说当公务员和进大公司就好？"瑶瑶张开双臂，似要将飞雪拥入怀中，"陈哥，你有开养鸡场的梦想，我有开花店的梦想，咱们都是有梦想的人！"

"有梦想的人……"留根回味着瑶瑶的话笑了，他转头问身边的外甥，"二强，你也是有梦想的人吗？"

"梦想？我当然有梦想——在北京长待下去，没户口也不要紧，毕竟咱是生活在首都的人。可是，小舅，我这梦想的前提是有你这个靠山，现在你要回老家，我的梦想可就悬了。"

"靠山山倒，依墙墙塌，谁也不靠，就靠自己！"留根大声教导外甥，"当初我跟你小舅妈来北京，又靠谁了？"

三个人走到一棵大树下面，瑶瑶调皮地晃了晃树身，然后飞快地跑开。树冠的积雪洒下来，落了留根和二强一身，二强叫："瑶瑶，你这个坏蛋！"蹲下身团了个雪球去追赶瑶瑶。留根笑着拍了拍身上的雪花，望望在雪地上撒欢的两个年轻人，从羽绒服口袋里掏出了手机：听孩儿他妈说老家今冬没怎么下雪，拍几张北京城的雪景，给她发过去！

预　言

听说彭永清和段小英领证结婚，村里的闲人们吐出一句："你看是吧。"

四个字意蕴丰富，有未卜先知的自得，有对老夫少妻的不屑，还有接着看热闹的期待。

三年前彭永清做完手术回到城郊的村子，保姆段小英就住进了彭家。每天清晨和黄昏段小英都会搀扶着彭永清走出家门，在村子的街道上溜达锻炼，段小英性情爽朗爱说爱笑，见人隔老远就打招呼，很快就和街坊邻里混熟了。

段小英和人聊天，总怀念东北老家的物产，她说老家的倭瓜有多面，豆腐有多嫩，苞米多有嚼头。村里人拿话噎她："东北那么好，你来我们这儿干吗？"段小英红着脸接不上话，这时彭永清开口了："东北好就不行来咱这儿了？人家凭劳动挣钱，想在哪儿在哪儿！"

彭永清在人前维护段小英，段小英对他也是实心实意。就拿每天出来溜达这事说吧，段小英总是背着一个双肩包，里面装着水杯、糕点和雨伞，让彭永清渴了有水喝，饿了有食吃，下雨浇不着，当妈的照顾孩子也未必有她这么精细。

彭永清年轻时在公社文宣队待过，吹拉弹唱都能来几下，可自打老伴去世这些都搁下了。段小英来后不久丝竹管弦声又从彭家的院落传出来，伴着这些乐音的还有段小英婉转动听的歌声。所有歌中她唱得最多的是《九九艳阳天》："九九那个艳阳天来哟，十八岁的哥哥呀坐在河边，东风呀吹得那个风车转哪，蚕豆花儿香呀麦苗儿鲜……"

随着歌声和伴奏配合得一天比一天默契，村里的闲人们开始传开彭永清和段小英的闲话。

"还十八岁的哥哥呢，六十多的老哥哥了。"

"一个拉一个唱，俩人还挺浪漫。"

"哎哟，他们一块溜达那叫个亲热，我早瞧出里面有事儿。"

"今天是保姆，明天就当家了。"

"这种事儿现如今还少吗？老彭做那么多年买卖攒了不少钱，等他一走，房子和钱都是姓段的。"

事情果然朝闲人们预料的方向发展。春节彭永清的女儿来看爸爸，彭永清告诉她年后自己准备和段小英结婚。

女儿当时就炸了，指着段小英的鼻子骂她是狐狸精，不要脸，为骗取钱财勾引自己老爹，然后又哭天抹泪劝爸爸不要上这坏女人的当。

"我活了这么大岁数，好人坏人分得清。"彭永清耐着性子说，"你妈走后我一直孤零零一个人过，现在岁数大了，身体也不好，碰上个知冷知热脾气又合拍的人不容易。"

"您就犟吧，迟早有后悔的时候！"女儿说完摔门而去。

彭永清和段小英到民政局领证那天，闲人们发出预言："鱼上钩就不用喂饵料了，老彭的好日子算过到头了。"

奇怪的是他们这次的预言并未应验，人们照旧看到早晨和黄昏段小英搀扶着彭永清出来溜达，两人一边走还一边有说有笑，彭家的院落也照旧传出《九九艳阳天》的歌声："九九那个艳阳天来哟，十八岁的哥哥呀细听我小英莲，哪怕你一去呀千万里哪，哪怕你十年八载呀不回还。只要你不把我英莲忘呀，只要你胸佩红花呀回家转……"

闲人们对预言进行了修正："鱼该下油锅还得下，只是人家不用急火，喜欢慢炖。"

婚后第二年段小英连设计带张罗，把彭家的旧平房扒了，盖了座精致的二层小楼。院子也重新整修了，东半边铺了地砖，放置了木桌藤椅，供彭永清闲时在这里喝茶歇息，西半边开辟成菜园，春天撒下种子，到了夏天叶绿花香瓜菜成畦，一派欣欣向荣。有了这个菜园，吃饭时段小英到菜地拔几棵小葱小白菜，洗干净蘸点儿她从东北老家带来的大酱，彭永清能比平时多吃一碗饭。

闲人们对此的评论是："就老彭那身子骨儿，新房子能住几年？姓段的那么卖力气，还不是给自己置个安乐窝？"

立秋后的一天闲人们正聚在街角兴致勃勃地传播闲话，从村口走过来一个拖着行李箱风尘仆仆的年轻人，走到众人面前礼貌地问："大爷大妈，请问段小英家怎么走？"

一听"段小英"三字，每个人都瞪圆了眼睛仔细打量年轻人。快嘴秦大妈问："小伙子，你是段小英的什么人呀？"

"我是她儿子。"

众人快速交换了一下目光，秦大妈说："小伙子，我领你去。"

秦大妈领着年轻人来到彭家，一进门就大嚷："老彭，小英，你们看谁来了！"

彭永清两口子闻声从屋里出来，看见儿子眉开眼笑，段小英忙接过他手里的行李箱，彭永清拉着他进屋休息。

秦大妈任务完成却不离开，叫住段小英说："你儿子高高大大的，模样也周正，真不错！现在在哪儿打工呢？"

"没打工，正准备读研究生呢。"段小英满脸自豪和满足，

"是老彭供他在老家念完了本科，又鼓励他考咱这儿的研究生，孩子也争气，还真考上了。"

秦大妈从彭家出来，把见闻告诉闲人们。一个人说："瞧见没，她嫁给老彭就是有目的，为了有人供他儿子念书。"另一人说："这才哪儿到哪儿呀，以后他儿子买房子、结婚、生孩子，老彭花钱的地方多着呢。你们瞧着吧，她儿子以后肯定没事儿就往村里跑，不把老彭的家底刮干净不算完。"

就像闲人们预言的那样，之后段小英的儿子经常来村里，但不是来刮彭永清的家底，而是大包小裹地送东西。读研期间他一边学习一边跟着导师做项目，所得的酬劳自己用不了，就买这买那孝敬继父和母亲。小伙子学业优秀，还没毕业就被一家互联网企业看中，给出的年薪足有几十万。上班挣钱后他往村里跑得更勤了，每回来轿车后备箱里都装满了各色吃食和日用品，两位老人根本吃不了用不完。

时光一年年过去，由于段小英的悉心照料，彭永清一扫之前病恹恹的模样，红光满面腰板挺直，不见衰老反倒显年轻了。夫妇俩依旧喜欢在清晨和黄昏的时候出来溜达，这两个时候的阳光都是金色的，金色的光辉洒下来，把村子的街道也描画成了温暖的金色。看他们两人相互依偎着走过金色的街道，村里的预言家们想说什么，张张嘴却又闭上了。